Jessica Francis Kane

Vierzehn-Tage-Freundinnen

Jessica Francis Kane

Vierzehn-Tage-Freundinnen

Roman

Aus dem amerikanischen Englisch
von Carola Fischer

DIANA

Zitat S. 7: Virginia Woolf, *Die Wellen*,
übersetzt von Herberth und Marlys Herlitschka,
Fischer Verlag, Frankfurt am Main 1979.

Zitat S. 261: Wendell Berry, »The Sycamore«,
in: *The Selected Poems of Wendell Berry*, Counterpoint Press, Berkeley 1998.
Hier übersetzt von Carola Fischer.

MIX
Papier | Fördert gute Waldnutzung
FSC® C014496
FSC
www.fsc.org

Penguin Random House Verlagsgruppe FSC® N001967

Die Originalausgabe erschien 2019 unter dem Titel
Rules for Visiting bei Penguin Press, New York.

Redaktion: Claudia Alt
Umschlaggestaltung: das verlagsatelier ROMY POHL
Umschlagmotive: © stock.adobe.com (Olga Skorobogatova; Liliya)
Illustrationen: © Edward Carey
Satz: Leingärtner, Nabburg
Druck und Bindung: GGP Media GmbH, Pößneck

Printed in Germany
ISBN 978-3-453-29254-3

www.diana-verlag.de

Für Rachel, Rebecca, Laurie, Heidi und Sharon,
meine ersten Vierzehn-Tage-Freundinnen

So ging ich der Reihe nach zu jedem Freund,
jeder Freundin und versuchte mit fummelnden Fingern,
ihre verschlossenen Schreine aufzusprengen.
Ich ging von einem zum anderen, hielt ihnen
meinen Kummer – nein, nicht meinen Kummer, sondern
das unbegreifliche Wesen dieses unsres Lebens –
zur Besichtigung hin. Manche Leute gehn zum Priester;
andre zur Poesie; ich zu meinen Freunden …

Virginia Woolf, DIE WELLEN

Abreise

Ein Problem: Sie stehen am Flughafen auf einem Laufband, und auf der gegenüberliegenden Seite gleitet eine Fremde vorbei, in der Hand eine Büchertasche, auf der ein Spruch aufgedruckt ist, über den Sie schon seit Monaten nachdenken. Wie lange dauert es, bis Sie den Satz zu Ende gelesen haben? Sie haben keine Vielflieger-Bonusmeilen, aber unerhört viele bezahlte Urlaubstage und einen neuen Rollkoffer namens Grendel.

Ein bester Freund ist jemand, der …

Die besagte Tasche war aus blauem Stoff, die Wörter waren in Weiß aufgedruckt. Ich dachte, dass der Satz vielleicht auf der anderen Seite enden könnte, der Seite, die gegen die ausladenden Hüften der Frau gepresst war, und dass ich herausfinden müsste, was dort stand. Der Gedanke ließ mich staunen, denn genau in diesem Moment war ich unterwegs zu einer Freundin, Lindy, die ich seit mehreren Jahren nicht gesehen hatte. Wenn ich eine beste Freundin hatte, und ich war mir dessen nicht sicher, dann war ich auf dem Weg zu ihr. Ich würde gern erzählen, dass ich mich umdrehte und auf dem Band in die falsche Richtung lief, um die Frau aufzuhalten und den restlichen Satz auf ihrer Tasche zu lesen, aber das wäre wie im Kino. Damit meine ich, dass Filme das Beste aus solchen Momenten herausholen, aber das Leben macht das eher selten.

Ich blickte über die Schulter, gerade als mein Fahrsteig endete, und beinahe gerieten ich und die junge Mutter hinter mir ins Stolpern. Ich entschuldigte mich, sie, halb unter dem Buggy, beschimpfte mich (das Kind war noch klein und, so hoffte ich, taub), also rollte ich meinen Koffer zur Seite, weg von dem Fußgängerverkehr.

Die Luft roch nach Kaffee, Parfüm und leicht nach Chlor. Daran war etwas Sommerliches, was nicht zu dem grauen Dezemberhimmel passte, der durch die Oberlichter im Flughafen zu sehen war. Die Besitzerin der Büchertasche war eine korpulente Frau in Leggings und einem Weihnachtspullover, und sie bewegte sich nicht sehr schnell. In einer Hand hielt sie ein Handy, in der anderen einen Kaffeebecher, und sie neigte sich leicht zur Seite, damit die Tasche ihr während des Telefonierens nicht von der Schulter rutschte. Ich bin fast vierzig und gut in Form, hauptsächlich durch die Gartenarbeit, ich hätte kein Problem gehabt, sie einzuholen.

Ich hätte ein Problem gehabt, ihr zu erklären, dass ich lesen musste, was auf der anderen Seite ihrer Tasche stand. Was, wenn es nichts weiter als ein Werbespruch war? »Ein bester Freund ist jemand, der … dir eine Gardenite-Gartenschere kauft.«

Oder eine Gesundheitsempfehlung: »Ein bester Freund ist jemand, der … sich gegen Grippe impfen lässt.«

Während ich noch andere, schlimmere, Möglichkeiten in Betracht zog, blieb ein Kind vor mir stehen. »Entschuldigen Sie«, sagte das Mädchen ernst, trotz seiner hohen Zöpfe mit den roten Schleifen. Die meisten Menschen lächeln kleine Kinder an, aber das muss man gar nicht. Sie wissen Ernsthaftigkeit zu schätzen.

»Ja«, sagte ich.

»Entschuldigen Sie«, sagte es noch einmal.

»Ich höre«, versicherte ich ihm.

Doch das Mädchen drehte sich um und sah zu einer Frau, die auf der anderen Seite der Halle in der Warteschlange vor den Toiletten stand und mit einem Baby in einer Bauchtrage rang. Sie sandte finstere Blicke und ein Winken in unsere Richtung, das Beharrlichkeit empfahl.

Das Kind wandte sich wieder mir zu. »Bitte?«, versuchte es diesmal. »Ich habe Durst.«

Ich blickte über die Schulter, dann trat ich zur Seite, damit das Mädchen aus dem Wasserspender trinken konnte, den ich versperrt hatte. Als ich aufsah, war die Frau mit der Büchertasche verschwunden.

Im Grunde ist es nicht meine Art, auf den Taschen fremder Menschen nach der Wahrheit zu suchen, aber ich durchlebte ein ungewöhnliches Jahr.

Ein paar Variablen. Betrachten wir das Wort *visit* (besuchen). Es stammt vom altfranzösischen *visiter,* das »untersuchen, prüfen oder heimsuchen« bedeutet. Man kann einen Nachbarn oder einen Freund besuchen, oder Pest und Plagen können einen heimsuchen.

Und *travel* (reisen). Es stammt vom mittelenglischen *travailen,* das ursprünglich »sich abmühen oder abplagen; quälen« bedeutete.

Daher sollte man eine Besuchsreise zu Freunden zweifellos nicht auf die leichte Schulter nehmen. Es gibt einen Grund, warum ich meinen Koffer nach dem ersten Monster in der englischen Literatur benannt habe. Beowulfs Grendel reiste aus den Mooren nach Heorot, weil er draußen vor der großen Halle der Freundschaft lauschen wollte. Soll ich Ihnen verraten, dass ich ein wenig weiß, wie er sich fühlte? Vielleicht fresse ich niemanden, aber Verwandlungen sind nicht immer gewalttätig oder gar körperlich.

Oh, Muse. Ich singe von Besuchen und der Frau.

Eibe *(Taxus baccata)*

Teil Eins

Am Scheideweg

In der Mitte meines vierzigsten Lebensjahres kam ich an einen Punkt, wo die Vergangenheit mit allem, was sie beinhaltete, schwerer wog als die Zukunft; mein Kopf war so voll mit Dingen, die ich gesagt und nicht gesagt, getan und nicht getan hatte, dass ich nicht mehr wusste, wie ich mich vorwärtsbewegen sollte. Ich stand nach hinten geneigt und wackelig, ich war aus dem Gleichgewicht, und das leuchtete mir ein. Ein Leben schien mir so lang zu sein, ich konnte nicht verstehen, wie irgendein Mensch unter dem angehäuften Gewicht vorankam.

Medikamente halfen mir, eine Zeit lang. Hauptsächlich erinnere ich mich daran, dass sie mir einige Monate lang ein gutes Gefühl für die Gegenwart verschafften. Zu der Zeit fuhr ich nach Washington, D. C., zu einer Konferenz für Landschaftsplanung, und ich erinnere mich mit Vorliebe an die neue und plötzliche Leichtigkeit meiner Morgenroutine. Die Ränder der Dinge schienen schärfer. Und ich meine nicht nur Schönes wie die Bäume und den Sonnenaufgang und den blühenden Zierkohl (Gattung *Brassica*), der überall in der Stadt angepflanzt war, sondern auch Zahnpastatuben und Cremetöpfchen. Morgens fiel es mir leichter, mein Gesicht zu waschen. Tatsächlich war es ein Vergnügen. Ich glaubte wieder an die Möglichkeiten eines neuen Tages, des heutigen und des darauffolgenden.

Die Gegebenheiten meines Lebens erschienen mir klarer, und ich konnte mit neuer Entschlossenheit über sie nachdenken. Nicht die Entschlossenheit, es besser zu machen; nur das konstante Gefühl, dass das der Stand der Dinge und nicht zwangsläufig eine Katastrophe war:

Ich habe keine Hobbys und kein Bedürfnis, mir welche zuzulegen.

Ich lese Bücher, aber nicht immer die besten. Oft sage ich, dass ich Biografien mag, aber in Wahrheit lese ich sie nur selten zu Ende, der letzte Teil des Lebens, der Abstieg hin zum Tod, ist viel zu deprimierend.

Ich bin keine gute Köchin.

Ich kann nicht singen und inzwischen auch kein Instrument mehr spielen.

Ich bin weder Frühaufsteherin noch eine Nachteule, kann also keine Tugend auf diesen Gebieten für mich in Anspruch nehmen.

Tiere tolerieren mich, fühlen sich aber nicht zu mir hingezogen.

Das Gleiche gilt für Kinder.

Ich mache mir Sorgen um die Welt, aber ich habe niemals viel Zeit mit Wohltätigkeitsarbeit verbracht.

Ich kann nicht malen und beherrsche auch keine Fremdsprache.

Ich besitze eine Katze, Hester, die unzweifelhaft einsam ist.

Ich bin nicht viel gereist, eine besonders große Enttäuschung in Hinblick auf meinen Familiennamen Attaway, ein altenglischer Name, der sich von den Worten »*at the way* – am Weg« ableitet und jemanden bezeichnet, der nahe der Straße wohnt. Irgendwo in den nebligen Mooren von England, als die Namensgebung begann, schauten sich ein paar Menschen um und sahen einzelne Eschen *(Ash)* oder eine ganze Baumgruppe *(Ashworth)* und nannten sich dementsprechend. Andere zogen die von ihnen ausgeübte Arbeit in Betracht, der Schmied gab sich den Namen *Smith*, der Töpfer *Potter*, der Maurer *Mason* oder auch

Walls, nach der Stadt, in deren näherer Umgebung sie lebten. Doch meine Vorfahrin sah sich um und wurde von der Straße inspiriert, einem Mittel des Reisens und der Veränderung. Sie muss »am Weg« gestanden haben, wie ich auf der Brücke über den Bahngleisen nahe meinem Haus in Anneville stehe, mich nach Norden, dann nach Süden wende und mir Gedanken darüber mache, welche Möglichkeiten jede dieser Richtungen birgt.

Ich arbeite als Gärtnerin der Universität, was sicherlich nicht mein Plan gewesen war. Soweit ich mich erinnere, waren die ersten Blumen, die ich pflegte, eine Reihe von Usambaraveilchen, die auf der Fensterbank meines Kinderzimmers litten und eingingen. Die samtenen Blätter hassen Wasser, aber ich goss sie nichtsdestotrotz. Als Nächstes hatte ich eine rote Geranie, die im Schatten meines Bücherregals so lange durchhielt, wie sie konnte (etwa zwei Wochen). Ich weiß nicht, wer mir diese Blumen geschenkt hatte oder warum ich sie so sträflich vernachlässigte; ansonsten hielt ich sehr gewissenhaft Ordnung in meinem Zimmer. Als die Blumen eingingen, trug ich sie zum Komposthaufen neben der Garage, jede dieser düsteren Prozessionen hinterließ bei mir den bleibenden Eindruck, dass ich keinen grünen Daumen hatte.

Im College hatte ich einige staubige Zimmerpflanzen; dann, in der kurzen Zeit in New York City, bekam mein Einzimmerapartment nicht genügend Licht, als dass irgendetwas gewachsen wäre, selbst wenn ich es versucht hätte. Doch als ich zurück nach Anneville zog, änderte sich etwas. Plötzlich wollte ich einen ganzen Garten. Jahre später machte man mich darauf aufmerksam, dass *guardian* (Wächter) und *garden* (Garten) eine gemeinsame Wurzel aufweisen, die »Sicherheit, eingezäunter

Ort« bedeutet. Zum Teil war ich nach Hause gekommen, um bei der Pflege meiner Mutter zu helfen. Ich begann, Gartenbücher zu lesen und Pläne zu entwerfen. Ich war enthusiastisch und optimistisch, und wenn ich andere Bereiche meines Lebens vernachlässigte (wie zum Beispiel mir einen Job oder eine eigene Wohnung zu suchen), dachte ich, dass mein Lohn viele Armvoll Blumen wären, und dann würde es uns allen besser gehen.

Die Rechnung ging nicht auf, aber mein Interesse blieb erhalten, und schließlich bewarb ich mich für den Landschaftsarchitekturstudiengang an der Uni. Landschaftsarchitekten sind dafür verantwortlich, ansprechende natürliche Umgebungen zu schaffen, die die Menschen genießen können. Das kann ein Garten oder ein Park sein, ein Campus oder ein Spielplatz, eine öffentliche Straße oder ein Highway oder ein Parkplatz. Man brachte uns bei, das zu bepflanzende Gelände genau zu analysieren und dann eine Anlage zu gestalten, die sich harmonisch in die Umgebung einfügt. Ich absolvierte zwei Jahre, dann nahm ich einen Job im Team des Universitätsgeländes an. Es stellte sich heraus, dass ich weniger daran interessiert war, Anlagen für andere Menschen zu entwerfen, als selbst mit den Pflanzen zu arbeiten.

Der Job gefällt mir, und ich arbeite gern mit Sue Mint, mit der ich häufig von unserem Chef, Blake O'Dell, zusammen eingeteilt werde, um die Beete auf dem Universitätsgelände in Ordnung zu halten. Sue ist ungefähr zehn Jahre älter als ich und stolz darauf, noch nie in geschlossenen Räumen gearbeitet zu haben. »Ich habe schon als Kind Laub geharkt, um mein Taschengeld aufzubessern«, erzählte sie mir. »Ich habe es nie bereut.«

Sue und ich unterhalten uns tagelang nur über unsere Arbeit, aber manchmal hat sie mehr zu sagen, und damit meine ich, dass ich nicht weiß, ob wir Freundinnen sind, aber sie ist eine gute Kollegin. Sie hat einen Sinn für Humor, den ich sehr mag. Einmal beschrieb sie eine Gartendesignerin, die wir beide kennen: »Sie neigt dazu, bei der Gestaltung völlig zu übertreiben. Mein Gott, sie zieht sich sogar die Augenbrauen nach.«

Jetzt sagte Sue: »Ich hatte letzte Nacht einen seltsamen Traum.« Wir harkten gerade die Beete rund um das Englischinstitut und störten das junge Frühjahrsunkraut. »Ich hatte meinen eigenen Betrieb für Landschaftsplanung, und eine Freundin wollte, dass ich ihren Garten gestalte.« Sue streckte den Rücken. »Aber sie wollte, dass ein Bach, den es dort gab, über ihr Grundstück und durch ihr Wohnzimmer umgeleitet wurde.«

Ich hörte auf zu harken. »Wie bitte?«

»Ja, ich weiß. Anfangs machte ich mir auch Sorgen über den Schaden für das Wassereinzugsgebiet. Natürlich. Doch je länger ich darüber nachdachte, desto mehr Sinn ergab es.«

Ich wartete.

»Die Einzugsgebiete sind überall bedroht, stimmt's? Also bringt man sie zu sich nach Hause, um sie zu beschützen. Das war jedenfalls die Idee, und in meinem Traum erschien sie mir logisch. In einer Kurve teilte ich den Flusslauf und benutzte Naturstein für die Ufer. Ich legte sogar einen kleinen Wasserfall an. Es war wunderschön, aber sobald sich die Nachricht von dem Projekt verbreitete, wollte jeder so etwas haben.«

»Das ist schrecklich.«

Sue nickte. Sie hat muskulöse Arme von den vielen Jahren Gartenarbeit. Eine feine Erdschicht bedeckte die Haut zwischen ihren geblümten Arbeitshandschuhen und ihrem aufgekrempelten schwarzen T-Shirt.

»Wie war der Name deiner Firma?«, fragte ich.

»Ich weiß es nicht. Ich hatte nie eine.«

Ich wusste nichts mehr zu sagen, und Sue sah aus, als würde sie es bereuen, mir von ihrem Traum erzählt zu haben. Beide wandten wir uns wieder der Gartenarbeit zu.

Die Idee, meine Freunde zu besuchen, begann mit einem Artikel, den ich in jenem Frühjahr in der Literaturspalte der Tageszeitung gelesen hatte. Dort wurde des Todestages der Schriftstellerin Amber Dwight gedacht. An einem Nachmittag im März vor fünfzehn Jahren war ein Flugzeug, in dem Amber und ihre Eltern saßen, an einem Berg in North Carolina zerschellt. Sie hatte sich auf einer Lesereise für ihren ersten Roman befunden, und ihr Vater, der einen Pilotenschein für Kleinflugzeuge besaß, hatte sie zu ihren Veranstaltungen überall im Land geflogen. Es gab keine Überlebenden.

Sofort nach ihrem Tod bekundeten ihre Freunde in den ganzen Vereinigten Staaten ihre tiefe Trauer. Ein beliebtes Webmagazin hatte eine Internetseite eingerichtet, wo Menschen, die Amber gekannt hatten, ihre Erinnerungen mitteilen konnten. Und – das ist wichtig – das war vor dem Aufkommen von Facebook und Twitter, und die Seite war nur für Posts erstellt worden. Monatelang schrieben die Menschen wunderschöne Geschichten, die niemand liken oder beurteilen oder kommentieren konnte. Die Seite war immer noch aktiv, und man konnte die Beiträge lesen und sich ein eigenes Bild machen, ohne viel Kakofonie drum herum. Das Ganze hatte eine leise Eleganz, eine gedämpfte Beschaffenheit, die dem heutigen Internet fehlt.

Die meisten ihrer Freunde waren Autoren der ein oder anderen Art, daher waren ihre verschiedenen Erinnerungsstücke und Elegien zwangsläufig gut geschrieben. Dennoch wurde beim Lesen der Internetseite offensichtlich, dass Amber ein besonderer Mensch gewesen war. Es gab Geschichten über ihre Großzügigkeit, ihre Loyalität, ihren Sinn für Spaß und Abenteuer, ihr Sachverständnis für gebrauchte Autoteile ebenso wie für Brownie-Rezepte. Sie hatte zu allem ihre eigene Meinung, aber alle schienen sich einig zu sein, dass diese Meinungen sachkundig und scharfsinnig waren und normalerweise zur Lösung der Probleme anderer Leute beitrugen. Die Menschen schrieben, dass es ein einschneidender Moment gewesen sei, sie kennenzulernen, einer, an den man sich den Rest seines Lebens erinnern werde.

Dem Zeitungsartikel war ein Schwarz-Weiß-Foto von Amber beigefügt, und ich fragte mich, ob das ihr Autorenfoto gewesen war. Sie blickte den Betrachter direkt an, den Kopf leicht geneigt, wobei sie weder lächelte noch nicht lächelte. Sie sah aus, als wäre sie eine gute Zuhörerin.

Amber war das Lagerfeuer, um das sich viele Menschen versammelten. Und das Erstaunliche war, dass die Menschen um dich herum sich ebenfalls an Amber schmiegten. Auch sie könnten dein Leben verändern. Durch Amber wurde vieles möglich. – Helen

Ich las die Beiträge von Anfang bis Ende durch, dann ging ich zurück zum Anfang und las alle noch einmal. Meine Faszination schlug schnell in Enttäuschung darüber um, dass ich sie nicht gekannt hatte. Wir waren in unterschiedlichen Bundesstaaten aufgewachsen, aber aus den Posts erfuhr ich, dass wir im selben Jahr, im selben Monat nach New York City gezogen waren. Während ich mich ausschließlich von Ramen-Nudeln ernährte und allein endlose Spaziergänge im Central Park unternahm, weil ich mir nichts anderes leisten konnte, schmiss sie anscheinend berüchtigte Dinnerpartys, nicht weil sie wohlhabend gewesen wäre, sondern weil ihr Leben verzaubert schien. Aber das ist nicht fair. Vielleicht war es verzaubert, aber sie schien auch liebenswürdig zu sein und die Initiative zu ergreifen.

Ich lebe seit zehn Jahren im selben Haus und kenne immer noch nicht die Frau, die auf dem Flur gegenüber wohnt. Amber kannte alle ihre Nachbarn, immer gab es irgendeine lustige Verbindung, wie zum Beispiel mit dem Typen von unten, der ihr die gewünschte orange Farbe für ihr Wohnzimmer besorgen konnte, weil er Bühnenbildner war. Oder die Frau im Stockwerk drüber, die ihr das Nähen beibrachte. Einmal versuchte ich es ihr nachzumachen – ich backte Bananenbrot und schenkte meinen Nachbarn Weihnachtssterne –, aber es hatte nicht die gleiche Wirkung. Niemand knüpfte gute Nachbarschaftsbeziehungen so mühelos wie Amber. – Claire

Amber freundete sich mit den Nachbarn an und strich ihre Wohnung in frohen Farben, während es mir schwerfiel, die Wäsche zu waschen. Ich hatte etwas verpasst, und das überraschte mich nicht. Schon immer hatte ich angenommen, dass andere Menschen mehr und bessere Freunde als ich haben. Amber war für viele Menschen eine außergewöhnliche Freundin, und ich wünschte, ich wäre eine von ihnen gewesen, auch wenn das bedeutet hätte, dass ich jetzt den tiefen Schmerz der Gemeinschaft teilte, die sie zusammengebracht hatte.

Ein Beitrag nach dem anderen machte deutlich, dass Amber ein Talent für Freundschaften hatte, und plötzlich begriff ich, dass man darin gut sein konnte wie im Kochen oder Singen. Man konnte gut darin sein, Freundschaften zu pflegen, und in dem Moment, als mir der Gedanke kam, wusste ich, dass ich nicht gut darin war. Ich hatte einige Freunde, aber hatte ich auch eine

Gemeinschaft? Nein. Würde eine Gruppe von uns eines Tages zusammen ein Strandhaus mieten und dort an einem Wochenende verrückte Dinge tun und einen Heidenspaß haben? Niemals. Die meisten meiner Freunde kennen sich nicht einmal, und auch wenn es so wäre, würden sie mich sicherlich nicht als den Mittelpunkt einer Gruppe ansehen.

Während ich immer wieder die Geschichten über Amber und ihre Persönlichkeit las, versuchte ich mir vorzustellen, wie ich selbst etwas Ähnliches über eine meiner Freundinnen schrieb. Oder dass eine von ihnen etwas über mich schrieb. Ich dachte an meine älteste Freundin, Lindy, eine Frau, die ich seit der siebten Klasse kenne. Wir haben zusammen Fußball in der Schule gespielt, waren beide im Orchester, und einmal hatten wir eine erbitterte Auseinandersetzung darüber, ob bei Dairy Queen die warme Schoko- oder die Erdbeersoße gesünder wäre. Wir gingen an verschiedene Universitäten, und im Gegensatz zu ihr zog ich irgendwann wieder zurück in unseren Heimatort. Ich sehe sie gelegentlich, wenn sie mit ihren Kindern in die Stadt kommt, um ihre Eltern zu besuchen, aber wir sind nicht regelmäßig in Kontakt. Lindy ist eine freundliche und kreative Person, die sich wahrscheinlich freuen würde, von mir zu hören, wenn ich morgen zum Hörer greifen und sie anrufen würde. Ich betrachte sie als Freundin, hauptsächlich aufgrund unserer gemeinsamen Vergangenheit, aber kenne ich sie wirklich? Sind wir Freundinnen oder nur zwei Menschen, deren Wege sich in der Kindheit kreuzten, als man noch leichter Bindungen einging?

Ich kannte Amber nur einen Tag lang. Unsere Verlage arrangierten eine gemeinsame Signierstunde, also trafen wir uns vor der Veranstaltung auf einen Kaffee. Seit der Schulzeit habe ich kaum noch langjährige Freunde gefunden, aber Amber mochte ich auf Anhieb. Ich hatte das Gefühl, dass wir Freundinnen werden könnten, dass wir sicher Freundinnen würden, wenn sie einverstanden wäre. Ich bin untröstlich, dass dies nun nicht mehr möglich sein wird. – Elizabeth

Duck Woods

Ich wohne mit meinem Vater, Earl Attaway, zusammen. Er ist achtzig, und ich bin sein ältestes Kind. Vor einigen Jahren hat er seinen Sohn, meinen jüngeren Bruder, an die Westküste verloren. So drücken wir das aus, die typische Redeweise meiner Familie, die die Tatsache herunterspielen soll, dass mein Bruder weit fortgezogen ist und nie zu Besuch kommt. Wir Attaways glänzen im Gebrauch von Euphemismen.

Mein Vater baute unser Haus in der Todd Lane in dem Jahr, als er vierzig und ich geboren wurde – seine einzige praktische Arbeit in einem ansonsten vollkommen intellektuellen Leben. Während des Hausbaus wohnten meine Eltern nebenan in einem kleinen Bungalow, der jetzt unseren Nachbarn gehört, der Familie Ford. Ich mag das Häuschen lieber, aber mein Vater baute ein zweistöckiges Steinhaus im Kolonialstil, weil man diesen Stil bewunderte, als er und meine Mutter frisch verheiratet waren und er den Wunsch hatte, selbst eines zu bauen. Als Akademiker wollte er Mauern hochziehen. Er wollte mit seinen Händen arbeiten. Es ist immer noch das größte Haus in der Nachbarschaft, jetzt, wo die Gegend schicker wird. Häuser, die viele Jahre liebevoller Verwahrlosung überstanden haben, bekommen nun einen neuen Anstrich in historisch passenden Farben. Gärten, die nichts anderes kennen als einen Handrasenmäher, werden jetzt professionell angelegt und verfügen über Kieswege.

Ich bin Gärtnerin, theoretisch sollte mich das Interesse der

Menschen an ihren Gärten also freuen. Nur dass das nicht der Fall ist, denn sie haben kein Interesse; von ihnen beauftragte Landschaftsarchitekten machen die ganze Arbeit. Ein Interesse an Gärten zu haben, ohne selbst zu gärtnern, ist wie das Interesse an Essen, ohne etwas zu essen. Die meisten meiner Nachbarn möchten nur, dass ihr Grundstück einen gepflegten Eindruck macht, mehr nicht. Sie möchten einen perfekten Rasen und ordentliche Mulchringe um ihre Bäume sowie Gartenbeete mit Farbe und Struktur, aber alles schön pflegeleicht, was zur Folge hat, dass die Pflanzengruppierungen sich wiederholen: immer die gleichen vier oder fünf immergrünen Sträucher (Gattungen *Juniperus* und *Thuja*, größtenteils), gemischt mit etwas Azalee und Hortensie, vielleicht noch Berberitze und Ziergras. Neulich kam ich an einem Haus vorbei, wo ein ambitionierter Gärtner sich weit vorgewagt und einige tiefrote Taglilien *(Hemerocallis)* in die Gestaltung eingearbeitet hatte. Eine schöne Idee, aber mein erster Gedanke war: Diese Blumen werden verschwinden, sobald der Hausbesitzer begreift, dass er täglich die welken Blüten entfernen muss, damit der Garten weiterhin ordentlich aussieht.

Unser Viertel heißt Duck Woods, obwohl ich dort noch nie eine Ente *(duck)* gesehen habe, und es gibt auch keine Wälder *(woods)*. Eine dreieckige Fläche, die auf der einen Seite von Eisenbahnschienen begrenzt wird, auf der anderen von einer schnell befahrenen Straße – und damit meine ich eine Geschwindigkeitsbeschränkung von fünfunddreißig Meilen pro Stunde, aber alle fahren fünfzig – und einem Fluss auf der dritten Seite. Mein Vater sagt, dass die Gegend ursprünglich *Duck's Woods* nach einer alteingesessenen Familie mit diesem Namen in der Stadt hieß, vielleicht stimmt das. Keiner kann sich je daran erinnern, wo ein Apostroph hinkommt, daher ging das *S* wahrscheinlich im Lauf der Zeit verloren. Das Viertel liegt zwei Meilen von der Universität entfernt, es ist so ländlich, dass Hühner umherlaufen, aber nicht so sehr, dass es Lagerfeuer gäbe; es ist so städtisch, dass es Bürgersteige gibt, aber nicht so sehr, dass man Miets- oder Doppelhäuser baute; es ist so vorstädtisch, dass jeder ein Auto benötigt, aber nicht so sehr, dass eine Eigentümergemeinschaft Instandhaltungsstandards einfordern würde.

Mein Vater kennt jeden in unserer Straße. Oft stellt er Blumen vor eine Haustür, und er sammelt die Dankesbriefchen, die er dafür bekommt. Er benutzt Plastikmilchkannen als Vasen, und er holt sie eigens dafür aus den Sammelbehältern im Wertstoffhof. Darüber ist schon ein Artikel in der Zeitung erschienen. Er schneidet den oberen Teil der Kanne ab, füllt sie mit Wasser und Blumen aus unserem mit Unkraut übersäten Garten und geht los, wobei er Wasser über seine beige Hose und seine weißen Tennisschuhe verschüttet. Ich habe ihn einmal gefragt, warum er nicht Marmeladengläser oder andere kleinere Gefäße benutzt. Er antwortete:

»Wenn du Kinder hättest, May, wüsstest du, dass die Leute kein Glasgefäß vor ihrer Haustür wollen. Ein Kind könnte es umschmeißen und sich wehtun.«

Ich kenne die Todd Lane ganz anders. Ich weiß, dass der UPS-Wagen manchmal eine halbe Stunde von einem bis zum anderen Ende der Straße braucht, weil hier lauter Leute wohnen, die sich in der Lebensphase der Anschaffungen befinden: junge Paare, die ein Kind erwarten oder schon welche haben. Die Pakete kommen von Firmen wie Pottery Barn bis hin zu Walmart, aber sie enthalten immer das Gleiche.

In Duck Woods lässt sich sehr gut das Privatleben auf Grundstücken von einem halben Hektar studieren, und es werden nicht nur ständig Witze erzählt und Backzutaten ausgeliehen. Ein

Haus bringt zu viel Halloweendeko an, ein anderes zu viel Weihnachtsschmuck. In einem Haus werden Hühner gehalten, in einem anderen lassen sie den Hund zu lange draußen. Auf der anderen Straßenseite und zwei Häuser in Richtung Brücke lebt eine Frau, die einen Teil ihres Gartens einem Flüchtling überlassen hat, der dort Gemüse für seine Familie anbaut. Unterdessen wünscht sich die Frau, die drei Häuser die Straße hinunter gegenüber wohnt, einen Garten, der dem Anneville-Frühlingsrundgang würdig ist, und unternimmt deshalb den verzweifelten Versuch, den Telefonmast in der Mitte ihres Gartens zu verbergen – er wurde dort für eine Durchgangsstraße hingestellt, die nie gebaut wurde –, und zwar hinter einer kreisrunden Eibenhecke *(Taxus x media »Hicksii«)*, die nur etwa drei Meter hoch wird und den Mast daher nur für solche mit dem Blickwinkel eines Igels verdeckt. Vier Häuser weiter die Straße hinunter gibt es eine Familie, die ihren gesamten Garten allmählich in einen befestigten Spielort für ihre Kinder verwandelt. Ob das geschieht, um die Kosten für die Gartengestaltung zu sparen oder weil die Eltern hoffen, dass ihr Sohn eines Tages in der NBA spielen wird, ist schwer zu sagen, doch an den meisten Abenden erfüllt das Geräusch eines Basketballs, der auf einem unsachgemäß verarbeiteten Bodenbelag aufspringt, die Nachbarschaft. Die Frau kennt sich sehr gut mit Topfgärten aus. Sie sei glücklich, keine Bäume auf ihrem Grundstück zu haben, sagt sie. Sie fungiert als Kopf einer Gruppe, die eine alte Eiche in der Nähe eines Spielplatzes auf dem Uni-Campus fällen will. Die Eiche ist gesund, aber die langen, hoch aufragenden Äste, die sich über die Spielgeräte erstrecken, bereiten ihr Sorgen. Baumpfleger haben die Widerstandsfähigkeit des Holzes bestätigt, andere Eltern haben eine Petition für den Verbleib der schattenspendenden Eiche unterschrieben, aber sie glaubt, dass man besser auf Nummer sicher gehen sollte. Der UPS-Wagen hält an ihrem Haus öfter als an irgendeinem anderen, womit ich sagen will, dass es nur ein kleiner Schritt ist vom Onlinebestellen zu dem Wunsch, grundlos einen alten Baum abzuschlachten.

Drei Häuser weiter auf unserer Seite in Richtung Brücke wohnt eine Frau, die im Haus fünf Katzen hält und draußen die Vögel füttert. Wann immer ich dort vorbeigehe, sehe ich drei oder mehr Katzen mürrisch aus dem Fenster starren, aber das macht mich nicht traurig, denn im Herzen bin ich fest auf der Seite der Vögel. Ich behalte Hester auch im Haus. Ich frage mich allerdings, wie es im Haus der Frau riecht. Zwei Häuser von uns in die andere Richtung lebt eine junge Familie, deren Plastikspielzeug immer auf dem ganzen Rasen verstreut liegt und nie aufgesammelt wird, sodass die Pink- und Lilatöne mittlerweile von der Sonne verblichen sind. Irgendwann einmal haben sie ihre Kameliensträucher silbern angesprüht; ob das ein Projekt für die Kinder oder ein Versuch zu gärtnern war, weiß ich nicht. Das Haus an der Ecke hat Windspiele, die sich anhören, als würde Geschirr abgespült, und das andere Eckhaus hat hinten ein privates Yogastudio, das gegen die Bauordnung verstößt, aber der einzige Mensch, den das stören könnte, ist die Frau, die bei dem Gartenrundgang dabei sein möchte, und da die Yogalehrerin in ihrem Vorgarten wunderschöne Rosenbeete hat, hat sich die Frau noch nie beschwert.

Die Mannigfaltigkeit menschlicher Kreativität, die sich in Gartengestaltung ausdrückt, ist nicht immer ein Vergnügen, wohl aber ein Wunder.

Ich versuche eine gute Nachbarin zu sein. Noch nie habe ich einen Kürbis nach Thanksgiving draußen gelassen oder Weihnachtslichterketten nach Neujahr. Hinter dem Haus ist der Garten zugewachsen, das stimmt, aber vorne halte ich ihn unter Kontrolle. Ich harke Laub und schaufele den Weg frei, und im Winter streue ich Salz. Ich weiß, dass mein Vater dazu neigt, die Nachbarn in lange Unterhaltungen zu verwickeln, meistens kommt er dabei auf den Zweiten Weltkrieg oder die Tomatenzucht zu sprechen. Er langweilt die Leute mit Geschichten über die Bewohner ihrer Häuser von vor vierzig oder fünfzig Jahren. Anfangs scheinen alle interessiert zu sein, aber wie oft kann man sich von der Tatsache beeindruckt zeigen, dass Mrs. Profitt neun Kinder in dem kleinen Bungalow großgezogen hat, ein Häuschen mit zwei Schlafzimmern, in dem man selbst nur wohnen will, bis man ein zweites Kind bekommt und in einen anderen Teil der Stadt mit größeren Häusern und besseren Schulen umzieht?

Vermutlich mögen die Menschen meinen Vater aus dem Gefühl heraus, dass es richtig ist, die Vergangenheit zu würdigen. Niemand sagt mehr »Neger«, aber es versucht auch niemand mehr, bis zum Unabhängigkeitstag am 4. Juli reife Tomaten aus Samen zu ziehen. Sein Alter gibt ihm das Recht, Menschen mit seinem Vokabular und seinen Hobbys zu verblüffen, während ihre Kinder im Buggy dösen oder über den Rasen sausen. Man verzeiht ihm wie einer alten sabbernden Katze. Er beendet sein Leben in dieser Straße, sie beginnen ihres hier. Wenn ihnen diese Tatsache bewusst wird, sind sie gerührt. Nicht eine Sekunde lang denken sie, dass auch ihr Leben hier enden könnte, in dieser bescheidenen Umgebung, dieser engen Straße, von der Universität aus auf der falschen Seite der Eisenbahnschienen.

Vor fünfzehn Jahren baute mein Vater unseren Keller zu einem Apartment mit separatem Eingang um und überließ mir das restliche Haus. Ich schlug ihm vor, zu tauschen. Damals war schon klar, dass ich in Anneville bleiben würde, aber ich wollte das Souterrain, das Haus konnte er haben. Er lehnte ab. Also zog ich in das Zimmer, das früher meinem Bruder gehört hatte. Mein altes Zimmer kam für mich nicht infrage.

El Puerto

Einem meiner Freunde in Anneville gehört *Santos's Garage*. Leo Santos respektiert, wie ich mein Auto, einen blauen Taurus mit Namen Bonnie, in Schuss halte, und ich bewundere seine Arbeit ebenso wie das große Banner über der Tür, das ein *Frauenfreundliches Unternehmen* verspricht. Leo besitzt auch das mexikanische Restaurant *El Puerto* am Ende der Wayside-Ladenzeile. Seine Eltern kamen ins Land, als er sechs Jahre alt war. Sein Vater eröffnete die Autowerkstatt, und seine Mutter hatte die Idee mit dem Banner, nachdem sie beobachtet hatte, wie Frauen in anderen Werkstätten behandelt wurden. *Santos's* lief so gut, dass Leo seinen Eltern ein Haus vor den Toren der Stadt kaufte, als sie sich zur Ruhe setzten, und immer noch genug Geld übrig hatte, um einen schlecht laufenden Burrito-Imbiss zu kaufen und daraus *El Puerto*, eine nette Taqueria, zu machen.

Leo ist freundlich und ehrlich, und er hat verlässliche Öffnungszeiten, im Gegensatz zu Mrs. Kim, die Besitzerin von *Kim's – Alles für den täglichen Bedarf* am anderen Ende der Wayside-Ladenzeile. Immer wieder schließt sie ihren Laden früher und macht die Tür auch dann nicht auf, wenn man sie auf die Öffnungszeiten hinweist. Als ein paar Kids letzten Sommer das Wort »alles« auf ihrem Ladenschild mit »nichts« übersprayten, tat mir das nicht furchtbar leid.

Leo sagt, dass es Rhythmus und Routine braucht, um bei einer monotonen Beschäftigung in einer Kleinstadt die Woche zu überstehen, und ich glaube, da ist was dran. Meine Routine beinhaltet zweimal Burrito essen im *El Puerto*, einmal allein am Montag nach der Arbeit und dann noch einmal am Donnerstag mit meinem Vater, wenn er nach Hause kommt. Er ist jetzt emeritierter Professor, aber die Universität stellt ihm eine Abstellkammer als Büro, wo er jeden Donnerstag hingeht. Leo nennt meinen Vater »den Englischprofessor«, und mein Vater nennt Leo gar nichts, nachdem ich ihm erklärt habe, dass »der mexikanische Mechaniker« unpassend sei.

»Das ist als Scherz gemeint.«

»Aber Leo ist Mexikaner.«

»Also nur ›der Mechaniker‹?«, fragte mein Vater.

»Aber er ist auch Koch«, entgegnete ich.

Ich mag mexikanisches Essen sehr gern, und das *El Puerto* kann ich von meinem Haus aus gut zu Fuß erreichen. Ich kann problemlos ein oder zwei Bier zum Abendessen trinken und muss mir keine Gedanken machen, wie ich mit dem Auto nach Hause komme. Das Restaurant geht auf den Parkplatz hinaus, das ist keine tolle Lage, auch wenn der Ausblick auf einen Parkplatz in Anneville etwas ganz Gewöhnliches ist, wie überall sonst auch. Wir bauen sie mit der größtmöglichen Kapazität, daher braten diese Asphaltmeere, die keinem lebenden Organismus nützen, die meiste Zeit einfach in der Sonne. Zeitungsreportern sind Parkplätze wohl nützlich, denn dort scheinen sie keine Probleme zu haben, Menschen für Interviews zu finden. Nähern Sie sich einem Menschen im Garten seines Eigenheims, und er wird Sie wahrscheinlich sofort davonjagen. Stellen Sie den Menschen auf dem Supermarktparkplatz neben seinen SUV, und er wird sich zu jedem beliebigen Thema äußern.

Leo und ich sind gleich alt, und wie mir ist es ihm wichtig, wie etwas genannt wird. Den Ausdruck »Ladenzeile« zum Beispiel kann er nicht leiden. Er bevorzugt »Einkaufszentrum«, und damit hat er nicht unrecht. Viele Wohnbebauungen geben sich selbst schöne Namen ohne Bezug zur Realität; warum sollten Ladenzeilen es ihnen nicht gleichtun? In Anneville haben wir The Cliffs (Die Klippen, aber es gibt keine in der Stadt), Citrus Grove (Zitruswäldchen – falsches Klima, wir sind USDA Winterhärte-Zone 7) und eine Seniorenwohnanlage mit dem Namen Sunrise View (Sonnenaufgangsblick – obwohl die meisten Fenster nach Westen zeigen). Ich fühlte mich bestärkt, als eine neue Bebauung mit dem Namen Stonegate-Apartments (Steintor-Wohnungen) angekündigt wurde.

»Also, das ist machbar«, sagte ich zu Leo.

»Aber die Menschen wollen etwas Ambitioniertes«, erwiderte er.

Was amerikanische Ladenzeilen angeht, so ist Wayside gar nicht mal schlecht. Sie ist altmodisch in dem Sinne, dass die Schilder alle verschiedene Farben und Schriften haben, nichts ist aufeinander abgestimmt. Parkplätze werden manchmal mit kleinen Bäumen gestaltet – Kreppmyrte *(Lagerstroemia)* ist sehr beliebt –, und ich parke immer neben einer, wenn es geht; wie ein Kaninchen, das auf dem freien Feld auf das Unterholz zusteuert. Aber der Parkplatz von Wayside hat keine Bäume oder Sträucher. Das dahinterliegende Land fällt in eine Senke ab, ein schönes, teils bewaldetes Tal, wo die Luft stets kühler ist und Vogelschwärme die Bäume bevölkern. Oft höre ich dort Stare zwitschern. Auf der anderen Seite der Senke hebt sich das Land bis zum Rand von Duck Woods. Vor Jahren muss jemand eine Wildblumensamenmischung auf der Wiese verstreut haben, denn dort blühen einige fremde Arten bis zum Herbst, wenn die Stadt das Gelände mäht. Das ganze Tal, Wiese plus Waldgebiet, ist nicht viel größer als ein Fußballfeld.

Im Mai hat eine Gruppe Arbeiter mit Baumaschinen einen Tag lang ein ansehnliches Stück Asphalt des Parkplatzes vor dem *El Puerto* aufgerissen. Die Menschen machten politische Witze – »Baust du deine eigene Mauer? *El pequeño muro?*« –, aber ich dachte, es gäbe ein Problem mit der Wasser- oder der Gasleitung. Dann wurde ein Banner angebracht, auf dem stand: *Bald gibt's Abendessen im Freien!*

Ich erkannte, dass Leo das gemacht hatte. Später erfuhr ich, dass er die Erlaubnis bekommen hatte, seinen Essbereich zu erweitern, wenn er auf die Parkplätze vor dem Restaurant verzichtete und eine kleine Gebühr an die Gemeinde zahlte. Seine Wunschvorstellung war es, die Atmosphäre eines Abendessens auf dem Bürgersteig zu kreieren, was es sonst nur anderswo in der Stadt gab, hauptsächlich auf dem Campus, wo sich die schickeren Restaurants befanden. Er erledigte die meiste Arbeit selbst, und nach einigen Wochen gab es vor dem *El Puerto* eine Holzveranda mit Tischen dicht am Innenbereich und einen hohen Tresen mit Barhockern und Blick auf den Parkplatz. Er installierte einige Lampen rund um den Außenbereich, besorgte rote Sonnenschirme für die Tische und Votivkerzen. Er besitzt ein gutes Gespür für Design, das Ergebnis war schön anzusehen und überraschend elegant für eine Ladenzeile. Er nannte es *El Puerto Promenade*, und als es am Eröffnungsabend Gratistacos für alle gab, erstreckte sich die Warteschlange über den gesamten Parkplatz.

Der Taurus

In Anneville gibt es eine Ampel, an der Ecke der Uni und der Main Street, wo ich bei Bonnie in den Leerlauf schalten und meinen Fuß von der Bremse nehmen kann, und sie rührt sich nicht vom Fleck, weil diese Stelle vollkommen flach ist. Darauf machte ich meinen Vater auf dem Weg zum *El Puerto* am letzten Donnerstag im Mai aufmerksam. Ich hatte ihn in seinem Büro abgeholt, weil sein Auto in Leos Werkstatt war. Er schien interessiert an meiner Beobachtung, aber dann quietschten hinter uns Reifen, und er sagte etwas Seltsames.

»Noch nie hat ein Land, das die Automobile so sehr liebt, sie so schlecht gefahren.«

Ich wappnete mich. Mein Vater hat eine Art, dass sich das Universelle persönlich anfühlt. »Was meinst du?«

»Wir gehen nicht mehr zu Fuß irgendwohin oder segeln.« Er räusperte sich, und ich fragte mich, ob er diese kleine Ansprache geplant hatte. »Der Geist des Fliegens ist tot, die Erforschung des Weltraums ist ein Witz. Aber unsere Liaison mit dem Auto läuft irgendwie weiter. Allein die Namen drücken bereits unsere ganze Hoffnung auf Abenteuer und Reichtümer aus. Schau dir das an.«

Wir standen hinter einem Ford, das Modell hieß Expedition. Vor uns, auf der Nebenfahrbahn, war eine Sable-Limousine, so wertvoll wie das Fell des Tieres, das dem Auto seinen Namen gegeben hatte: Zobel.

»Und der Taurus?«, fragte ich. »Das ist kein besonders glamouröser Name.« Ich klappte das Sonnendach auf.

»Was ist das?«

»Dieses Auto, ein Ford Taurus.«

Er sah mich an. »Dein Auto ist ein Taurus? Wie das Sternzeichen?«

»Ja. Deines auch, aber ich habe die Limousine.«

»Das Sternzeichen Stier?«

»Ich dachte, du wüsstest das.«

»Wusste ich nicht.«

»Mein erstes Auto war ein Fiesta. Fiesta, Taurus, als Nächstes ein Hybrid, hoffe ich. Das sind die Autos, die ich besessen habe.«

»Wenn du mich nach meiner Biografie fragst, werde ich dir die Bücher aufzählen, die ich gelesen habe.«

Sein Tonfall verriet mir, dass er wahrscheinlich jemanden zitierte. Ich schaltete das Radio ein. Er hat schon früher gesagt, dass ich meinen Autos zu viel Beachtung schenke, womit er sagen will, dass ich heiraten und eine Familie gründen soll. Aber ist der amerikanische Traum eher Haus oder Auto? Geht es darum, Wurzeln zu schlagen oder sich fortbewegen zu können? Die meisten Menschen können sich nicht entscheiden.

»Wie geht's dem Englischprofessor?«, fragte Leo, als wir das *El Puerto* betraten. Er rief den Angestellten in der Küche die übliche Bestellung meines Vaters zu – ein Pintobohnen-Burrito mit einer Extraportion Guacamole – und geleitete uns zu einem Tisch.

»Gut … Sir«, sagte mein Vater, nachdem er mir einen kurzen Blick zugeworfen hatte. Dann verneigte er sich, und Leo lächelte und verneigte sich ebenfalls.

»Wusstest du, dass er gegen Giftefeu immun ist?«, fragte mein Vater, als Leo wegging.

»Woher weißt du das?«

»Das hat er mir erzählt. Wir unterhalten uns manchmal, wenn du nicht da bist.«

Ich schlug die Speisekarte auf, und mein Vater holte einen Umschlag aus seiner Brusttasche. Er enthielt ein Dankesbriefchen von – der Schreibfertigkeit nach zu schließen – einem der Kindergartenkinder aus unserer Straße.

»Bella«, sagte er und hielt mir das Blatt hin. »Und ihr kleiner Bruder Henry. Ich habe ihnen Sonnenhut aus unserem Garten geschenkt.«

Mit Garten meinte mein Vater das Beet hinter dem Haus, das ich vor Jahren angelegt hatte und jetzt vernachlässigte. Einige der widerstandsfähigeren mehrjährigen Pflanzen, darunter auch Echinacea, gediehen immer noch inmitten des Unkrauts.

»Sehr nett«, sagte ich und gab ihm das Blatt zurück.

»Sie sind unsere Nachbarn.«

Das wusste ich. Ich wusste auch, dass Janine, die Mutter von Bella und Henry, oft in ihrem Vorgarten stand und den Europäischen Spitzahorn *(Acer platanoides)* betrachtete, meinen Lieblingsbaum in unserer Ecke. Er hat eine Menge Totholz – der Spitzahorn stirbt langsam von der Krone abwärts – und steht deshalb wie ein kampferprobter Krieger in unserer belaubten Straße. Ich wünschte, er würde vor unserem Haus stehen, denn ich würde ihn nie fällen. Was Janine angeht, kann ich ihre Gedanken über Bäume nicht lesen.

»Sind sie das?«

Mein Vater runzelte die Stirn, und einige Minuten lang aßen wir schweigend Tortillachips mit Salsa. Für einen alten Mann isst mein Vater sehr ordentlich, das ist ein Segen.

Viele unsere Nachbarn sind, wie Janine, erst in den letzten fünf oder sechs Jahren in die Todd Lane gezogen. Doch einige wohnen schon viel länger dort, und wahrscheinlich haben sie noch Erinnerungen an mich als Kind. Dennoch beschränkt sich unsere Begrüßung auf ein kurzes Winken. Und, offen gesagt, ist das in Ordnung, denn wann lässt man in eine Unterhaltung die schwierigen Momente seines Lebens einfließen? Soll ich all diese Informationen offenlegen, diesen Menschen meine Verschrobenheiten erklären? Oder soll ich ein Schild aufstellen? Ja. Die Straße rauf und runter stellen wir Schilder auf, die unsere persönlichen Katastrophen und Tiefschläge bekannt geben. Das wäre hilfreich, vielleicht sogar nachbarschaftlich.

»Wir leben in unmittelbarer Nähe, das ist wahr«, sagte ich.

Esche (Fraxinus excelsior)

Am nächsten Abend fand ich in meinem Briefkasten ein fotokopiertes Bild von einer Esche *(Fraxinus excelsior)* mit einem Fragezeichen in der oberen rechten Ecke. Die Esche ist auf den Britischen Inseln heimisch, sie wächst besonders gut auf Kalkgestein, denn sie benötigt einen kalziumhaltigen Boden. Eschensamen werden im Volksmund Schlüssel genannt, weil sie den Schlüsseln für mittelalterliche Türschlösser ähneln, und die Baumkrone ist immer offen, mit viel Platz zwischen Ästen und Zweigen. Das Holz ist äußerst beliebt für die Herstellung von Griffen für Hammer, Axt, Schaufel, Meißel – jedes Werkzeug, das heftigen Stößen und hoher Druckbelastung ausgesetzt ist.

In vielerlei Hinsicht ist die Esche das ideale Modell für einen Familienbaum.

Ich nahm die Fotokopie aus dem Stapel der restlichen Post und legte sie zu den anderen auf die Mikrowelle. Dort sammelte ich die Ergebnisse der Recherche meines Vaters nach einem Gedenkbaum. Er hofft, dass die Universität einen Baum zu seinen Ehren pflanzt, bevor er stirbt, doch wenn das nicht passiert, ist geplant, dass ich insgeheim einen ernenne. Die drängende Frage ist: welchen?

Mein Vater gibt mir diese Fotokopien, seine Baummerkblätter, seit drei Jahren.

Die Eibe

Als Leo im Juni seinen Außenbereich, die *Promenade*, eröffnete, kam die Nachricht sogar in der Restaurantrubrik der Tageszeitung. Im Juli gewann ein Dichter vom Englischen Seminar den höchstdotierten Preis für ein einzelnes Gedicht – fünfzigtausend Dollar. Das Gedicht handelte von einer Eibe *(Taxus baccata)* in einem der Campusgärten, und die Zeitung druckte das Gedicht zusammen mit einem Foto von dem Baum. Unser Universitätsgeländeteam – das in diesem Moment aus mir, Sue, Blake O'Dell und fünf Studierenden, die den Sommer über bei uns jobbten, bestand – saß an einem Picknicktisch im Freien und las die Neuigkeit beim Mittagessen. Blake saß uns gegenüber und konnte den Artikel nicht gut sehen, deshalb schoben Sue und ich ihm die Seite hin, als wir zu Ende gelesen hatten. Sie und ich kauten still, während er las. Als er dann fertig war, schob er die Zeitung zu den Studierenden am anderen Tischende und kaute still, während sie lasen.

Das Gedicht trug den Titel »Die dunkelnde Eibe«, und es hat vier Strophen, zweiunddreißig Zeilen und einhundertsechsundsechzig Wörter. Das weiß ich, weil Sue die Zeitung von den Studierenden zurückbekommen und sie alle laut gezählt hat. Als sie fertig war, blickte Blake einen Moment lang zu den Wolken auf und sagte: »Das sind ungefähr dreihundert Dollar pro Wort.«

Am anderen Tischende pfiff ein junger Mann durch die Zähne.

»Ich erinnere mich, wie du diesen Steckling eingepflanzt hast«, sagte Blake.

»Ich musste gerade daran denken«, sagte ich.

»Ich weiß noch, dass ich das keine so gute Idee fand.«

»Nein, fandest du nicht.«

»Nadeln, die hochgiftige Alkaloide enthalten – und das an einer erdnussfreien Uni.« Er lächelte. »Als würden wir den Ärger geradezu heraufbeschwören.«

»So war es. Aber wir haben ein Warnschild aufgestellt.«

Er nickte. »Außerdem steht die Eibe zu nah an der Mauer.«

»Dieser Mauerabschnitt ist wirklich gefährdet«, sagte Sue. »Die Wurzeln darunter ragen nach oben. Das Architekturinstitut beklagt sich jedes Jahr darüber. Ich vermute, jetzt nicht mehr.«

Das Bild der Eibe neben dem Text des Artikels war sehr schlecht. Die Eibe ist ein dunkler und geheimnisvoller Baum, beheimatet in Europa und Großbritannien, aber auf dem unscharfen Schwarz-Weiß-Foto in der Zeitung, das schon seit gut zwei Jahren nicht mehr aktuell war, sah sie aus wie ein schief gewachsener Weihnachtsbaum. Die historische Assoziation der Eibe mit Friedhöfen stammt von den ersten christlichen Missionaren, die im ganzjährigen Schutz des breiten Baumkronendachs predigten, ein Symbol des ewigen Lebens. Das Holz dieses Baums ist elastischer und robuster als das anderer Arten. Ich hoffte, dass Leute kommen würden, um die Eibe mit eigenen Augen zu sehen. Dann stellte ich mir eine Menschenmenge in dem kleinen Garten vor, Erwachsene berührten die Nadeln, Kinder kletterten den Stamm hoch, und mich schauderte.

Ich hatte den Steckling von der Fortingall-Eibe erworben, die im geografischen Herzen Schottlands steht, in einem kleinen Dorf unweit von Loch Tay. Ich war nie da, aber ich habe mir viele Bilder angesehen, denn die Eibe auf dem Friedhof dort soll mindestens dreitausend Jahre alt sein. Als englische Baumpfleger bekannt gaben, dass sie Stecklinge von dem Baum nehmen würden, die von der Forstverwaltung großgezogen und dann überall in Großbritannien verpflanzt werden sollten, argumentierte ich gegenüber dem Rektor des Landschaftsarchitekturinstituts, dass wir die Tradition unserer verehrten Gründer fortsetzen würden, die mehr als hundert Baumarten auf dem ursprünglichen Campus pflanzten. Der Rektor wandte sich daraufhin an die oberste Architekturbehörde der USA. Der Verweis auf die Gründer zieht als Argument fast immer, und noch im gleichen Jahr wurde mein Steckling im Rahmen der Feierlichkeiten zum Founders Day eingepflanzt. Er wurde in einem der kleineren Uni-Gärten nahe der Bibliothek eingegraben und einem Mitarbeiter aus der Denkmalpflegeabteilung gewidmet, der in Rente ging. Ich kannte die Person gar nicht, aber, wie die Tradition es vorschreibt, galt sie als »jemand, der einen bleibenden Beitrag zur Gestaltung, Planung und Erhaltung des Universitätsgeländes geleistet hat«. Glücklicherweise gibt es für diese Bäume des Founders Day keine Tafeln, nur eine Namensliste auf der Website der Universität, daher weiß ich, zu wem die Eibe gehört.

Ich holte den Steckling am Flughafen ab und fuhr damit direkt zum Gewächshaus der Uni, wo ich ihn in einen Topf pflanzte und pflegte, bis er in die Erde eingesetzt wurde. Im Spätfrühling hatte er Wurzeln geschlagen, und ich härtete ihn drei Wochen lang in einem Frühbeet ab – die erste Woche unter einem Gartenvlies, das ich eigens dafür bestellte. Bevor der Steckling am Founders Day eingepflanzt wurde, präparierte ich die Erde mit sehr viel Kalk, und in den ersten Wintern entfernte ich stets den Neuschnee von den jungen Ästen. Im siebten Jahr erneuerte ich die Bewässerung im gesamten Garten, um den Wasserabfluss zu verbessern.

Die Eibe gehört zu den wenigen Nadelbäumen, die ihren Samen nicht im Zapfen tragen. Stattdessen wird jeder kleine Samen von einem winzigen roten Becher namens Arillus umhüllt, dessen fleischiges Gewebe sehr süß und nicht giftig ist. Amseln lieben es. Alle anderen Baumteile hingegen sind giftig, deshalb mussten wir die Eibe mit einer niedrigen Gartenkette abgrenzen und ein Schild aufstellen:

EIBE
Taxus baccata

GEZOGEN AUS EINEM STECKLING DER
FORTINGALL-EIBE, PERTHSHIRE, SCHOTTLAND
3000–5000 JAHRE ALT

WICHTIGE INFORMATION FÜR SIE:
NADELN, BEEREN
UND BORKE SIND FÜR MENSCHEN GIFTIG

Es dauerte lange, sich auf den Wortlaut zu einigen. Die Verwaltung wollte »Warnhinweis«. Ich dachte, dass so etwas wie »Bitte beachten Sie« genügen würde. Wir einigten uns auf »Wichtige Information«, und in letzter Minute setzte Blake noch ein »für Sie« dazu. Trotzdem gibt es alle paar Jahre Beschwerden, und ich habe schon oft gefürchtet, dass der Baum geopfert würde, um die besorgte Mutter einer Studienanfängerin zu besänftigen. Der Dichterpreis schien die Zukunft der Eibe zu sichern, und dafür war ich dankbar. Die Eibe steht allein, was eine Schande ist. Viele Wissenschaftler glauben, dass Bäume sich untereinander anfreunden, ihre Wurzeln ineinander verschlingen, um Nährstoffe im Boden zu teilen, und ihre Äste krümmen, damit jeder genügend Sonne bekommt. Manche glauben, dass ein Baumpaar sich so nahestehen kann, dass, wenn einer stirbt, der andere auch stirbt. Ungefähr eineinhalb Meter westlich von der Eibe steht eine sehr schöne Sitka-Fichte *(Picea sitchensis)*. Im Allgemeinen kommen Unwetter aus dieser Richtung, und da die Sitka-Fichte Windböen außergewöhnlich gut aushalten kann, weiß ich, dass sie einen Windschutzstreifen um die Eibe bildet. Das ist schon was.

Und die Eibe wächst und gedeiht. Tatsächlich gibt es etwas, das nur Blake und ich über die Eibe wissen, und am Tisch beim Mittagessen begegnete ich seinem Blick. Wir beide hatten die Aufgabe, die Bäume in diesem Teil der Universitätsgärten zu pflegen, und das beinhaltete auch die regelmäßige Berechnung von Höhe und Umfang. Die Eibe ist eine langlebige Art, und sie wächst langsam; normalerweise benötigt sie zehn Jahre, um einen Meter achtzig groß zu werden. Meine Eibe war fünfzehn Jahre alt und ragte bereits über sechs Meter in die Höhe. Blake und ich kannten den Grund nicht, aber die Eibe schien außergewöhnlich schnell zu wachsen.

Autoreise

Jahrelang fuhr meine Familie jeden August nach New England, um meine Großmutter väterlicherseits zu besuchen. Wir fuhren die Strecke immer in einem durch, oft nahmen wir unsere eigene Verpflegung in einer Kühlbox mit und hielten zum Essen an einem Rastplatz. Mein Vater, mein Bruder und ich trugen unsere Sandwichs zu einem Picknicktisch. Meine Mutter blieb gewöhnlich im Auto. Manchmal konnte ich es nachvollziehen, andere Male war ich wahrscheinlich eingeschlafen und wusste daher nicht, warum sie traurig war. Die Gegend war trocken so spät im Sommer, aber die Luft war voller Feuchtigkeit. Ich suchte die Bank nach Spinnen ab, dann streckte ich mich darauf aus und beobachtete die Wolken. In meiner Erinnerung sind alle Farben genau so, wie sie sein sollen: grüne Blätter, blauer Himmel, weiße Wolken; so wie ein Kind sie malen würde. Es gibt keine Schattierungen, keine ungewöhnlichen Effekte durch Licht, Wind oder Regen.

Hin und wieder kaufte mein Vater eine Zeitung und dehnte unsere Mittagspause aus; das bedeutete, dass er müde war. Meine Mutter rauchte vielleicht eine Zigarette im Auto, bei geöffneter Tür, ein langes Bein auf den Asphalt gestreckt, während mein Bruder, mit Süßigkeiten aus dem Automaten in der Hand, zwischen den beiden hin- und herlief.

Nach dem Mittagessen nahmen wir unsere Plätze im Auto wieder ein. Mein Vater lenkte immer den Wagen, und ich saß hinter ihm. Meine Mutter blieb, wie immer, auf dem Beifahrersitz, und mein Bruder saß hinter ihr. Die Diagonalen waren hier das Entscheidende. Von meinem Platz aus konnte ich das Gesicht meiner Mutter sehen, aber nur den Rand, nicht das ganze Profil, es sei denn, sie drehte sich, um etwas am Radio einzustellen oder meinen Vater anzusehen. Doch es genügte, um ihre Stimmung einzuschätzen. Mein Bruder hatte den gleichen Blick auf meinen Vater.

So wuchsen wir auf, ich beobachtete meine Mutter, mein Bruder beobachtete meinen Vater. Natürlich gibt es die junge Familie in diesem Auto nicht mehr, sie ist so ausgestorben wie irgendein Säugetier. Der kleine blonde Junge, der mit einem Keks in der Hand herumläuft? Sein Haar wurde dunkel in den Teenagerjahren, aber er lief weiter, den ganzen Weg nach Kalifornien. Der Vater, der später in diesem Sommer eine wilde Kardinalslobelie *(Lobelia cardinalis)* nach Hause brachte und jahrelang versuchte, sie an einer unwirtlichen Stelle in seinem viel zu trockenen Garten am Leben zu erhalten? Er gab seine Wildblumenspaziergänge auf. Die immerzu beobachtende Zehnjährige? Ich gab auch auf, begann, mehr Aufmerksamkeit Büchern und Pflanzen zu widmen.

Diese Besuche im Sommer verliefen ruhig, wir lasen viel und unternahmen lange Waldspaziergänge, fast nie trafen wir andere Menschen. Doch ich erinnere mich, dass mein Vater sich eines Abends rasierte und ein Jackett anzog. Meine Großmutter bereitete russische Eier zu, und meinem Bruder und mir wurde gesagt, wir sollten uns hübsch machen. Ich registrierte diese Ereignisse wie einen Kälteeinbruch; seltsam, aber erfrischend.

Die Cocktailparty fand in einem Haus gleich die Straße hinunter statt, zu Ehren einer Frau, die eine Perücke und dicke beige Nylonstrümpfe trug. Sie saß in einem Sessel am Fenster, und trotzdem sie lächelte und redete und sogar einen Gin Tonic trank, stand sie nicht auf. Ihr Sohn, ein dunkelhaariger Junge von zehn oder elf Jahren, wich kaum von ihrer Seite und brachte ihr einen Schal, als ihr kühl wurde. Mein Vater hatte ein oder zwei Drinks mehr als gewöhnlich an diesem Abend, und später erfuhr ich von ihm, dass die Frau mit der Perücke an einer tödlichen Krebserkrankung litt. Im September war sie tot.

Die Cocktailparty war die Idee der sterbenden Frau gewesen, ihre letzte Chance, sich von ihren Freunden und Nachbarn zu verabschieden. Meine Großmutter war mit ihr befreundet gewesen, sie muss darauf bestanden haben, dass wir sie an diesem Abend begleiteten. Ich fand das faszinierend, denn meiner Familie war quasi jede Ausrede recht, um keine Freunde zu Besuch zu haben. Sterben hätte sicherlich ganz oben auf dieser Liste gestanden.

Ein Moment dieser Sommerfahrten ist mir besonders lebhaft in Erinnerung geblieben. Wir hatten fürs Mittagessen angehalten, wie gewöhnlich, und ich saß auf einer Bank nahe einem Efeubeet *(Hedera helix)*. Eine Spinne hatte ihr Netz knapp über dem Efeu gesponnen, und ich beschloss, eine Samenhülse auf sie zu werfen, um zu sehen, wie sie das aufnahm. Die Hülse war zu schwer und segelte durch das Netz. Die Spinne krabbelte hinüber, um nachzusehen, was passiert war. Ohne zu zögern schnitt sie den widerspenstigen Faden ab, die Hülse war wieder frei, dann machte sie sich daran, ihr Zuhause zu reparieren. In Windeseile war sie wieder zurück in der Netzmitte und wartete, wenn auch in einem anderen Winkel zum Boden als zuvor.

Fahrstunden

Als ich Leo das nächste Mal sah, fragte ich ihn, ob er mit Sicherheit wisse, dass er mit Giftefeu in Berührung gekommen war. »Meine Mutter dachte, ich wäre immun gegen Windpocken, bis ich sie bekam, als sie mir das Autofahren beibrachte. Ich war furchtbar krank. Ich verpasste eine Woche lang die Schule.«

Er gab mir eine überzeugende Beschreibung eines Giftefeu-Ausschlags, also nickte ich.

»Deine Mutter hat dir das Autofahren beigebracht?«, fragte er und blieb an meinem Tisch stehen.

»Ja.«

»Nein«, sagte er lächelnd.

»Was meinst du damit, nein?«

»Das ist Aufgabe des Vaters«, sagte er mit gespielter Autorität.

»In jeder anderen Hinsicht hatten meine Eltern eine sehr traditionelle Rollenaufteilung. Aber meine Mutter war eine gute Autofahrerin.«

»Und dein Vater ist das nicht?«

»Er ist in Ordnung, aber meiner Mutter hat es mehr bedeutet.« Sie wollte es mir beibringen, aus irgendeinem Grund.

In dem Moment, als ich es aussprach, wusste ich, dass es wahr war, nur hatte ich es bis dahin noch nicht realisiert.

Als ich fünfzehn war, fuhr ich abends mit meiner Mutter Auto, anstatt den Fahrschulunterricht an meiner Highschool zu besuchen. Sobald ich um den Block kurven konnte, ohne den

Motor abzuwürgen – sie bestand darauf, dass ich das Fahren mit Handschaltung lernte –, ließ sie mich weitere Strecken fahren. Wir hörten Radio, und sie brachte zwei Dosen Limo für uns mit, obwohl ich meine erst öffnen durfte, wenn die Fahrstunde vorbei war. Ich fuhr, während sie an ihrem Getränk nippte und den Takt von Songs, die sie mochte, mit einer kurzen Kinnbewegung unterstrich.

Gegen Ende des Semesters fuhren meine Mutter und ich durch die hügeligen Ecken des Campus, damit ich das Anfahren am Berg üben konnte, und ich weiß noch, dass sie mit dem Finger auf die weihnachtlich geschmückten Balkone der Studentenheime zeigte. »Kleine Rechtecke der Freude«, nannte sie die. Ich glaube, damals war sie glücklich. In dem Jahr wurde sie vierzig. Im nächsten Jahr half sie mir, einen gebrauchten Ford Fiesta zu kaufen, wenngleich sie nie ein eigenes Auto besessen hatte. Als dieses Auto kaputt war, kaufte ich einen Taurus der ersten Generation, der noch über die Möglichkeit der Handschaltung verfügte. Das ist Bonnie.

Ich fahre gern Auto, aber im Lauf der Jahre hat sich ein Archiv an Unfällen, über die ich gelesen habe, in meinem Kopf festgesetzt wie ein mentales Daumenkino der Tragödien. Die Frau, die beim Kirchgang so heftig von einem Auto erfasst wurde, dass ihr Kopf vom restlichen Körper abgetrennt wurde und meterweit durch die Luft flog. Der Teenager, der auf einer Straße durch den Wald fuhr und von einem Ast – nicht zu sehen im sprenkligen Sommersonnenlicht – direkt durch die Windschutzscheibe aufgespießt wurde. Es gibt noch andere. Ich habe gelesen, dass der Schülerlotse im Ort niemanden beim Überqueren der Straße berühren darf, nicht einmal die alten Damen, die am Bordstein stehen und Hilfe suchend ihre Ärmchen wie Flügel schlagen, denn wenn etwas passieren sollte, kann die

Stadt keine Verantwortung übernehmen. Wir schleudern uns in Autos umher, aber wir dürfen uns nicht anfassen, um einander über die Straße zu helfen? Das ist eine absurde Regelung, und damit will ich sagen, dass sich überall Ironien verbergen, über die man öffentlich nicht halb so viel sprechen darf, wie man möchte.

Ich aß meinen Burrito nicht weiter. Leo kam zurück und fragte, ob ich noch einen anderen Wunsch hätte, aber ich lehnte dankend ab.

Die *Promenade* war voll – Leo musste sieben Tische unterbringen, damit der Ausbau sich finanziell trug –, doch das schien niemanden zu stören. Gegenüber hatte McDonald's nach dem 11. September so viele amerikanische Flaggen gehisst, dass die Gegend bei kräftigem Wind wie ein Bootshafen klang. Hinter dem McDonald's, nach etwa zweihundert Metern mit weiteren Autos, befand sich eine weitere Ladenzeile, Barracks Mall, mit den Hauptgeschäften Whole Foods, Bed Bath & Beyond, Barnes & Noble, einem angesagten Optiker und einem Ruby Tuesday. Dieses Zentrum war bei Weitem beliebter und machte den vielfachen Umsatz von Wayside, wo es nur *El Puerto,* eine Stoffhandlung und eine familienbetriebene Apotheke genau in dieser Reihenfolge entlang der Längsseite von einem L gab. In der Ecke war ein Friseursalon mit Namen *Shear Elegance*, dessen Dekoration im Wesentlichen aus drei Paaren Flipflops an einem Kruzifix bestand. Dann folgte eine leere Schaufensterfront und schließlich Mrs. Kims Laden. Das Gelände des Barracks-Zentrums war mit ausgewachsener Kreppmyrte begrünt, die im Spätsommer himbeerrot blühte, mit violettem Salbei, Buchsbaum, mit Thuja und saisonalen Fahnen. Wenn Barracks voll wurde, parkten die Menschen oft bei Wayside und gingen über die Straße, das war ein Problem für *El Puerto*, denn diese Menschen aßen eher bei

Ruby Tuesday oder besorgten sich ein Sandwich im Café von Barnes & Noble.

Am Nebentisch beugten zwei Mädchen den Kopf über ihre roten Schälchen, um ein Tischgebet zu sprechen. In der hinteren Ecke wartete eine Gruppe Mütter auf ihr Essen, während nebendran etliche Babys in ihren Buggys herumzappelten. Mehrere Freunde schoben in der Mitte zwei Tische zusammen, holten dann aber ihre Handys hervor und schrieben Nachrichten. Plötzlich blickte einer von ihnen zu der Lautsprecheranlage auf, die Leo mühevoll angebracht hatte und aus der jetzt Mariachi-Musik erklang. Er hob den Arm, krümmte den Daumen und tat, als würde er den Lautsprecher abschießen.

Leo brachte mir die Rechnung.

»Was ist mit Mückenstichen?«, fragte ich.

»Schrecklich. Sie schwellen an. Und bei dir?«

»Sie jucken mich nicht.«

Er nickte anerkennend.

Silberlinde (Tilia tomentosa)

Die Blätter sind wie die Herzen einer Spielkarte geformt. Das Holz hat eine blasse, cremig braune Farbe und wird bevorzugt von Holzschnitzern verwendet, die es für das beste Material für anspruchsvolle Holzskulpturen halten. Es wird ebenfalls zur Herstellung von Hutblöcken, Schuhspannern und, da es sehr stabil ist, auch von Klaviertasten benutzt.

Keine schlechte Wahl für meinen Vater, doch als ich mich zum Schlafen fertig machte, kam mir der Gedanke, dass die Abteilung Nachhaltigkeitsplanung wahrscheinlich Einwände erheben würde. Die Mitarbeiter waren durchsetzungsstark und gut organisiert, und es gibt die weitverbreitete Überzeugung, dass die Silberlinde für Bienen giftig ist. Ist sie nicht; die Wahrheit ist, dass die Bienen im Spätsommer und Frühherbst, wenn ihr Lebenszyklus an sein natürliches Ende kommt und es weniger Nektarquellen gibt, sich an der Silberlinde versammeln und eine gewisse Anzahl von ihnen dort stirbt. Doch die Abteilung Nachhaltigkeitsplanung würde nie auch nur den Anschein eines Schadens für die Bestäuber billigen.

Die letzte Whiskey-Sour-Party

Im August gingen mein Vater und ich zu einer Abschiedsparty für ein älteres Ehepaar in der Nachbarschaft. Die Goulds verkauften das Haus, in dem sie fünfunddreißig Jahre lang gelebt hatten. Die neuen Besitzer kamen und ebenso Dutzende Freunde und Nachbarn. Die Goulds hatten drei Kinder an diesem Ort großgezogen, doch als ich Beth Gould zufällig über den Umzug sprechen hörte, konnte ich nichts von der Traurigkeit entdecken, die ich erwartet hatte. Das Haus und der Garten seien ihr jetzt ein bisschen zu viel, sagte sie. Sie und Philip seien bereit für das nächste Abenteuer. Irgendjemand fragte sie nach ihren Kindern. Waren sie traurig?

»Ach, das sind richtige Stubenhocker«, sagte Beth. »Wir fahren zu ihnen.«

Die Hauptsorge schien die Umbenennung der Whiskey-Sour-Partys zu sein, für die sie und Philip berühmt waren. Sie dachten daran, in ihrem neuen Haus ein anderes Getränk zu servieren, hatten sich aber noch nicht für eines entschieden.

Ich erkannte Gesichter aus der Nachbarschaft und hob meine Wangen mehrmals zu einem Lächeln, aber ich kannte niemanden so gut, dass ich stehen geblieben wäre und mich unterhalten hätte. Ich bin die Nachbarin, die sie nicht kennen, die sie wahrscheinlich nicht sehr mögen, die Nachbarin, die sie heute nicht besser kennen als an dem Tag, an dem sie hierhergezogen sind. Einige haben mich um den ein oder anderen Gefallen gebeten:

»Können Sie die Post ins Haus bringen, wenn wir verreist sind?«, »Können Sie den Garten sprengen?«. Doch ich habe sie im Gegenzug nie um einen Gefallen gebeten. Einige haben freundliche Worte dafür gefunden, dass ich immer noch zu Hause wohne: »Hier sind deine Wurzeln«, sagen sie. Das ist wahr, sie sind hier. Wurzeln schlagen ist nicht mein Problem. Ich stelle mir vor, dass es das ist, womit sie sich beruhigen, wenn das Donnern der Autos, die schnell über die Metallplatten in der Straße fahren, sie nachts wach hält.

Im Haus der Goulds war noch nicht für den Umzug gepackt worden, deshalb schlenderte ich durch die schönen Zimmer. Es war ein elegantes und behagliches Haus. Es gab weder zu viele noch zu wenige Möbel, die Farben waren gedeckt und harmonisch, die Fenster groß und sauber. Man hatte den Eindruck, dass dies ein Ort der schönen Dinge war, die auch benutzt und geliebt wurden. Auf der Schwelle zur Küche jedoch blieb ich stehen. Hier herrschte eine vollkommen andere Atmosphäre. Fast jeder Gegenstand hatte eine Redensart oder ein Motto aufgedruckt: Kühlschrankmagneten und Löffelablage, Gläser und Kerzen, Tischsets und Becher, Geschirrhandtücher und Stickmustertücher. Ich brauchte nicht lange, um das Thema der Sprüche zu erkennen:

Freundschaft ist süß über die Süße des Lebens hinaus. (Hl. Augustinus)
Freundschaft ist dem Wesen nach ein Magnet. (Eudora Welty)
Freunde sind die Familie, die wir selbst wählen. (Anonym)
Glücklich ist das Haus, das einen Freund beherbergt. (Emerson)
Freunde sind Gottes Entschuldigung für Verwandtschaft. (Hugh Kingsmill)
Freunde beweisen ihre Zuneigung in schwierigen Zeiten, nicht in glücklichen. (Euripides)

Sogar auf der Kleenexschachtel neben den Kochbüchern stand: *Freunde versammeln: Rassembler des amis.* So viele Jahrhunderte mit Ratschlägen zur Freundschaft, herausdestilliert in pastellfarbener Schönschrift. Ich fragte mich, ob diese Dinge Geschenke von treuen Freunden gewesen waren oder ob es sich um hoffnungsvolle Verhaltensregeln handelte, zu denen sich die Goulds selbst aufforderten. Wie auch immer, die Maßnahmen hatten gewirkt, oder nicht? Das Haus der Goulds war voller Freunde, die ihnen eng verbunden waren und ihnen nur das Beste wünschten. Die Goulds waren glücklich, gesund und viel beschäftigt. Ich hatte bei Beth nicht einmal Verärgerung darüber entdecken können, dass ihre Kinder nicht oft zu Besuch kamen. Es hatte liebevoll geklungen, als sie ihre Kinder als Stubenhocker bezeichnet hatte.

Ich goss mir Wein nach, auf dem Glas – ich schaute extra noch mal nach – war nichts eingraviert, doch am Stiel war eine dieser Papierrosetten befestigt, an der der Gast einer großen Party sein Glas wiedererkennen sollte. Das überraschte mich nicht. Am Geschirrspüler hatte ich einen Magneten gesehen, auf dem stand: *Glück ist ein Freund … der den Abwasch macht.*

Als ich zu den anderen Gästen zurückging, unterhielt sich mein Vater gerade mit Beth Gould, den Kopf konzentriert nach vorn geneigt, eine Haltung, die mir vertraut war. Sie bedeutete, dass er sehr interessiert an dem war, was Beth sagte, und nicht unterbrochen werden wollte.

Am Esstisch traf ich auf Philip Gould. »Du bist eines der Attaway-Kinder«, sagte er.

»Schuldig im Sinne der Anklage.« Small Talk ist wie Stand-up-Comedy: selten witzig und immer kurz davor zu missglücken. Sobald ich Small Talk machen muss, füllen Klischees meinen Kopf wie ein Virus.

Er sagte: »Ich mochte deine Mutter gern«, und plötzlich war mein Kopf leer. »Danke« schien nicht die richtige Antwort, aber was dann? Ich blickte auf meine Füße.

»Ich erinnere mich, dass sie dir das Autofahren beigebracht hat. Sie hat unseren Volkswagen Kombi ausgeliehen, damit sie dir das manuelle Schalten zeigen konnte. Dafür habe ich sie bewundert.«

Ich erinnerte mich an den Kombi, aber nicht mehr, dass er den Goulds gehört hatte. Sie fuhren jetzt einen blauen Mini Cooper, und dafür bewunderte *ich* sie. Ihr privates Downsizing war konsequent und umfassend.

»Freust du dich auf den Umzug?«, fragte ich.

»Sicher«, antwortete er. Dann musterte er mich. »Wie geht es dir? Werden du und dein Dad je von hier wegziehen?«

»Fit wie ein Turnschuh« waren die Worte in meinem Kopf, und ich gab mir größte Mühe, sie nicht auszusprechen. Ein Gast, der sein Glas hob, um einen Toast auszubringen, rettete mich, und die Party verlagerte sich ins Wohnzimmer.

»Entschuldige mich bitte«, sagte Philip. »Ich glaube, ich werde gebraucht.«

Die gesamte Nachbarschaft hatte ein Geschenk organisiert (ich hörte zum ersten Mal davon), und wir sahen zu, während Beth und Philip es zusammen auspackten. Beth hatte das Paket überreicht bekommen, aber sie drängte behutsam darauf, dass Philip es mit ihr aufmachte. Er entfernte das Geschenkpapier und reichte Beth die Schleife und jeden einzelnen Fetzen, den er abriss. Dann blickten sie beide plötzlich auf einen Silberteller und lasen stumm. Als sie die Köpfe wieder hoben, sahen sie zuerst einander an, beide mit Tränen in den Augen. Beth las die Gravur laut vor, mit leicht brüchiger Stimme.

»›Zeig mir deine Freunde, und ich zeige dir deine Zukunft.‹«

Alle klatschten und jubelten. Auf dem Teller waren die Namen aller Familien aus der Nachbarschaft wie eine Art Sternbild rund um das Zitat eingraviert (das, wie ich bemerkte, niemandem zugeschrieben war).

»Attaway« stand auch darauf. Ich sah nach, bevor ich nach Hause ging.

An jenem Abend lief ich durch die Zimmer unseres Hauses. Im Gegensatz zu den Goulds stand im Attaway-Heim nichts offen herum; nirgendwo war etwas für alle zum Lesen aufgedruckt oder eingraviert. Soweit ich wusste, hatte mein Vater achtzig Jahre lang ohne ein T-Shirt mit Worten darauf gelebt. Und ich konnte mich auch nicht erinnern, dass meine Mutter eins getragen hätte. In unserem Haus waren Verse dazu da, auswendig gelernt zu werden. Bücher mussten aufgeschlagen, gelesen, studiert werden.

Wir besaßen eine Gesamtausgabe des *Oxford English Dictionary,* alle zwanzig Bände. Mein Vater schenkte es meiner Mutter, als ich geboren wurde, eine Möglichkeit, sie daran zu erinnern, dass die Sprache sich nicht verändert hatte, auch wenn ihre Lebensumstände sich drastisch geändert hatten. Die Ausgabe nahm die zwei untersten Regale unseres Bücherschranks im Wohnzimmer ein. Ich zog Band VI heraus und schaute *friend* (Freund) nach. Die Küche der Goulds war voller netter Sprüche und kluger Ansichten über Freundschaft gewesen, aber mir kamen sie wie Hybride vor, wie etwas, das man kreuzbestäubt hatte, um den Liebreiz zu maximieren. Ich wollte das Original. Ich wollte den ersten Gebrauch dieses Worts im Englischen erfahren.

Ich fand den Eintrag, er stammte aus *Beowulf: »Heorot innan waes freondum afylled.«* (Im Inneren von Heorot war nichts als Freundschaft.) Ich hatte das epische Heldengedicht im College gelesen, konnte mich aber nur vage daran erinnern. Ich war sicher, dass mein Vater das Buch besaß, also ging ich zum Regal in seinem Arbeitszimmer. Ich wählte die Übersetzung von Seamus Heaney, sie war die neueste, und das Cover gefiel mir gut. Im Souterrain unter mir ließ mein Vater etwas in seiner Küchenecke auf den Boden fallen, dann war es still. Ich schlug das Buch auf und begann zu lesen.

Folgendes ist relevant für meine Geschichte: Heorot, berühmter Palast und Methalle, wurde von König Hrothgar als ein Versammlungsort für seine Krieger erbaut. Grendel, der von Kain abstammt, lebt mit seiner Mutter in einem nahe gelegenen Sumpf und kann das Freudengeschrei, das aus der Halle dringt, nicht ertragen. Jeden Abend entsteigt Grendel den Mooren und lauscht draußen vor der Halle, wie Hrothgar und seine Männer »sich dem widmen«, das heißt, dem Wein und den Liedern und der Freundschaft. Schließlich macht der Lärm Beowulf so wütend, dass er die Tür aufbricht und die meisten Krieger tötet. Diese Situation wiederholt sich jede Nacht, bis die Halle aufgegeben wird. Dann erscheint Beowulf und bietet seine Hilfe an, damit Hrothgar die Halle wieder nutzen kann. Beowulf und seine Krieger versammeln sich eines Abends in Heorot und sorgen für Randale, dann täuschen sie vor zu schlafen. Als Grendel auftaucht, packt Beowulf seine Hand, als würde er sie schütteln wollen, und nach langem Kampf reißt er Grendel den Arm aus der Schulter. Das Monster zieht sich in seinen Sumpf zurück, wo es stirbt. Am nächsten Abend sucht Grendels Mutter Rache, doch auch sie wird von Beowulf getötet. Das ist bedauerlich, denn wir könnten mehr rachsüchtige Monstermütter in der englischen Literatur gebrauchen.

Kürzer gefasst: *Beowulf* ist ein gewalttätiges Epos über die Gefahr, ohne Freunde zu sein. Es gibt eine Party, der Außenseiter ist nicht eingeladen, er schmollt draußen vor der Tür, kommt dann rein, richtet verheerenden Schaden an und wird getötet.

Ganz einfach: Ohne Freundschaft wird man zu Grendel. Viele Menschen heiraten nicht, viele bekommen keine Kinder. Manche Menschen kennen ihre Eltern nicht, etliche haben keine Geschwister. Doch jeder Mensch, der, gleichgültig, wie lange, gelebt hat, hat einen Freund gehabt. Außer Grendel, und er wurde zum ersten Monster der englischen Literatur.

Ich sah auf und bemerkte, dass die Katze mich anstarrte. Ich fragte sie, was sie erwartete. Hester drehte den Kopf und blickte den Flur hinunter, als würde sie über eine Antwort grübeln, dann schnupperte sie vorsichtig an meinem großen Zeh und ging weg.

Im Inneren von Heorot war nichts als Freundschaft. Ich wollte diese Worte auf ein Leinentuch für meine Küche gestickt haben. Alle, die das lasen – nun, vielleicht nicht *alle* –, würden leise Zweifel befallen, was auf sie zukam.

Unfälle

Der letzte Tag im August war ein Donnerstag. Die ganze Woche über war es heiß und schwül gewesen, aber ein Gewitter an diesem Nachmittag hatte das bewirkt, was Menschen Sommergewittern zuschreiben, obwohl es nur selten stimmt: Abkühlung. Beim Abendessen im *El Puerto* sagte mein Vater, dass er gern nach Hause laufen würde.

»Was ist mit deinem Auto?«, fragte ich.

»Das hole ich morgen.«

»Da hast du bestimmt keine Lust drauf«, sagte ich. »Ich fahre es für dich nach Hause.«

»Das ist sehr nett von dir«, erwiderte mein Vater und reichte mir die Autoschlüssel.

Und dann fuhr ich das Auto meines Vaters nach Hause, obwohl ich es besser nicht getan hätte, denn ich hatte meine zwei Bier getrunken.

Neighbor (Nachbar) scheint mir ein dehnbarer Begriff zu sein. Man kann sagen: »Sie ist meine Nachbarin«, und alle werden denken, dass sie eine Freundin ist. Doch wenn etwas schiefläuft, kann man sagen: »Ach, ich kenne sie gar nicht richtig. Sie ist nur meine Nachbarin«, und jeder weiß, was damit gemeint ist.

Janine erzählte der Polizei, sie glaube nicht, dass ich ein Alkoholproblem hätte. »Andererseits«, sagte sie, »kenne ich sie nicht gut. Sie ist nur meine Nachbarin.«

Eine Augenzeugin sagte, das Kind sei dem Auto »nicht wirklich so nah« gewesen.

Am nächsten Tag in der Zeitung wurde daraus »Universitätsgärtnerin in Verkehrsunfall verwickelt«, aber das ist irreführend, denn es gab keinen *Verkehr*. Ich steuerte am Kind vorbei und stieß gegen den parkenden silbernen Lexus einer wohlhabenden Collegestudentin, die in dem Haus lebt, das ihre Eltern für sie gekauft haben. Das tat ich absichtlich. Es hieß, entweder der Lexus oder der fantastische gelbe Kugel-Schmetterlingsflieder *(Buddleja globosa)* von Mr. Braden, und für mich war die Entscheidung klar. Keine weiteren Autos waren beteiligt, und das Kind wurde nicht verletzt.

Ich fuhr zu schnell, so viel ist wahr. Die zwei Bier zu einem bescheidenen Abendessen waren keine gute Idee gewesen, auch wenn der Alkoholgehalt in meinem Blut die gesetzliche Promillegrenze nicht überschritt. Der Beamte war jung und sein Tonfall entschuldigend.

»Ich muss Ihnen einen Strafzettel ausstellen, *Ma'am*«, sagte er, schnitt eine Grimasse und massierte sich den Nacken. »Aber ich halte Sie nicht für eine Gefahr im Straßenverkehr.«

Ich dankte ihm, aber ich war nicht überzeugt. Am Vortag hatte ich eine Dosenschildkröte mit Bonnies linkem Vorderreifen erwischt und sie im hohen Bogen in den Straßengraben befördert. Ich hatte die Schildkröte mit reichlich Vorwarnung gesehen, selbst zwischen den Unmengen an getrockneten Kiefernnadeln, die die Straße zu dieser Jahreszeit wie ein Pelz bedeckten. Ich bin sicher, dass ich ihren Panzer zerbrochen habe.

Es heißt, ein Unglück komme selten allein. In diesem Fall waren es drei. Am Anfang eines überraschend kühlen Septembers stürzte mein Vater in der Auffahrt. Ich sah, wie er zu Boden fiel, als ich ins Bett ging. Ich rannte hinaus, wo ich ihn auf dem Rücken liegend fand, bei klarem Verstand und vollkommen ruhig. Neben ihm lag umgekippt ein Topf mit einem Kaktus, dem säulenförmigen nachtblühenden Cereus *(Selenicereus grandiflorus)*.

»Bitte ruf den Notarzt«, sagte er.

»Für dich oder für den Kaktus?«

Er lächelte, was ich mit Erleichterung wahrnahm. »Bitte um einen leisen Krankenwagen. Ich will die Kinder nicht aufwecken.«

»Bist du verletzt?«

»Ich denke, ja. Mein Bein.«

»Die Kinder?«

»Bella und Henry. Von gegenüber.«

»Kann ich dir helfen?«

»Nein, es tut zu sehr weh. Vielleicht ist es die Hüfte.«

Ich ging nach drinnen und sagte der Leitstellendisponentin, dass mein Vater achtzig Jahre alt und stabil sei und dass etwas mit seinem Bein oder seiner Hüfte nicht in Ordnung sei.

»Ein leiser Krankenwagen?«, fragte sie.

»Ich denke, er meint einen ohne Sirene.«

Sie sagte, ich solle ihn warm halten, deshalb brachte ich ihm eine Decke, nachdem ich den Anruf beendet hatte. Er sah traurig aus, als ich sie über ihn legte.

»Ich möchte nicht, dass du dich um mich kümmern musst«, sagte er.

»Es macht mir nichts aus.« Die Worte klangen nicht überzeugend, daher kniete ich mich neben ihn.

Seine Hände fuhren kreisförmig durch den Kies und legten kleine Stellen Erde frei.

Ich räusperte mich. »Soll ich dich fragen, warum du spätabends mit einem nachtblühenden Cereus die Auffahrt entlangläufst?«

»Er gehört Beth Gould. Sie wollte, dass ich ihn bekomme. Die Decke in ihrem neuen Haus ist zu niedrig.«

Der *Selenicereus grandiflorus* wird manchmal auch Königin der Nacht genannt. Der Kaktus blüht einmal im Jahr und nur im Dunkeln, die unglaublich wohlduftenden Blüten verwelken vor Tagesanbruch. In Indien wird er Brahma Kamalam genannt, nach dem Hindugott der Schöpfung, und man glaubt, dass die Wünsche der Menschen, die zu dem Gott beten, während die Pflanze blüht, in Erfüllung gehen. Der Kaktus, den mein Vater trug, stand nicht in Blüte.

Der Krankenwagen schaltete die Sirene aus, bevor er in die Todd Lane einbog. Dennoch kamen einige Nachbarn aus den Häusern und standen mit verschränkten Armen im roten und blauen Blinklicht. Ich sah auch einige Kinder aus dem Fenster spähen. Während die Rettungssanitäter meinen Vater in den Wagen hoben, kam Janine auf mich zu, Arme vor der Brust verschränkt, Schultern hochgezogen, um sich gegen die kalte Luft zu schützen.

»Können wir irgendetwas tun?«, fragte sie.

»Nein, danke«, sagte ich. Mein Tonfall musste harsch geklungen haben, denn sie sah überrascht aus.

»Ich würde euch gern eine Hilfe sein«, sagte sie.

Eine Hilfe. Für mich klingt dieses Wort wie eine Statusbeschreibung. Janine Morton, Hilfe; Ehefrau eines Assistenzarztes, der selten zu Hause ist; Mutter von Bella und Henry.

»Ich verstehe«, sagte ich und brachte noch »Vielen Dank« hervor, denn mir ist bewusst, dass ich manchmal zu weit gehe.

Belohnungen

Vor nicht allzu langer Zeit gab es kaum etwas Rührenderes als den Anblick von Erstklässlern, die im Kreis am Boden hockten, um ihren ersten Kräutergarten anzulegen oder ein Gemüsebeet oder Chrysanthemen anzupflanzen. Inzwischen gibt es nicht mehr viele Bereiche, in die die Technologie noch nicht vorgedrungen ist, und dazu gehören auch Kinder im Garten. Alle haben ein Videospiel gespielt, das »Pflanze vs. Zombie« heißt. Ich habe es nie ausprobiert, aber ich schätze, wenn die Spieler weiterkommen, erhalten sie Pflanzen mit verschiedenen Stärken, und daher tun die Kleinen und auch die Nicht-mehr-so-Kleinen – zum Glück enden diese Schulbesuche nach der fünften Klasse – gern so, als verfügten die zarten Schösslinge, die sie in die Erde einpflanzen sollen, über Superkräfte. Warum sie die Fotosynthese nicht mindestens so aufregend finden wie das Töten von Zombies, werde ich nie verstehen. Ich habe versucht, es aus diesem Blickwinkel zu sehen.

Ich habe es auch mit Wettbewerb versucht, da sie Spiele doch so sehr lieben. Dafür teilte ich die Klasse in mehrere Gruppen und lobte Preise für die Gruppe aus, die ihre Arbeit als Erstes beendete. Als ein Elternteil sich beschwerte, dass nicht alle Kinder mit einem Ringelblumentöpfchen nach Hause geschickt wurden, gab ich die Betreuung der Schulausflugsklassen auf. Wir leben in Zeiten, wo jeder eine Medaille bekommt und alle Bösewichte herzzerreißende Vorgeschichten haben. Niemand denkt mehr, dass das Böse dem Menschen innewohnt, ein böser Mensch ist nur jemand, der eine echt schlechte Wahl getroffen hat.

Blake O'Dell stimmte mit mir überein, hielt es aber für eine gute Idee, dass ich mit der Betreuung der Schulgruppen eine Weile lang aussetzte. Jetzt betreuen Freiwillige aus dem Umweltwissenschaftsprogramm unter Blakes Anleitung die Schüler. Sie besitzen unbändige Energie und scheinen besser mit den Kindern umgehen zu können, obwohl ich während einer der ersten Ausflüge den Studenten dabei beobachtete, wie er das Anpflanzen unterbrach, um eine SMS zu verschicken. Ungefähr die Hälfte der Klasse, meiner Schätzung nach Viertklässler, nutzte die Gelegenheit, um ihr eigenes Handy aus der Tasche zu ziehen, während die restlichen Kinder ins Leere starrten, seit Langem daran gewöhnt, dass sie längst nicht so interessant sind wie die Bildschirme ihrer Betreuer.

Blake O'Dell ist nicht besonders herzlich oder freundlich, und er kann herrisch sein, wenn es nötig ist – wenn Landschaftsarchitekten die Pflanzen misshandeln oder freiwillige Schülerhelfer, die ein Praktikum absolvieren müssen, mehr Eifer für ihre Körperbräune als für die Arbeit aufbringen. Doch er wird nie laut, arbeitet scheinbar langsam und ist dabei doch so konstant und beständig, dass er immer mehr schafft als alle anderen. Vor Jahren erzählte mir mein Vater von seiner Alpenwanderung mit meiner Mutter, als sie noch jung waren. Sie hatten sich ehrgeizige Ziele gesetzt, brachen morgens im schnellen Tempo von der Berghütte auf und ließen die älteren Wandergruppen mit ihren wettergegerbten Gesichtern und ihren Wanderstöcken weit hinter sich. Nachmittags überholten diese Wanderer sie. Immer. So war Blake. Natürlich ist das die alte Fabel vom Hasen und der Schildkröte, aber ist es nicht erschreckend, wenn ein Mythos sich so deutlich in der realen Welt zeigt?

Damals im Juli, kurz nachdem der Dichterpreis vergeben wurde, hatte Blake dafür plädiert, dass ich, die ich eine solch fürstlich vergütete Inspiration gepflanzt und gepflegt hatte, auch eine Belohnung verdiente. Anscheinend lachte der Direktor des Landschaftsarchitekturinstituts nur, doch ein Brief vom Prodekan (ein Mathematiker und im Herzen ein Botaniker; Blake hat häufig gesehen, wie er den Baum bewunderte) half. Es dauerte drei Monate, bis die Genehmigung erteilt wurde, und Blake hielt die ganze Zeit über still. Eines Morgens im Oktober erzählte er mir dann, dass ich »als Anerkennung meiner Dienste für die Universität und ihre historischen Gärten« einen Monat bezahlten Urlaub bekam, den ich im folgenden Jahr nach meinem Belieben nehmen konnte.

Die Geschichte schaffte es in die Zeitung. In einem kurzen Artikel, in dem hauptsächlich die Großzügigkeit der Universität gepriesen wurde, wies die Journalistin darauf hin, dass der Dichterpreis fünf Jahre in Folge an Männer vergeben worden sei und es daher schön sei, dass jetzt eine Frau Anerkennung ernte, wenn auch nur am Rande.

Blake, mit seinen melancholischen Augen und seinem wettergegerbten Gesicht, hatte das für mich getan. Es war mehr arbeitsfreie Zeit, als ich je gehabt hatte.

Sue nannte es ein Minisabbatical.

Leo sagte, es könnte mein Leben verändern.

Mein Vater fragte, ob ich verreisen würde. Er benutzte eine Krücke, um seine geprellte Hüfte zu schonen.

Als Erstes las ich alle Posts über Amber Dwight noch einmal. Es waren einige neue erschienen, seit ich die Website das letzte Mal aufgerufen hatte. Als Zweites besuchte ich die Eibe. Ich brachte eine Thermoskanne und eine Decke mit, sammelte ein paar rote und blaue Plastikbecher ein, die zweifellos am Vorabend von feiernden jungen Leuten weggeworfen worden waren, und vergrub etwas Dünger in der Erde um den Stamm. Dann setzte ich mich zu der Eibe und trank meinen Kaffee.

Ich hatte sehr viel Zeit geschenkt bekommen, und ich wollte sie gut nutzen. Recht schnell kam ich zu drei Schlussfolgerungen.

1. Ich war nicht daran interessiert, herauszufinden, wer ich war, wenn ich allein war, ein Ziel, das anscheinend viele Menschen verfolgen, die sehen wollen, was sie in einem ganzen Jahr erreichen können. Ich kannte diese Person, und ich war sie leid. Ich wollte sie nicht nach Italien bringen oder auf eine lange Wanderung, zum Bergsteigen oder Zelten im Wald.

2. Ich war daran interessiert, herauszufinden, wer ich zusammen mit anderen Menschen war und warum es so schwierig war, diese Person zu sein. Ich erinnere mich, dass meine Mutter, die selbst nicht viele Freundinnen hatte, oft zu mir sagte: »Wenn du dich mit dir allein wohlfühlst, wirst du niemals einsam sein«, was irgendwie nicht die ganze Wahrheit war.

3. Ein Besuch in der Buchhandlung hatte mir gezeigt, dass ich die Wahl hatte, mich entweder in die Natur zu flüchten (siehe Punkt 1) oder in Büchern zu verschwinden oder beides.

Doch in mir keimte eine andere Idee auf. Wenn »Freunde die Familie sind, die wir selbst wählen«, wie das Sprichwort besagte, machte ich mir Sorgen, dass ich dem nicht genügend Aufmerksamkeit gezollt hatte. Manche Menschen, wie die Goulds oder Amber Dwight, finden leicht Freunde. Andere blicken sich in der

Mitte ihres Lebens um – auf die Art, wie man prüfend sein Wohnzimmer mustert, wenn man ein neues Sofa braucht – und sagen: Was habe ich hier? Was ist das für ein Raum, den ich geschaffen habe?

In der Mitte des Lebens war ich mir nicht sicher, was ich geschaffen hatte. Ich trank meinen Kaffee aus, rollte die Decke zusammen und ging nach Hause.

Ich begann nach Vorbildern Ausschau zu halten, Abenteuergeschichten von Frauen, die nicht von Kriegen oder Städtegründungen handelten, sondern von Freundschaft und Familienheilung. Doch alles, was ich fand, war das, was ich dann bei mir das Penelope-Modell nannte. Während Odysseus herumzog, blieb Penelope an Ort und Stelle. Ihre Geschichte war in psychologischer und emotionaler Hinsicht anspruchsvoll – sie zog einen Sohn groß und wehrte alle Freier ab –, aber sie ging nirgendwohin. Sie blieb in Ithaka, und das scheint jahrtausendelang den Ton angegeben zu haben.

Was wäre gewesen, wenn Penelope weggegangen wäre? Was, wenn sie, anstatt allein in ihrem Zimmer zu warten, in ein anderes Königreich zu Freunden gezogen wäre? Der Versuch, eine Ersatzfamilie zu finden, wenn die eigene fehlt, ist ein so waghalsiges Unterfangen wie der Kampf eines Mannes gegen Ungeheuer. Wenn sie Ithaka verlassen hätte, vielleicht hätte dann sie ein Epos in der häuslichen Sphäre bekommen, Ausziehsofas wären ihre Skylla und Charybdis, Gästezimmer ihre Höhle des Zyklopen gewesen. Der »gewiefte« Odysseus musste seine verschiedenen Gastgeber um eine Menge Hilfe bitten, um nach Hause zu kommen. Penelope, die auf gute Manieren achtete und als Frau dazu erzogen war, anderen zu gefallen, hätte daran gedacht, ihre Gastgeber zu fragen: Wie geht es Ihnen? Was macht

Ihr Königreich? Finden Sie auch, dass Sie auf etwas warten? Die Literaturgeschichte wäre anders verlaufen.

Ich kaufte eine Anthologie mit Essays über Freundschaft und las sie in einem durch. Hinterher war ich mir nur einer Sache sicher: Freundschaft ist schwer zu definieren. Epikur meinte, dass sie notwendig für ein glückliches Leben sei. Aristoteles glaubte, sie sei unerlässlich für ein gutes Leben. Cicero hielt ein Leben ohne Freunde für nicht lebenswert, aber Freundschaft solle langsam und vorsichtig geschlossen werden. Montaigne dachte, dass Freundschaft nur einmal in dreihundert Jahren vorkomme, und natürlich war er einer der Glücklichen. Oscar Wilde sagte, ein Freund sei jemand, der dich von vorn ersticht, und C. S. Lewis schlug Ideogramme vor: Wenn Geliebte zwei Menschen sind, die sich verzückt in die Augen schauen, dann sind Freunde zwei Menschen, die nebeneinanderstehen und nach vorn in die gleiche Richtung blicken.

Vermutlich würden heute alle vier mit gesenktem Kopf auf ihre Handys starren.

Die Wissenschaft definiert Freundschaft als Zeit plus Intelligenz, und nur wenige Spezies sind dazu fähig: die höheren Primaten, Mitglieder der Pferdefamilie, Elefanten, Wale und Kameliden. Für eine Freundschaft zwischen verschiedenen Spezies müssen folgende Kriterien erfüllt sein: Die Bindung muss über eine gewisse Zeitspanne hinweg aufrechterhalten werden, beide Tiere müssen sich daran beteiligen, und es muss irgendeine Art von Gefälligkeiten auf beiden Seiten geben. Hester, die mir sicherlich keine Gefälligkeiten erwiesen hat, zählt nicht. Aber eine Schildkröte, die mit einem Hund Ball spielt, oder der Gorilla, der mit dem Kätzchen schmust? Fraglos ja. Das Internet ist voll solcher Videos, denn Menschen lieben sie. Doch wie viele von uns können sagen, dass sie einem Freund eine Gefälligkeit erwiesen, ein Opfer erbracht haben, das scheinbar gegen unsere Natur ist?

Kürzlich sah ich auf einem Spaziergang in Duck Woods zwei Frauen, die sich an der Straßenecke unterhielten. Sie waren Laufen gewesen und wärmten sich die Hände an Kaffeebechern.

»Freundschaften schließt man mit zwanzig und mit sechzig«, sagte eine von ihnen gerade, als ich vorbeiging. Ich tat so, als würde irgendetwas hinter mir in der Straße meine Neugier wecken, damit ich die Reaktion der anderen Frau beobachten konnte. Sie blickte zu Boden. In meiner Anthologie hatte ich gelesen, dass F. Scott Fitzgerald dachte, man würde in den Dreißigern Freunde finden, und Thoreau sagte das von den Vierzigern. Am Tag nach seinem vierzigsten Geburtstag wachte Thoreau auf und fasste den Entschluss, die Freundschaft als das Herzstück seines Lebens zu feiern. »Manchmal wache ich nachts auf und denke über die Freundschaft und ihre Möglichkeiten nach«, schrieb er.

Doch ich ging weiter. Als ich das Gefühl hatte, weit genug weg zu sein, gab ich gestenreich vor, etwas vergessen zu haben, drehte mich um und lief zurück.

Jetzt sagte die erste Frau: »Ich weiß nicht, was ich getan habe, Bampf, aber ich vermisse dich.«

Der Name kann unmöglich »Bampf« gewesen sein, aber so klang das, was ich hörte. Beide Frauen sahen gut aus für ihr Alter; sie könnten in ihren Fünfzigern gewesen sein, aber ich war mir nicht sicher. Mein langsamer Schritt musste auffällig gewesen sein, denn Bampf warf mir einen finsteren Blick zu. Ich musste weitergehen, deshalb weiß ich nicht, wie die Sache für die beiden ausging.

Mein Vater sagte mir einmal zur Freundschaft: »Du musst dich entscheiden, ob du mit dem Guten auch das Schlechte nimmst.«

Ein Ratschlag, den ich weder damals noch heute besonders hilfreich fand. Er klingt, als würde man diese Entscheidung nur einmal im Leben treffen, dabei kann man immer wieder vor diese Wahl gestellt werden.

Tagesausflug

An einem strahlenden Samstag im Oktober fuhr ich in einen nahe gelegenen Ort, der für seine viktorianische Architektur, seinen Ententeich und seine Miniatureisenbahn bekannt ist. Ich packte ein Sandwich und meine Thermoskanne ein und legte die fünfzigminütige Fahrt in fünfunddreißig Minuten zurück. Meine Familie hatte diesen Ausflug oft in meiner Kindheit unternommen, und ich kannte die Straße gut.

Der Tag war kalt, aber am Ufer des Ententeichs drängten sich junge Familien. Rund um den Teich gab es sechs Futterautomaten, vor jedem stand eine Schlange Eltern, die ihren dick eingepackten Kleinkindern halfen, an das Fertigfutter zu kommen, mit dem sie die Enten, eine Schwanenfamilie und mehrere Gänse füttern durften, die aufgrund der warmen Winter hier wahrscheinlich nicht weiter nach Süden ziehen würden. Die Vögel waren so vollgefressen, dass sie in der Teichmitte paddelten und anscheinend darüber beratschlagten, was sie gegen die hartnäckigen Kinder unternehmen sollten. Die Kinder, von denen einige eine Woche zu früh ihre Halloweenkostüme ausprobierten, krochen immer näher ans Wasser heran, denn die Vögel sollten unbedingt noch mehr fressen. Immer sind es Kinder oder ältere Menschen, die Vögel füttern. Sie scheinen das stürmische Gefühl um sie herumkreisender gieriger Vögel zu suchen, während wir in der Mitte unseres Lebens uns nach Ruhe sehnen.

Die Szene war nett anzusehen, aber nicht der Grund, warum

ich hergekommen war. Ich trank meinen Kaffee und wanderte zur Eisenbahnlinie. Diese Attraktion konnten die Kinder allein bewältigen, denn die Wagen waren zu klein für Erwachsene. Für gewöhnlich standen die Eltern am Zaun nahe dem winzigen Bahnhof, wo die Kinder ein- und irgendwann nach zwölf Runden auf der kurzen Gleisstrecke auch wieder ausstiegen. Eine besorgte Mutter versuchte mit ihrem Kind, einem bemerkenswert ruhigen Vierjährigen, in den Waggon zu steigen, doch das war nicht erlaubt. Ich konnte sehen, wie der Schaffner mit seiner schwarz-weißen Mütze den Kopf schüttelte.

Der Zug pfiff und fuhr los, alle Eltern hielten ihr Handy hoch, und alle kleinen Kinder – nun, die meisten von ihnen – blickten starr geradeaus, überraschend stoisch. Ich ließ den Blick schweifen; oben auf dem Uferhang, in der Sonne neben einer Gruppe Eschen, war ein Paar, das zu dem Zug sah und doch in deutlichem Abstand zum Rest der Eltern stand. Das hatte ich zu sehen gehofft. Die Frau winkte lächelnd, der Mann hatte die Hände in die Hosentaschen gesteckt. Ich konnte unmöglich erkennen, welches ihr Kind war, aber die Frage ist doch: Wurde dieses Kind weniger geliebt, weil seine Mutter und sein Vater so weit weg von den anderen Eltern standen? Alle außer ihnen drängelten sich vor, um jede der zwölf langweiligen Runden aufzunehmen. Die Eltern auf dem Hang machten gar keine Fotos, aber sie hatten eine gute Sicht.

Ich packte mein Sandwich aus. Als die Eisenbahnfahrt endete, beobachtete ich, wie ein kleines Mädchen mit einer weißen Bommelmütze aus dem Zug stieg und sich auf Zehenspitzen umblickte, bis es das Paar auf dem Hügel entdeckte, und ich fühlte, wie sich mir der Magen zusammenzog. Der Zug pfiff zur nächsten Abfahrt, und seine Eltern winkten dem Mädchen zu. Es schlüpfte durch die nächste Ansammlung von Eltern hindurch, um allein den Hügel hinaufzusteigen.

Sind sie eine unglückliche Familie? Wo ist der Beweis? Die Mutter umarmte ihre Tochter, als sie den Hang hinaufgeklettert war. Ihr Vater gab ihr einen Snack. Doch die Szene lehrte mich eines: Man wächst in dem Glauben auf, es wäre normal, dass die Menschen, die einen am meisten lieben, auf Abstand bleiben. Liebe hält sich fern; Liebe lässt einen auf sie zugehen. Das ist nicht unbedingt falsch, aber ich wollte lernen, näher dabeizustehen.

Meine deine Leute

In der Woche nach meinem Ausflug zum Ententeich lud ich Sue zum Abendessen ins Restaurant ein. Ich erzählte ihr, dass ich darüber nachdachte, in meinen freien Wochen alte Freunde zu besuchen.

Was mich ein bisschen an Sue stört, ist, dass man ihre Gedanken stets an ihrem Gesicht ablesen kann.

»Du hast deine Leute?«, fragte sie.

»Ich nenne sie nicht so, aber ja. Warum bist du so überrascht?«

»Du hast sie noch nie erwähnt. Wo wohnen sie?«

»Habe ich nicht?«

»Nicht ein einziges Mal, soweit ich mich erinnere. Wie lange kennen wir uns jetzt? Zehn Jahre?«

»Nicht jeder kommt mit mir zurecht, das weiß ich. Aber ich habe einige Freunde.«

»Aber du sprichst nicht von ihnen. Ich kenne noch nicht mal ihre Namen.«

»Ich kann dir ihre Namen sagen.«

Sue lächelte. »Darum geht es nicht. Freunde müssen nicht wie Schösslinge in regelmäßigen Abständen die Rabatten entlang eingesetzt werden. Es ist in Ordnung, wenn sie ineinander übergreifen.«

Ich beschloss, das Thema zu wechseln. »Du bist gut in Freundschaften«, sagte ich.

»Das ist meine Religion«, sagte Sue, und ich nickte, denn ich hatte ihr das Stichwort gegeben. Sie war heiter und zufrieden. Ich hatte das Gefühl, dass sie schon seit langer Zeit darauf wartete, diese Worte genau so aussprechen zu können.

»Was gibt es sonst noch?«, fragte sie.

»Ich weiß nicht. Es ist nicht leicht.«

»Warum nicht?«

Ich seufzte. Ich hatte diese Unterhaltung angefangen, wusste aber trotzdem nicht, in welche Richtung sie gehen sollte.

»Welche finden oder sie behalten?«, fragte sie. »Was davon meinst du?«

»Alles«, erwiderte ich. »Es braucht viel Zeit.«

Sie lächelte wieder, und ihr Lächeln sagte: Was ist Zeit angesichts von Freundschaft?

»Du warst Einzelkind«, entgegnete ich und hielt ihrem Blick stand. Erst jetzt erkannte ich, wie wichtig das war. »Ich glaube, für Einzelkinder sind Freundschaften leichter. Das ist logisch. Du brauchtest dringender Freunde.«

Sie zog erstaunt eine Augenbraue hoch. »Und du hast ein enges Verhältnis zu deinem Bruder?«, fragte sie.

Wir tranken beide einen Schluck Wein und musterten uns über den Glasrand hinweg.

»Wir sind nicht gut darin, Kontakt zu halten«, räumte ich ein. »Aber so ist meine ganze Familie. Ich habe einige Tanten und Onkel und mehrere Cousins und Cousinen, aber wir kommen nicht zusammen. Wir haben keine Familientreffen.«

»Also, viele Familien haben keine Familientreffen.«

»Wir feiern keine runden Geburtstage, Goldene Hochzeiten oder auch nur Weihnachten.«

»Wirklich nichts davon?«

»Gar nichts.« In meiner Kindheit gab es Menschen, die ständig zu irgendeinem Anlass Verwandtschaftsbesuch hatten: Geburtstage,

Thanksgiving, die jüdischen Feiertage. Ich erinnere mich, dass meine Mutter einmal sagte: »Jahrhundertelange Verfolgung macht das mit einem Volk.« Wir gehörten der Episkopalkirche an.

»Maria glaubt, dass du Angst hast, verletzt zu werden«, sagte Sue, während sie ihr Glas übertrieben vorsichtig auf dem Tisch abstellte. Maria war Sues Partnerin. »Ich habe ihr gesagt, dass ich dich nie eine Kletterrose schneiden gesehen habe.«

»Vielleicht«, sagte ich. »Aber jetzt denke ich daran, Freunde zu besuchen, mich in ihre Hände zu begeben. Vielleicht bleibe ich vierzehn Tage.« Ich dachte an Jane Austen und ihre Heldinnen. Es waren immer die Verletzlichen, die Waisen und Unverheirateten, die bei den anderen zu Besuch kamen.

»Du machst Scherze.«

»Der Gedanke hat mir schon immer gefallen. Warum nicht?«

»Ich glaube, vierzehn Tage sind nicht mehr zeitgemäß, genauso wenig wie Visitenkarten und Empfehlungsschreiben«, sagte Sue.

»Heutzutage hat auch niemand mehr Gästezimmer oder Hausangestellte. Daran liegt es sicher auch.«

Sie hörte mir nicht zu. »Das ist keine gute Idee«, sagte sie kopfschüttelnd. »Sei mir bitte nicht böse. Ich denke, gute Freunde sind dazu verpflichtet, sehr ehrlich zu sein und manchmal unangenehme Dinge auszusprechen.«

»Nein, das ist in Ordnung«, sagte ich und freute mich hauptsächlich darüber, dass Sue uns für gute Freundinnen hielt. Dann erzählte sie mir eine lange Geschichte über einen Besuch bei einer Freundin, wo sie viel zu lange geblieben war.

Manche Menschen können gut Geschichten über sich selbst erzählen. Ich weiß, dass das »gemeinsamer Austausch« genannt wird und als eine Tugend gilt, aber wann immer ich versuche, von mir zu berichten, brechen die Geschichten überstürzt und abgehackt aus mir heraus. Ich kenne das Wort dafür nicht. »Verklemmt« wahrscheinlich. Aber könnte es nicht einfach bescheiden sein? »Wir kehren die Dinge unter den Teppich«, sagte mein Vater einmal über die Attaways, und das schien zutreffend.

Sues Besuch war eine Katastrophe, und die Freundschaft hat sich nie mehr davon erholt. Sie beendete ihren Bericht mit den Worten: »Und vierzehn Tage sind *zwei* Wochen.«

»Schon klar. Sicher werde ich nicht so lange bleiben. Ich denke nur gerade an eine Zeit, als Freundschaft genau das war. Statt Textnachrichten und Verabredungen auf einen Kaffee blieb man einige Zeit im Haus seiner Freunde, wenn es sein musste, auch vierzehn Tage. Kannst du dir das vorstellen? Dass es Freunde gibt, die einen für so lange aufnehmen? Vierzehn-Tage-Freunde.«

Sue sah skeptisch aus, aber wir teilten uns einen Nachtisch, und sie bot an, Hester zu füttern und die Post ins Haus zu bringen, wann immer und egal, wie lange ich verreisen würde.

»Danke«, sagte ich. Ich zögerte, doch dann erzählte ich ihr, dass ich mir einen Namen für ihre Firma ausgedacht hatte. Die Firma, von der sie geträumt hatte, die Wasserläufe durch Wohnzimmer fließen ließ.

Sie war überrascht. »Das hast du getan?«

»Flusshüter.«

Sie hob die Augenbrauen. »Das gefällt mir.«

Nach dem Abendessen mit Sue begannen mir überall Freundespaare aufzufallen. An einem ungewöhnlich warmen Novembertag aß ich in der Innenstadt zu Mittag und beobachtete zwei alte Männer, einer groß, einer klein, die einen Spaziergang um den Platz vor dem Gerichtsgebäude machten. Sie gingen zügig und sahen aus, als wären sie schon ihr ganzes Leben lang befreundet oder als hätten sie zumindest gelernt, ihre Schritte aufeinander abzustimmen, was bei ihrem Größenunterschied nicht leicht gewesen sein konnte.

Ein paar Tage später holte ich mir in einem Café einen Kaffee und bemerkte zwei Frauen in einer Ecke, die ins Gespräch vertieft waren. Sie waren älter, eine war groß und füllig, die andere klein und dünn. Ich weiß nicht, warum das Universum mir diese märchenhaften Paare schickte; ich schreibe nur auf, was ich gesehen habe. Ich muss die beiden angestarrt haben, denn die junge Barista reichte mir meinen Kaffee mit den Worten: »Sind sie nicht ein nettes Paar? Sie kommen jeden Tag hierher.«

»Jeden Tag?«, fragte ich.

»Im Ernst. Jeden Tag. Ich meine, ich rede auch die ganze Zeit mit meiner besten Freundin, aber wir können nicht zusammen Kaffee trinken. Sie lebt in Maine.«

»Das ist wirklich schade.«

»Ach, das ist schon in Ordnung. Wir skypen jeden Tag.«

Ich überlegte, ob es etwas gab, was ich jeden Tag tat. Die einzige Sache, auf die das vollkommen zutraf, war Zähneputzen.

An meinem nächsten Abend im *El Puerto*, einem Montag, setzte sich Leo zu mir an den Tisch.

»Darf ich?«, fragte er, eine Hand auf der Stuhllehne, in der anderen seinen Teller. Ich saß drinnen, denn der Außenbereich war im Winter geschlossen, die Tische und Stühle lagerten hinter dem Restaurant. Er hatte mir meine Bestellung bereits gebracht, trug jetzt ein hübsches Hemd und keine Schürze.

»Natürlich, bitte.« Ich setzte mich gerade hin.

»Wie geht es deinem Vater?«, fragte er.

Ich erzählte ihm, dass er immer noch Schmerzen in der Hüfte habe, sein Arzt aber nicht glaube, dass etwas nicht in Ordnung sei.

Eine Weile aßen wir schweigend, dann sagte Leo, dass er darüber nachdenke, den Außenbereich im Frühjahr zu verschönern, vielleicht mit einer grünen Rabatte zwischen dem Tresen und dem Parkplatz. Er wollte wissen, was ich davon hielt.

»Mit Kübeln?«, fragte ich.

»Möglich. Ich habe noch keine genauen Vorstellungen. Ich habe gehofft, dass du eine Idee hast.«

Ich blickte aus dem Fenster zu der Fläche und sagte ihm, dass ich einige Bücher über Topfgärten hätte, die er sich ausleihen könne.

Nach einer Minute sagte er, dass er auch daran denke, die Werkstatt mit Blumen zu dekorieren.

Ich legte mein Besteck nieder, wischte mir den Mund ab und sagte ihm, dass einjährige Pflanzen gut in Blumenampeln gediehen, er aber auf Viruserkrankungen achten müsse, denn die seien unheilbar, und dass er nicht zu viel gießen dürfe, ein häufiger Fehler. Viele Menschen fangen mit Topfpflanzen an und haben keine Ahnung. Die Pflanzen bekommen Mehltau oder Blattläuse, und ehe man sich's versieht, ist es ein einziger Schandfleck.

»Okay«, sagte er. Er sah entmutigt aus, aber ich war nur realistisch.

Ich sagte ihm, dass mein Burrito vorzüglich schmecke.

Er lächelte. »Das freut mich. Ich habe ihn für dich zubereitet.«

»Aber du arbeitest heute Abend doch gar nicht.«

»Für dich habe ich eine Ausnahme gemacht.«

»Oh.« Das überraschte mich. »Danke.«

»Gern geschehen.«

Er hatte auch einen Nachtisch zubereitet, aber so lange blieb ich nicht da. Ich musste ein paar Schritte laufen.

Meine Mutter, ein Stadtmädchen, verzweifelte oft an den

mangelnden Möglichkeiten, in Anneville spazieren zu gehen. Daher dachte sie sich ein Spiel aus, bei dem man in jeder Straße versucht, das einlösbare Element zu finden, nicht im finanziellen Sinne, sondern eher im Sinne eines Versprechens, die eine Sache zu entdecken, die einen entweder besänftigt oder zum Weitergehen antreibt. Ich spiele dieses Spiel, wenn ich aufgewühlt bin.

Meine Mutter und ich hatten als Element den rosafarbenen Cadillac, der stets an derselben Stelle auf dem Hügel nahe der Uni parkte; die mysteriöse Straßenecke, wo es immer nach Zigarettenrauch roch, obwohl wir nie jemanden rauchen sahen; den lang gezogenen Garten, wo jemand abwechselnd Mais und Zinnien in Reihen angebaut hatte; die Stelle mit pinkfarbenen Flammenblumen unter der Eisenbahnbrücke bei der Econo Lodge; und die Weinbar in der Innenstadt, wo man, mit dem Rücken zur Tür stehend, so tun konnte, als wäre man irgendwo anders als in Anneville. Es war ein verzweifeltes Spiel, das ist mir jetzt klar, aber eine Weile lang funktionierte es für sie als Ablenkung.

Ich stand vor der Weinbar – die mehrmals den Besitzer gewechselt hatte, aber immer noch eine Weinbar war –, nachdem ich das *El Puerto* verlassen hatte. Es war so dunkel geworden, dass die Freundesgruppe im Inneren nur ihr Spiegelbild im Fenster sah, wenn sie hinausblickte, und nicht mich, die auf der anderen Seite der Glasscheibe stand. Sie waren nicht viel jünger als ich, vielleicht Mitte dreißig. Sie waren zu acht, Männer und Frauen, und sie feierten etwas, denn der Kellner schenkte Champagner aus. Vier Freunde saßen auf der Bank mit dem Rücken zu mir, zwei an den Tischenden und zwei auf der anderen Seite mit dem Gesicht zu mir. Ihre Handys lagen auf dem Tisch, doch solange ich sie beobachtete, rührte keiner seines an. Der Kellner schien die Gruppe zu kennen oder zu mögen, denn er lächelte und unterhielt sich mit ihnen. Was sollte man auch nicht an ihnen mögen? Auf einen Fremden wirkten sie glücklich und schienen sich in Gegenwart der anderen sehr wohlzufühlen. Während ich zusah, legten einige von ihnen den Arm um den Freund oder die Freundin neben sich, eine spontane Geste der Zuneigung und der Freundschaft.

Es begann zu regnen, aber ich blieb dort stehen. Ich beobachtete, wie sie ihr Essen bestellten. Das dauerte lange, aber der Kellner verlor in keinem Moment die Geduld. Eine Frau stand vom Tisch auf, und da ich fürchtete, sie würde zum Rauchen nach draußen kommen, huschte ich zur Seite, doch sie ging in den hinteren Teil des Restaurants. Als sie zurückkam, beugte sie sich vor, um wieder ihren Platz auf der Bank einzunehmen, und ihr Gesicht war nur wenige Zentimeter von meinem auf der anderen Seite der Fensterscheibe entfernt, doch sie bemerkte mich nicht.

Eine Zeit lang sprach eine der Frauen, und der ganze Tisch hörte ihr zu. Die Geschichte muss traurig und ergreifend gewesen sein, denn zwei andere Frauen trockneten sich die Tränen. Doch es wurde auch gelächelt und am Ende sogar gelacht. Dann wurden die Vorspeisen serviert, und alle am Tisch unterhielten sich wieder.

Nach der Vorspeise ging ich abrupt weg, lief immer schneller durch den Regen. Ich dachte an all das, was ich gelesen hatte. Es hieß, Freundschaft lindere körperliche Gesundheitsprobleme und steigere unser Glücksempfinden. Es hieß, dass mit Freunden verbrachte Zeit den Blutdruck senke, Depressionen und Stress reduziere und chronische Schmerzen mildere. Eine Studie wies nach, dass Freunde zu haben eine ebenso positive Auswirkung auf die Gesundheit hatte, wie mit dem Rauchen aufzuhören. In einer anderen Untersuchung statteten Forscher eine Gruppe Studierende mit schweren Rucksäcken aus und schickten sie einen steilen Hügel hinauf. Einige wanderten neben Freunden, andere allein, und die Studierenden, die mit Freunden gegangen waren, schätzten das Gewicht ihres Gepäcks niedriger ein als die anderen. Je länger die Freunde sich kannten, desto leichter bezifferten sie ihren Rucksack.

Dennoch ist die Zeit mit Freunden das Erste, was wegfällt, wenn wir viel im Leben zu tun haben. Auch das wurde belegt. Bewegung ist gut für unsere Gesundheit, und auch die Faulen unter uns machen ein paarmal im Jahr Sport. Viele Menschen essen jetzt Grünkohl. Aber wer von uns macht Pläne, seine Freunde regelmäßig zu besuchen? Wir befolgen so viele radikale Gesundheitsratschläge, warum nicht auch diesen?

»Können Sie irgendwohin gehen?«, hörte ich einen Passanten eine obdachlose Frau fragen, während ich vorbeiging.

»Wer ist in der Nähe?«, fragte mich Siri, als ich aus Versehen auf meinem Handy herumtippte.

Grendel war allein, aber Dante hatte Vergil, und Odysseus hatte seine Männer und die grauäugige Athene. Ein Mann auf einer Mission findet immer eine Mannschaft oder einen Führer.

Ich kam am Friedhof vorbei, wo es in Mode gekommen war, kleine Solarlampen neben die Grabsteine zu stellen. An die zwei Dutzend mattblaue Lichter leuchteten im Regen. Ich drückte irgendeine Taste auf meinen Handy und landete wieder bei Siri, ihre Worte stiegen aus der Dunkelheit auf.

»Wie kann ich dir helfen?«

»Hier sind einige Dinge, die ich beantworten kann.«

»Wer ist in der Nähe?«

Ich schaltete das Handy aus. Ich wollte diese Frage selbst beantworten. Wir dokumentieren unser Leben für Menschen nah und fern mit Status-Updates und Fotos, aber wir kommen nur selten persönlich vorbei.

Ich beschloss, persönlich vorbeizukommen.

»Die arme May geht auf Reisen«, flüsterte ich und gelobte, am nächsten Morgen einen neuen Koffer zu kaufen.

Knackweide (Salix fragilis)

Die Knackweide wächst gut an Flussufern, und ihr Name leitet sich von einer Eigenschaft ihrer Zweige her. Wenn man einen mit einer raschen Bewegung nach hinten biegt, bricht er mit einem hörbaren *Knack* vom größeren Stamm ab. Niemand weiß sicher, warum der Baum so brüchige Zweige hat (manchmal wird er auch Bruchweide genannt), doch diese Eigenheit dient seiner allgemeinen Vermehrung. Wenn stürmischer Wind die Zweige abreißt, werden diese stromabwärts getragen und schlagen am feuchten Ufer Wurzeln. Die Knackweide ist, in anderer Hinsicht, eine typische Art der Gattung der Weiden, *Salix*.

Das hätte der Versuch meines Vaters sein können, einen Witz über seinen Sturz zu machen. Die Blätter sind hellgrün und die Blütenkätzchen zu Beginn des Frühlings sehr hübsch, aber auf dem Campus gibt es kein Gewässer, und der Baum nimmt bei Schnee und Eis leicht Schaden.

Oder es war seine Art, mich zu bitten, zu Hause zu bleiben. Er hatte sich nichts gebrochen bei seinem Sturz, aber er machte sich Sorgen, dass das beim nächsten Mal passieren würde.

Knackweide *(Salix fragilis)*

Zweiter Teil

Gepäck

An dem Tag, an dem ich Grendel kaufte, hatte sich ein Spatz in den Walmart verirrt. Ich verbrachte einige Zeit damit, meinen Koffer auszusuchen, aber noch viel länger beobachtete ich, wie der kleine schwarze Schnabel des Spatzen sich erst in die eine und dann in die andere Richtung neigte, die hohe weiße Decke mit den Leuchtstofflampen kritisch hinterfragend. Die Eingangstüren hatten einen Torluftschleier, da konnte der Vogel kaum hindurchfliegen, daher nahm ich an, dass er über das Gartencenter hereingekommen war. In dieser trostlosen, an den Parkplatz angrenzenden Abteilung gab es nur die durchschnittlichsten immergrünen Sträucher und saisonale Chrysanthemen (Gattung Dendranthema) in drei Farben: grelles Gelb, rostiges Orange und schmutziges Lila. Die Gepflogenheit, zu dieser Jahreszeit Berge von winterharten Chrysanthemen den Bordstein entlang zu pflastern oder in Gartenbeeten zu versenken, konnte ich am wenigsten leiden. Ich bin ganz allgemein kein Freund davon, winterfeste einjährige Pflanzen in der Landschaftsgestaltung zu nutzen, und die winterharte Chrysantheme, eine mehrjährige Pflanze, als einjährige zu verwenden, ist ein Affront. Die Chrysantheme wurde zuerst, bereits im fünfzehnten Jahrhundert, in China gezüchtet, und zusammen mit der Pflaumenblüte, der Orchidee und dem Bambus wurde sie zu einer der vier edlen Pflanzen erkoren. Heutzutage ist die Chrysantheme für die Blumen das, was der Red Delicious für die Äpfel ist: ein omnipräsenter Schwindel.

Die Chrysanthemen vor dem Walmart waren in langen, einfarbigen Reihen auf Aluminiumtreppchen zum Parkplatz hin aufgebaut, noch tiefer kann man nicht sinken. Nur Orchideen aus dem Supermarkt sind vielleicht noch schlimmer.

Eine junge Angestellte missdeutete meinen stieren Blick als Interesse. »Kann ich Ihnen behilflich sein?«, fragte sie. Sie trug Gartenhandschuhe und hielt einen Spatel in der Hand, aber es war nicht klar, ob sie gepflanzt hatte. Sie war sehr sauber.

»Oh, nein, vielen Dank«, sagte ich.

»Keine leichte Entscheidung, nicht wahr?« Sie schaute mit mir auf die Chrysanthemen. »Sie sind alle so hübsch. Ich habe dieses Jahr gelbe und violette gepflanzt.«

Drinnen war der Spatz nicht schwer zu finden. Er unternahm Kurztrips vom Luftraum über dem Haustierbedarf zu den Freilandpflanzen und wieder zurück, was nach einem ganz vernünftigen Plan aussah. Jeder Mensch beim Haustierbedarf würde Mitleid mit ihm haben, doch als ich dorthin ging, war die Abteilung leer. Eine Weile blieb ich unter dem Spatzen stehen. Der überdachte Gang, der zum Gartencenter führte, war breit, aber niedrig, und das schien dem Vogel nicht bewusst zu sein. Ich stand neben dem Hundefutter und überlegte mir mögliche Flugrouten. Auf diesem Wege könnte er hinaus ins Freie fliegen, doch er schien verwirrt, von den Lampen und vielleicht auch von der Weihnachtsmusik.

Eine Frau meines Alters bog in den Gang ein und blieb vor dem Katzenfutter stehen. In ihrem Einkaufswagen befanden sich mehrere Riesenpackungen Goldfish-Crackers, ein Dutzend Rollen Geschenkpapier, und jetzt stapelte sie noch Katzenfutterdosen übereinander.

»Da ist ein Spatz«, sagte ich und zeigte zur Decke.

»Wie bitte?«, fragte sie.

»Dort oben ist ein Spatz. Ich glaube, er findet nicht mehr nach draußen.«

Sie runzelte die Stirn und blickte nach oben. Der kleine Schnabel öffnete sich, und wir hörten ihn erbärmlich tschilpen.

»Was für ein Pech«, sagte sie. »Haben Sie schon Bescheid gesagt?«

»Nein. Sollten wir das tun?«

»Oh«, sagte sie und begann wieder, Katzenfutterdosen in ihren Einkaufswagen zu legen. »Ich muss jetzt nach Hause.«

»In Ordnung. Ich meine, ich kann das machen.«

Sie zählte ihre Dosen, dann sah sie wieder zum Spatzen hinauf. »Ich bin sicher, das passiert oft«, sagte sie und schob ihren Einkaufswagen in Richtung Ausgang.

»Aber macht es das besser?«, fragte ich.

Sie lachte, als ob ich einen Witz gemacht hätte, und ging weiter.

In der Abteilung für Heimbedarf kostete es mich fast fünfundzwanzig Minuten, bis ich mich für einen American Tourister Meridian 360 entschied, der als »ein funktionaler Reisebegleiter für Spaß und Abenteuer jeder Art« beworben wurde.

Der Koffer verfügte über ein multidirektionales Rollsystem, das mir versprach, ihn »mühelos in alle Richtungen schieben, ziehen oder drehen« zu können. Nicht unbedingt göttlicher Beistand, aber es würde nicht schaden. Es gab mehrere schwarze und dunkelblaue Modelle, aber ich entschied mich für einen schiefergrauen, noch bevor ich bemerkte, dass es nur noch einen Koffer in dieser Farbe gab, der außerdem beschädigt war. Er hatte eine schwarze Abnutzungsspur wie eine Schärpe quer über der Vorderseite, und einer der Reißverschlüsse war krumm. »Wir nehmen unsere Freunde, so, wie sie sind, und formen sie nicht nach unseren Vorstellungen«, schrieb Samuel Johnson. Ich nahm den misshandelten Koffer und hoffte, ich würde an der Kasse einen Preisnachlass bekommen.

Der Spatz tschilpte immer noch, als ich in den vorderen Teil des Geschäfts zurücklief, aber ich blickte nicht auf.

Ich wollte jemanden fragen, ob es häufig vorkam, dass Vögel in den Laden flogen, aber meine Kassiererin war die Gelbe-und-violette-Chrysanthemen-Verkäuferin aus dem Gartencenter.

»Keine Chrysanthemen?«, fragte sie verblüfft, als sie mich sah.

»Nein«, sagte ich. Ich wusste, dass ich noch etwas Nettes hinzufügen sollte, aber mir fiel nichts ein. »Heute nicht«, sagte ich mit meiner fröhlichsten Stimme.

Sie lächelte, und ich beschloss, es dabei zu belassen. Ich fragte nicht nach einem Preisnachlass.

Einladungen

Es besteht ein Unterschied zwischen aufkreuzen und ohne Einladung aufkreuzen. Zu Letzterem war ich nicht bereit. Und es war nicht so, dass ich eine lange Liste mit Freunden anlegen musste, die ich besuchen könnte, um sie anschließend zusammenzustreichen. Ich habe nicht so viele Freunde, und damit meine ich, dass ich wusste, wen ich sehen wollte.

1. Lindy Ascoli. In ihrem Haus habe ich die meiste Zeit meiner Kindheit und Jugend verbracht, ihre Telefonnummer ist mir immer noch so vertraut wie meine eigene. Sie ist schon immer ein ernster Mensch gewesen, doch sie lächelt gern, und sie scheint wirklich glücklich als Hausfrau und Mutter dreier Töchter zu sein.

2. Vanessa Meyers. Lindy und ich lernten Vanessa in der achten Klasse kennen. Sie war größer als wir beide, hatte wunderschöne dunkle Haare und Augen, und wenn es ums Vergnügen ging, stand ihr der Sinn nach gewagterem Zeitvertreib als mir oder Lindy. Aus uns wurde ein unzertrennliches Trio, obwohl Lindy und Vanessa irgendwann enger befreundet waren als ich mit einer der beiden. Lindy zog fürs College nach Connecticut, heiratete einige Jahre später und ist seither dort wohnen geblieben. Vanessa hat an sechs verschiedenen Orten in drei unterschiedlichen Staaten gelebt, vor Kurzem einen geschiedenen

Mann geheiratet und ist Stiefmutter von Zwillingsjungen geworden. Auf allen Fotos, die ich zuletzt von ihr gesehen habe, lehnt sie ihren Kopf an einen anderen Menschen – eine Freundin, einen ihrer Stiefsöhne –, als würde sie sich selbst verankern.

3. Neera Khadem ist eine Freundin aus dem College. Von meiner Zimmergenossin war ich enttäuscht, so wie sie sicherlich auch von mir, und bald schon verbrachte ich mehr Zeit mit Neera, die ich in einer Psychologie-Einführungsstunde kennenlernte. Eine ehrgeizige Frau von der Westküste, sie machte die Nächte durch und hatte viele Dates. Ich machte nichts davon. Trotzdem ist sie meine engste Verbindung zu einer Zeit meines Lebens, an die ich mich gern erinnere. Ich lernte ihren Ehemann, Adam, vor ihr kennen. Ich habe die beiden einander vorgestellt, auch das verbindet uns.

4. Rose Gregory wählte mich aus. Sie sah sich die Liste der Studierenden des Aufbaustudiengangs an und beschloss, dass wir Freundinnen werden sollten, sie, die Rose, und ich, May, der Weißdorn, zusammen im Landschaftsarchitekturstudium. Sie kann sehr bestimmend sein. Sie ist einige Jahre jünger, da sie das Studium direkt nach dem College begonnen hat, und dennoch ruhig und konzentriert. Ich bin nicht sicher, was ich ihr als Freundin gegeben habe, aber selbst nachdem ich das Studium geschmissen hatte, während sie es beendet hatte und wieder nach England gezogen war, blieb sie mit mir in Kontakt.

Lindy, Vanessa, Neera und Rose. Aufgrund irgendeiner unerklärlichen Kombination von gemeinsamen Erfahrungen sowie geteilten Interessen scheinen sie etwas für mich zu fühlen und ich für sie. Andere Freunde habe ich gefunden und wieder verloren,

Freundschaften, die eine Zeit lang dauerten, aber nicht hielten. Als Kind war ich eher eifrig im Schmieden von Freundschaften. Auf einem Foto von mir als Neunjähriger an einer Badestelle habe ich einen Arm fest um die Schultern eines anderen Mädchens gelegt, der andere Arm ist verschwommen, weil ich heftig winke, glücklich, eine Freundin gefunden zu haben. Das Wort *befriend* (befreunden) ist mit dem Wort *bind* (binden) verwandt, und ich war zweifellos dabei, dieses Mädchen an mich zu binden. Diese Freundschaft hielt jedoch nicht. Ich kann mich nicht mal mehr an ihren Namen erinnern.

Lindy, Vanessa, Neera und Rose. Mit jeder von ihnen sind starke Bilder verbunden, eine Kombination aus Erinnerungen und Social-Media-Posts nehme ich an: Lindy, die selbstsicher durch den Park wandert, auf Zehenspitzen, um größer zu erscheinen. Vanessa, die aus New York über die Familie schreibt, die sie jetzt gründet. Neera, die in Seattle eine Begonie im Topf kauft, bevor sie sich zum Arbeiten hinsetzt. Rose, die durch Clapham Common geht, ihren marineblauen Kolani bis oben hin zugeknöpft, perfekt angezogen, um Lebensmittel einzukaufen. Diese Bilder haben eine Bedeutung für mich, sie fühlen sich wie Hinweise auf etwas an, und ich versuche, sie im Gedächtnis zu behalten.

Normalerweise ist es unpassend, sich selbst einzuladen, zu welchem Anlass auch immer. Die einzige Ausnahme ist anscheinend ein Aufenthalt in einer Stadt, wo ein Freund lebt. Man kann sagen, man halte sich in der Stadt auf, und häufig führt das zu einer Einladung ins Haus des Freundes. Manche Leute teilen einer großen Gruppe mit, dass sie an einem konkreten Datum da sein werden und hoffen, dass ihre Freunde sie an einem bestimmten Abend an dem und dem Ort treffen werden. Diese Annäherung nach dem Gießkannenprinzip kam mir riskant vor. Wenn man nicht sicher sagen kann, dass man sehr beliebt ist, würde ich mir eher einen Freund zur Zeit herauspicken, auf den man sich wirklich verlassen kann.

»Ich wollte euch besuchen kommen«, sagte ich am Telefon.

»Du *wolltest?*«

»Ich will. Ich will immer noch.« Ich bin nicht gut im Telefonieren.

»Wirklich. Liebend gern. Wann wolltest du kommen?«

»Ich bin flexibel. Ich habe von der Arbeit frei.«

»Ist alles in Ordnung?«

»Ja. Es ist eine Art Belohnung.«

»Eine Belohnung. Wie ein Urlaub?«

»So ähnlich. Es ist kompliziert.«

»Nun, jederzeit gern, May. Es wäre sehr schön, dich zu sehen.« Ich schaute in meinen Kalender. »Wie wäre es in zwei Wochen?«

»Oh, so bald. Das ist toll.«

»Es ginge auch später.« Ich blätterte Kalenderseiten um.

»Nein, das ist in Ordnung. Ich bin nur überrascht. Aber wir sind hier, es ist kein Problem. Dachtest du an ein Wochenende?«

»Vielleicht vier oder fünf Tage?«

»Okay. Ist wirklich alles in Ordnung, May? Wie geht es deinem Vater?«

»Ihm geht's gut.«

»Kannst du ihn so lange allein lassen?«

»Er ist sehr selbstständig.«

»Das ist gut. Wohnst du immer noch …?«

»Ja, immer noch zu Hause.«

»Nun, ich freu mich riesig drauf, dich zu sehen. Es kommt nur ein wenig plötzlich und … passt nicht recht zu dir.«

»Das ist mir schon klar.«

»Wirklich?«

»Ja.«

»Okay.«

»…«

»Also, wie lange nimmst du von der Arbeit frei?«

»Vier Wochen. Die Universität gibt mir bezahlten Urlaub, weil jemand viel Geld bekommen hat für ein Gedicht über einen Baum, den ich gepflanzt habe.«

»Das ist ja super! Herzlichen Glückwunsch, May.«

»Danke. Aber bitte, Lindy, denk nicht, du müsstest die ganze Zeit etwas mit mir unternehmen. Das ist nicht der Grund meines Besuchs.«

»Gut, wir machen es uns gemütlich und tauschen uns aus. Danke, dass du den Kontakt zwischen uns wiederbelebt hast.«

Tat ich das? Den Kontakt wiederbeleben? Es klang verzweifelt. Als ob das Herz unserer Freundschaft nicht mehr schlagen würde und nun wieder zum Leben erweckt werden müsste. Ich bin sicher, Amber Dwight hätte das mit mehr Feingefühl hinbekommen, aber ich tat mein Möglichstes.

Packen

Ein *Trip* (Spritztour) ist eine Reise oder ein Ausflug, aber im Englischen kann es auch ein Stolpern oder ein Fehltritt sein. Um Letzteres zu vermeiden, kaufte ich ein Exemplar von Emily Posts Benimmbuch *Etiquette,* das mir meine persönlichen Stärken als Gast bestätigte:

Ich bin leise und habe keine Nahrungsmittelallergien.

Ich schlafe weder sehr tief, noch habe ich einen leichten Schlaf, ich stehe weder sehr früh noch sehr spät auf.

Mir wird nicht schnell kalt.

Ich bin nicht gut darin, es mir »gemütlich zu machen«. Es war mir schon immer unangenehm, meine Füße auf das Sofa anderer Leute zu legen.

Ich trinke gern Wein, und man muss mir keinen entkoffeinierten Kaffee zubereiten.

Ich brauche kein Eis, Süßigkeiten, Toffees oder ein T-Shirt, um das Gefühl zu haben, dass ich an einem Ort war.

Ich habe ein professionelles Interesse an botanischen Gärten und Arboreten, das liegt auf der Hand, doch das bedeutet nicht, dass ich jeden davon besuchen muss. Nicht immer sind sie so lohnenswert, wie die Leute meinen.

Ich sehe mir gern einen schönen Fluss an, aber ich kenne keinen Aussichtsturm, der nicht eine Zeitverschwendung war.

Ich besuche gern einen Zoo oder ein Aquarium, wenn ein Kind dabei ist, aber kleine Museen machen mich nervös.

Alle meine Freundinnen hatten davon gesprochen, dass wir einander »auf den neuesten Stand« bringen sollten, und ich wollte mit ihnen reden, während ich es mir bei ihnen »gemütlich machte«, doch ich fragte mich auch, ob das der Moment wäre, wenn man die Fragen stellte, die man nur an die Menschen richten konnte, die einen schon sehr lange kannten. Wann fragt man: Woran erinnerst du dich? Wie war ich damals? War ich nett? Ich hasse das Wort »nett«, aber es ist das erste, das mir in den Sinn kommt. Ich habe den Eindruck, dass meine ältesten Freundinnen mir einen flüchtigen Blick auf den Menschen eröffnen können, der ich war, bevor ich ein Gespür für mich selbst hatte, und das will ich herausfinden. Wann sagt man: Ich weiß, dass du wahrscheinlich bessere Freundinnen als mich hast, aber mein Vater ist alt, mein Bruder weit weg, und ich muss wissen, wer in der Nähe ist.

Folgendes packte ich ein: zwei Jeans, ein Kleid, mehr Schuhe, als ich wahrscheinlich benötigen würde, mehrere Oberteile, Strickjacken und Schals (denn beim Reisen ist das Zwiebelprinzip das, was das Stimmen für die Musik ist), das Buch von Emily Post, Unterwäsche und Toilettenartikel, eine Taschenlampe und eine Thermoskanne.

Abreise

So wie es keine Erklärung dafür gibt, dass einige Menschen mit dem Einsteigen nicht warten können, bis ihre Sitzreihe aufgerufen wird, gibt es keine Erklärung dafür, wie Grendel in das Gepäckmessgerät am Flugsteig passte. Nach meiner Pattsituation mit dem Kind am Trinkbrunnen war ich hergeeilt, und nun ließ die Flugbegleiterin, die bis vor einem Moment sicher gewesen war, dass Grendel zu groß war, das Gummiband des Gepäcketiketts in ihren Händen schnappen.

»Das ist unmöglich«, sagte sie.

Ich war ebenfalls überrascht, doch ich hob Grendel hoch und heraus und lächelte sie entschuldigend an, was sie nur noch mehr zu verärgern schien. Sie zerknüllte das Etikett in ihrer Hand und wandte sich mit einem frischen Lächeln dem nächsten Passagier in der Warteschlange zu. Ich drehte Grendel um, sodass er vor mir rollte, diese Position schien er am liebsten zu mögen, dann steuerte ich die Rampe hinunter.

Auf Instagram sehe ich eine Menge hübscher Aufnahmen aus Flugzeugfenstern, aber für mich ist die Vorstellung unerträglich, von einem oder zwei Fremden gegen die gewölbten Metallwände des Flugzeugs gedrückt zu werden. Ich bin dem Gangplatz treu ergeben. Und ich habe immer einen Schal bei mir, mit dem ich meine Nase bedecke, um mich vor Essensgerüchen zu schützen, und wenn ich an Bord gehe, halte ich ein Buch in der Hand. Ich gehe kein Risiko ein, und es wäre ein Risiko, eine Gelegenheit zu bieten in der Zeit, die ich benötige, um ein Buch aus meiner Tasche zu holen.

Auf Reisen werden die Menschen vertrauensselig. Warum genügt es nicht, zur Feier des fünfzigsten Geburtstags mit Freunden unterwegs nach Las Vegas zu sein und alle tragen das gleiche T-Shirt? Warum muss der Sitznachbar alles darüber erfahren, wie lange die Reise geplant wurde, wie verrückt der Chef diese Idee fand? Vielleicht fühlen sich die Menschen nackt und verletzlich in ihren Flipflops, noch so ein Rätsel. Für mich passen bloße Füße und Reisen so gut zusammen wie Spinnen und Küche.

Ich schalte die Leselampe ein, bevor ich den Sicherheitsgurt schließe.

Letzten Endes war das Flugzeug überbucht. Niemand bot an, freiwillig seinen Platz aufzugeben, also wurde ausgelost, und ich verlor. Ich musste mein Buch zuschlagen, Grendel aus dem Gepäckfach über den Sitzen herausmanövrieren und das Flugzeug verlassen. Die Flugbegleiterin, die Grendel gewogen hatte, schien ein Lächeln zu unterdrücken.

Ich sollte an dem Donnerstag ankommen und an dem Montag abreisen. So hatten Lindy und ich meinen Besuch beschrieben, ihn am Telefon geplant, der bestimmte Artikel verlieh den Tagen eine gewisse Würde. Nun würde ich am Freitag ankommen. Ich rief Lindy an, die von der Planänderung unbeeindruckt schien.

»Es tut mir nur sehr leid für dich«, sagte sie. »Reiseverspätungen gehören zum Allerschlimmsten.«

Doch während ich mich auf den Weg machte, um mir eine Bloody Mary zu genehmigen, spürte ich keine Verärgerung. Ich war erleichtert. Lindy und ich hatten eine lange gemeinsame Geschichte. Der Gedanke an einige ruhige Stunden in einem Hotelzimmer vor der belastenden Ankunft kam mir entgegen.

Die Fernseher hinter dem Bartresen zeigten Sport und Gewalt

und Menschen, die über Sport und Gewalt sprachen. Am Vorabend, während ich zu Ende gepackt hatte und dann ins Bett gegangen war, wurde wieder ein Schwarzer von einem Weißen in Uniform erschossen. Ich hatte diese Nachricht noch nicht im Fernsehen gesehen. Auf zwei Bildschirmen wurde ein Football-Spiel gezeigt, die Story von dem Tod des Schwarzen lief auf den anderen beiden.

Die Moderatoren berichteten, dass eine Gruppe junger Männer rund um Central Station herumgelaufen war. Entweder war es ein Spiel oder möglicherweise ein Parkour gewesen, die Meldung war noch nicht bestätigt, doch zwei Männer gaben an, Parkour-Trainer zu sein, die ihren Sport manchmal auch im öffentlichen Raum ausübten. Als sie fertig waren, ging einer der Männer zum Fahrkartenschalter. Er ließ seinen Rucksack von der Schulter gleiten und beugte sich dann vor, um sein Portemonnaie herauszuholen. Fünf oder sechs Sekunden lang war er für die Angestellte hinter der Glasscheibe des Schalters nicht sichtbar. Als er sich wieder aufrichtete, schoss ihm die Frau mit einer Waffe, die sie in ihrer Handtasche hatte, in die Brust. Er war dreißig. Die Frau, sechsundfünfzig, sagte, dass sie Angst gehabt habe, er würde eine Waffe aus seinem Rucksack holen. Ihr war aufgefallen, dass er an jenem Abend um den Bahnhof herum gelaufen war.

Ich machte dem Barmann ein Zeichen, meinen Drink nicht zu mixen, beobachtete aufmerksam die Bildschirme und versuchte Untertiteln voller Rechtschreibfehler und gestörtem Sprechrhythmus zu folgen.

Plötzlich sagte ein Mann auf einem mehrere Plätze entfernten Barhocker laut und deutlich: »O Mann. Tun Sie das nicht.« Er war schwarz und schüttelte den Kopf. »Sie müssen mir keinen Drink spendieren.«

Der Weiße neben ihm schob seinen Hocker zurück und stand

auf. »Ich wollte heute nur jemandem eine Freude machen, und Sie saßen gerade da neben mir.« Beide Männer trugen Jeans und Jackett.

Der Barmann verharrte wie in Stop-Motion, hielt eine Kreditkarte in die Höhe und wandte sich zu dem Mann, der zuerst gesprochen hatte.

»Ich übernehme das Trinkgeld«, sagte der Schwarze, und der Barmann setzte sich wieder in Bewegung.

Der Weiße nickte, unterschrieb seinen Beleg und ging.

Allmählich stieg der Lärmpegel im Restaurant wieder an, an den meisten Tischen wurde wahrscheinlich darüber diskutiert, ob die Geste ein schwacher Versuch gewesen war, ein Zeichen der Solidarität zu setzen, oder ob dem ein echtes Bedürfnis nach Verbundenheit zugrunde lag. Erst kürzlich hatte ich über eine grassierende Freundlichkeit gelesen, die eine kleine Stadt im Süden erfasst hatte, wo die Einwohner anfingen, beim McDonald's-Drive-in die Rechnung des Autos hinter ihnen zu begleichen. Mehrere Tage lang bezahlten die Autofahrer ununterbrochen für ihren Nachfolger.

Meine Besuchspläne galten drei Frauen mit weißer und einer mit brauner Hautfarbe (Neera ist Halbiranerin). Keine meiner Freundinnen war Schwarz. Ich bedauerte dieses Ungleichgewicht und wünschte, es wäre anders. Ich hatte die Gelegenheit dazu gehabt. Als ich in der fünften Klasse war, kam Mitte September ein Mädchen namens Danielle Belieu zu uns an die Schule. Der Wohnblock, in dem sie lebte, und unser Haus lagen nah beieinander, vielleicht wollte Danielle deshalb so oft mit mir spielen. Ich erinnere mich an einen Schneesturm, als wir beide nach draußen gingen und mitten auf der Straße spielten. Ich kann sie vor mir sehen, wie sie unter einer Straßenlaterne steht, während es heftig schneit. Da wussten wir schon, dass es am nächsten Tag schulfrei geben würde, und wir waren glücklich. Danielle hatte ein offenes Lächeln mit Vorderzähnen, die hätten gerichtet werden müssen. Ich hatte bereits meine feste Zahnspange. Wenn Danielle mit mir spielen wollte, sagte ich oft, ich müsse Hausaufgaben machen, was manchmal zutraf und manchmal nicht. Sie war der einzige Mensch, den ich kannte, der in einem Mehrfamilienhaus wohnte. Sie war auch das einzige schwarze Mädchen in der fünften Klasse.

Im darauffolgenden Jahr suchten wir uns in der Schule ein Instrument aus. Ich wollte Cello lernen, aber da Danielle das wählte, nahm ich es nicht. Stattdessen entschied ich mich für Bratsche, ein klägliches Instrument, auf dem ich nichts zustande brachte. Danielle erhielt irgendwann ein Musikstipendium fürs College.

Im ersten Jahr als ich mich auf Facebook angemeldet hatte, fand ich sie und schrieb ihr eine Nachricht. Sie antwortete, ich schrieb zurück und hörte nie wieder von ihr. Manchmal öffnet sich die Tür zur Freundschaft nicht so weit, wie man denkt, und man ist verletzbar, während man auf der Schwelle steht, weder drinnen noch draußen. Der Online-Kontakt war unangenehm, und Danielle hatte dieses Gefühl im wirklichen Leben ertragen müssen. Ich würde gern sagen können, dass die Schule, wo Danielle und ich uns kennenlernten, heute gemischter ist, aber so ist es nicht.

Ich blickte wieder zu den Fernsehbildschirmen. Jetzt lief eine Reportage über Menschen, die ihre Rucksäcke quer über der Brust tragen, als Zeichen der Solidarität mit dem ermordeten Mann, so wie sie früher einmal die Kapuzen ihrer Hoodies übergezogen haben. Die Untertitel erschienen mit starker Verzögerung, aber ein Kommentator schien vorzuschlagen, dass es für die Körperhaltung besser sei, den Rucksack vorne zu tragen. Zwei Fliegen, eine Klappe oder etwas in der Art.

Das Flughafenhotel hatte eine Spezialität, frisch gebackene Kekse zu jeder Tages- und Nachtzeit. AUF IHREM TELLER IST IMMER NOCH PLATZ FÜR EINEN KEKS! lautete der langatmige Werbespruch, der auf einem Schild neben einem großen Teller in der Lobby stand. Ein weißer Hotelangestellter aß Kekse, und als die Empfangschefin, die sich um mich kümmerte, ihn bemerkte, winkte er ihr zu und brummte genüsslich. Die Empfangschefin – eine Schwarze – schüttelte den Kopf. »Ich sehe, dass du meine Kekse stiehlst«, sagte sie. Sie wiederholte diesen Satz mehrmals, mit wechselnder Betonung: »Ich *sehe*, dass du meine Kekse stiehlst. Ich sehe, dass du mein Kekse *stiehlst.*« Der Mann aß noch mindestens fünf mehr.

Ich sah mir derweilen einige Broschüren an, und als der Mann schließlich wegging, verdrehte die Empfangschefin die Augen und legte neue Kekse auf den Teller.

Ankunft

Über die angemessene Länge eines Besuchs sind schon viele Weisheiten gesagt worden.

Es war ein reizender Besuch – perfekt, da er viel zu kurz war.

(Jane Austen)

Fisch und Besucher stinken nach drei Tagen.

(Benjamin Franklin)

Und es ist bekannt, dass Hans Christian Andersen seine Freundschaft mit Charles Dickens zerstörte, indem er drei Wochen länger als geplant zu Gast blieb.

Die Ankunft jedoch wurde bisher übersehen. Einen Freund bei sich im Leben willkommen zu heißen, ist wie Eischnee unterheben: Es sollte behutsam und methodisch vorgegangen werden, sodass viel Luft bleibt. Begeisterung hat ihre Berechtigung – Ausrufe, Umarmungen, Komplimente –, aber im Wesentlichen besteht die Kunst darin, dass der Gast sich von Anfang an wohlfühlt, und dafür müssen beide, Gast und Gastgeber, jegliche Mühe verbergen, die sie das im Vorfeld gekostet hat. Das Haus herrichten, Terminpläne umwerfen, die Anreise. Gewöhnlich ist es ein Fehler, mit einer Geschichte über die Schwierigkeiten der Reise zu starten, obwohl das nicht immer so war. In der *Odyssee* gehörte das zum verbindlichen Konzept der Gastlichkeit:

Der Gast kommt an.

Dem Gast wird ein Bad angeboten und/oder frische Kleidung.

Dem Gast wird zu essen und zu trinken gereicht, üblicherweise bei einem Festmahl.

Dem Gast werden Fragen zu seinen Reisen gestellt, auf beiden Seiten werden Reden gehalten.

Jeder zieht sich für die Nacht in ein weiches Bett zurück.

Heute hinterlassen die Gastgeber einen Schlüssel, damit sich der Gast selbst ins Haus lassen kann. Manche möchten da sein, wenn man ankommt. Andere wollen einen vom Flughafen abholen. Einige zeigen einem sofort, wo man schlafen wird. Wieder andere fragen zunächst, ob man etwas essen oder trinken möchte. Fast immer sind die Mahlzeiten aus einer Reihe von Gründen die erste Hürde: Vielleicht hat man am Flughafen gegessen, vielleicht auch nicht. Wenn Kinder im Haus leben, gibt es früh Abendessen, oder spät, wenn Arbeit ein Thema ist. Fast nie wird ein Festessen serviert oder Unterhaltung geboten, zumindest nicht am ersten Abend. Und wenn doch, wird erwartet, dass man sich die ganze Zeit lang unterhält, obwohl Odysseus erst essen durfte und anschließend redete, was auch ich vorziehen würde. So gut wie nie wird man heute noch gefragt, ob man baden möchte.

Eine Rede zu halten, ist nicht mehr in Mode, aber es werden Fragen gestellt. Ein typisches Beispiel: »Wie geht es deiner Familie?«

Aha.

Ein Venn-Diagramm könnte hier hilfreich sein. Wenn im Venn-Diagramm der Familie Attaway mein Vater = x, ich = y und mein Bruder = z ist, dann besteht die größte Überlappung zwischen x, y und z in der Übereinstimmung, dass meine Mutter gestorben ist. Die Todesursache, wichtige Details ihrer letzten Lebensjahre, ihr Geisteszustand, als sie starb, bleiben ein Streitthema. Mein Vater und mein Bruder stimmen darin überein, dass sie bettlägerig war. Mein Bruder und ich stimmen darin überein, dass diese Bettlägerigkeit, zumindest teilweise, von ihr selbst gewollt war. Mein Vater und ich stimmen darin überein, dass der Mangel an Beweglichkeit einen Anteil an ihrem Tod hatte. Mein Bruder glaubt, dass es ein Unfall war. Mein Vater gibt sich selbst die Schuld, während ich mich frage, was man von geliebten Menschen verlangen kann. Können wir von ihnen verlangen, dass sie sich uns zuliebe um sich selbst kümmern, weil wir sie lieben, oder ist das eine an sich zutiefst egoistische Bitte?

Oder vielleicht lieber ein Gleichnis. Eine Frau, die auf die fünfzig zuging, verfiel in Depression. Die Krankheit nahm ihr sämtliche Energie und drückte sie nieder. Zufällig ging ein Mann aus dem Nachbarhaus dieselbe Straße hinunter, und als er die Frau sah, hatte er bereits seine persönlichen Grenzen gezogen, daher ging er auf der anderen Straßenseite an ihr vorbei. Ebenso eine Frau. Als sie auf die depressive Frau traf, sprach sie mit ihr, war aber bald frustriert und außerdem sehr mit ihrem eigenen Leben beschäftigt, sodass auch sie bald auf der anderen Straßenseite vorüberging. Doch ein Samariter kam auf seinen Wegen an den Ort, wo die Frau war. Und als er sie sah, ging er zu ihr und salbte und verband ihre Wunden. Dann hob er die Frau auf seinen Esel und brachte sie in ein Gasthaus, wo er sie pflegte. Am nächsten Tag holte er zwei Silbermünzen hervor und gab sie dem Gastwirt. »Kümmern Sie sich um sie«, sagte er, »und wenn ich wiederkomme, werde ich Ihnen alle zusätzlichen Ausgaben erstatten.«

Welcher der drei war ein Mensch, der seinem Nächsten half? Der Nachbar, ursprünglich Nächstsitzende, oder der weit gereiste

Samariter? Die Bibel sagt, es war der Mensch, der Mitleid mit der Frau hatte. Aber was ist Mitleid, wenn, wie im Fall meiner Mutter, die Frau allein gelassen werden wollte? Was passiert, wenn die Frau das Gasthaus nie wieder verlässt?

In einem Erläuterungstext zu der ursprünglichen Bibelgeschichte fand ich diese Frage: »Welche der folgenden Formulierungen könnte als präzise biblische Definition des Begriffs ›Nächster‹ verstanden werden?«

1. Nur die unmittelbaren Angehörigen und Freunde.
2. Nur der weitere Kreis einer gesellschaftlichen oder religiösen Gruppe eines Einzelnen.
3. Benachbarte Nationen und Kulturen.
4. Die Feinde eines Menschen.
5. Die gesamte Menschheit.

Die beliebteste Antwort war Nummer 2. Wie können wir in einer Zeit leben, in der die sozialen Medien uns überall auf der Welt zu *Freunden* machen, das Gefühl für unseren *Nächsten* aber schrumpft?

Also, wie geht es deiner Familie?

Ich könnte sagen, dass wir Frieden lieber mögen als Freude, Geduld mehr schätzen als Hoffnung, und Beharrlichkeit fühlt sich an wie Liebe.

Ich könnte sagen, dass glückliche Familien alle gleich sein sollten, aber sicher müssen auch die glücklichsten unter ihnen nach vierzig Jahren Bilanz ziehen.

Ich könnte sagen, dass mein Bruder seit acht Jahren nicht mehr nach Hause gekommen ist.

Doch das sage ich nicht. Wie könnte ich, wenn ich doch gerade erst angekommen bin? Die meisten von uns, insbesondere

Frauen, befinden sich nicht, wie Odysseus oder Beowulf, in der komfortablen Situation, bei ihrer Ankunft eine lange Rede zu halten. Deshalb sage ich: Wir halten durch. Und: Wo soll ich meinen Koffer abstellen?

Stolze Hausbesitzer

Ich wusste, dass Lindys Haus bis ins letzte Detail eingerichtet sein würde. Ich folgte ihr auf Instagram. Oft staunte ich über ihre Anschaffungen und war beeindruckt von der Eleganz ihres Heims. Sie hatte richtige Möbel zu einer Zeit, als die meisten von uns noch auf Futons schliefen. Als jedes Zimmer perfekt ausgestattet war, begann sie, Servietten und Tischsets und Vorhänge zu entwerfen. Kürzlich hatte sie ein Foto von einem rosafarbenen Messband und einem Bleistiftstummel auf einem Fensterbrett gepostet. Keine Bildunterschrift, aber die Botschaft war unmissverständlich. Ihr Bedürfnis nach Do-it-yourself machte vor nichts halt, noch nicht mal vor dem Nachnamen, den sie und ihr Mann trugen. Sie hatten Teile ihrer Familiennamen kombiniert, um einen vollkommen neuen zu schaffen: Aus Lindy Ascoli (englisch) und Max Casaubon (französisch) wurden Lindy und Max Casacoli, was italienische Vorfahren vermuten ließ, die keiner von beiden hatte, obwohl ihre Küche in einem wunderschönen Toskanagelb gestrichen war.

Lindy holte mich am Flughafen zusammen mit ihrer mittleren Tochter Mona ab. Ich sah sie draußen vor der Gepäckausgabe an ihrem Auto stehen, aber ich wartete, bis Lindy mich entdeckte. Ich denke, sie hätte es ebenso gemacht. Man sollte sich daran erinnern, dass Odysseus bei seiner Ankunft immer verkleidet war, was sehr viel einfacher ist, als wenn man als die kommt, die man ist. Letztlich schienen Lindy und ich uns im selben Moment zu sehen, dann eilten wir aufeinander zu, lächelnd. Wir umarmten uns und lachten, sagten, dass es schon viel zu lange her sei, und fingen sofort an zu überlegen, wann wir uns das letzte Mal gesehen hatten.

»Heute ist keine Schule«, sagte Lindy und legte ihren Arm um Mona. »Max ist zu Hause mit Jessie und dem Baby.«

»Sie ist schlecht drauf«, sagte Mona.

»Das Baby?«, fragte ich.

»Nein, Jessie«, sagte Lindy. »Das ist okay. Das macht nichts.«

»Sie ist in der Vorpubertät«, erklärte Mona. Ich nickte. Was das bedeutete, wusste ich von Lindys Facebook-Beiträgen. Mir wurde auch klar, dass ich eine Menge über Mona wusste – sie mochte Ballett, sie war gut in Mathe, sie hatte ihre Mitschüler der ersten Klasse dazu gebracht, Abfälle zu kompostieren –, obwohl ich sie nicht mehr gesehen hatte, seit sie ein Baby war. Das machte mich jedoch nicht gerade zuversichtlich. Ich fühlte mich wie eine Spionin, die eine Geheimakte gelesen hatte und nicht sicher war, was sie verraten durfte.

»Beherrschst du das Einmaleins?«, fragte ich.

Ich war einen Schritt zu weit gegangen. Mona sah zu ihrer Mutter auf.

»Sie ist bald durch«, sagte Lindy. »Eins bis vier kannst du schon, stimmt's?«

Lindys Gesicht sah älter aus, das bedeutete, dass auch meins älter aussah. Ich glaube, sie hatte den gleichen Gedanken. Wir sagten beinahe gleichzeitig: »Du siehst großartig aus«, und schlossen einander noch einmal noch fester in die Arme, Lindy auf Zehenspitzen.

»Ach, es ist schön, dich zu sehen«, sagte sie. Sie klang ein wenig erleichtert.

Viele Menschen hätte ein Besuch so kurz vor Weihnachten erschreckt, aber nicht Lindy. Am Telefon hatte sie gesagt, dass sie »dieses Jahr« gut organisiert sei, aber ich weiß, dass sie das jedes Jahr ist. Ich habe die Fotos gesehen. Und als wir am Haus ankamen, war tatsächlich alles schon sorgfältig für die Weihnachtszeit vorbereitet: Es gab Kerzen in den Fenstern und Lichterketten auf den Büschen, zwei Weihnachtsbäume waren aufgestellt und geschmückt worden, einer im Wohnzimmer und einer im Hobbyraum, auf Kaminsims und Fenster waren Tannenzweige drapiert.

»Ich habe das Dorf noch nicht aufgebaut«, sagte Lindy.

»Das Dorf?«

»Das Weihnachtsdorf. Ich sammle schon seit Jahren Teile dafür.«

Ich überreichte die Geschenke in der Diele. Mein Timing stimmte nicht, Geschenke sollten erst später drankommen, aber wir standen verlegen an der Haustür, wo uns Lindys Ehemann Max und der schon ältere Hund neben einem großen Lebkuchenhaus begrüßt hatten. Max und ich schienen gerade wieder die »Wie-lange-ist-es-jetzt-schon-her«-Debatte zu beginnen, also öffnete ich Grendel und nahm die Geschenke heraus. Ich hatte Bücher für die Mädchen und Gästehandtücher mit einer eingestickten Erdbeere für Lindy (wofür sie in der lange zurückliegenden Diskussion über Dairy Queen plädiert hatte). Sie erinnerte sich und lachte, dann zeigte sie mir das Gästezimmer, damit ich mich einrichten konnte.

Emily Post hatte sehr hohe Standards für Gästezimmer und fand, dass jede Gastgeberin dazu verpflichtet sein sollte, hin und wieder vierundzwanzig Stunden in ihrem eigenen zu verbringen, um dessen Vorteile und Mängel besser einschätzen zu können. Ist die Beleuchtung gut? Gibt es genügend Decken? Sie bestand auch auf einem Regal mit guten Büchern. Emily Post wäre entsetzt über die heute übliche Interpretation eines Gästezimmers als Lagerraum, vollgestopft mit alten Sportgeräten und nicht benötigter Kleidung, vielleicht noch einer Luftmatratze und einem Bürostuhl, der auf seinen Rollen hin- und herrumpelt. Lindys Gästezimmer war irgendwo in der Mitte: Keine Bücher, und die Wände waren kahl, aber es gab ein richtiges Bett, eine gute Lampe und viele Decken. Ich hatte auch meinen eigenen kleinen Weihnachtsbaum auf dem Tisch, der mit winzigen roten Kugeln und Babyzuckerstangen dekoriert war. Daneben stand ein gerahmtes Zitat: *Die Zierde eines Hauses sind die Freunde, die zu Besuch kommen* (kein Verfasser). Auf der Rückseite klebte noch das Preisschild, und ich fragte mich, ob Lindy den Rahmen gerade erst gekauft hatte.

»Dein Gästezimmer ist sehr hübsch«, rief ich in Richtung Küche.

Es gibt über jedes Zuhause etwas Nettes zu sagen – das Licht, das durch die Vorderfenster hereinfällt, die Farbe der Küche –, und es ist wichtig, diese Dinge zu finden und auszusprechen.

Nachdem wir zu Mittag gegessen hatten und das Baby geschlafen hatte, fuhren Lindy, die Kinder und ich zu einer Stelle, wo eine Promenade am Meer entlangführte. Ich glaube, es ist eine Besuchsregel, dass die Umstände, die Immobilien wertvoll machen, auch schöne Ausflüge ermöglichen: ein Blick aufs Wasser oder von hoch oben und lokale Sehenswürdigkeiten, auch wenn der Blick aufs Wasser wahrscheinlich der beliebteste ist. Ein Museum oder ein historisches Dorf? Nicht jeder wird das Interesse daran teilen. Eine Radtour? Nicht jeder verfügt über die notwendige Energie. Eine Autofahrt oder ein Spaziergang können schön sein, wenn es etwas zu sehen gibt, einen Berg etwa oder einen Wasserfall. Und man ist immer gut beraten, einen

Ort für einen Imbiss im Hinterkopf zu haben. Deshalb haben die Engländer ihre Teestunde und die Deutschen ihr Kaffeekränzchen, und die Amerikaner essen zu viel Eiscreme. Niemand *muss* zwischen drei und vier Uhr nachmittags essen, aber es ist ein Vergnügen. Es ist auch die beste Art, die Tafelfreuden bis zur Cocktailstunde auszudehnen.

Wir folgten der Promenade die felsige Küste entlang, am Ende befand sich ein Aussichtsturm. Für einen Dezembertag in Connecticut war es mild, aber windig, was eine Unterhaltung erschwerte. Wir waren ständig dabei, uns die Haare aus dem Gesicht zu streichen oder ein Ohr vom Wind wegzudrehen, damit wir einander besser hören konnten. Lindy fragte, ob ich auf meinen Reisen auch Vanessa treffen würde. Ich bejahte und fügte hinzu, dass wir noch keinen Termin festgelegt hätten.

»Ich bin neugierig, was du denkst«, sagte sie.

Der Wind blies ihr die Haare ins Gesicht, und ich konnte ihren Gesichtsausdruck nicht lesen.

»Worüber?«, fragte ich. Aber sie hörte mich nicht oder gab mir keine Antwort, ich wusste es nicht.

Wir stiegen den Turm hinauf (alle, bis auf das Kind in der Vorpubertät), stimmten einander bei, dass, ja, von hier oben konnten wir sogar noch weiter sehen, dann stiegen wir wieder hinunter und gingen auf der Promenade zurück zum Parkplatz. Wir waren schon fast am Auto, als Mona einen nahe gelegenen Hügel hinaufsauste, also gingen wir ihr alle nach (alle, bis auf das Kind in der Vorpubertät). Höhe war anscheinend das Thema des Tages. Ich übte das Bestimmen von Winterbäumen, während Mona im Kreis umherrannte. Überraschenderweise sind die Menschen beeindruckt, wenn man auf einen kahlen Baum zeigt und sagen kann: »Holländische Linde.« »Ginkgo.« Der zweite ist besonders leicht, denn blätterlos zeichnen sich die Zweige wie Schienen einer Modelleisenbahn vor dem Himmel ab.

Auf dem Weg nach Hause hielten wir an, um Eis zu essen.

Plauderstunde

Am Samstagmorgen brachte Max Mona und ihre vorpubertäre Schwester zum Ballett, damit Lindy und ich etwas Zeit für uns hätten. Eigentlich hatte ich unter die Dusche gehen wollen, doch nun blieben wir bei einem Kaffee in der Küche sitzen, während das Baby in einer Wippe spielte. Lindy konnte nicht recht glauben, dass meine Reise keinen anderen Grund hatte, als Freunde zu besuchen.

»Es gibt keine berufliche Konferenz, wo du hinmusst?«

»Nein.«

»Einen Garten, den du dir ansehen musst?«

»Nein.«

»Das hier ist nur … Urlaub.«

»Ja, gewissermaßen. Ich versuche, mich mehr um meine Freunde zu kümmern.«

Lindy sah sich in ihrer Küche um. Ein warmer und gemütlicher Ort, der dringend ausgekehrt werden musste, aber das wusste sie wahrscheinlich selbst. Ihr Blick fiel auf ein Arrangement aus Wacholder- und Birkenzweigen, das ich schon auf Instagram gesehen hatte, wo es vor einer Woche mit einem Sepiaeffekt zu sehen gewesen war. So wie es jetzt vor uns stand, schien definitiv etwas verloren gegangen zu sein, aber was genau? Sollte ich ihr sagen, dass ich das Foto auf Instagram gesehen hatte?

Ich zeigte auf das Arrangement. »Das war so hübsch«, sagte ich.

Lindy zuckte die Achseln. »Möchtest du etwas essen?«, fragte sie leicht gereizt.

Mir fiel etwas ein, das ich über May Sarton gelesen hatte, die den Besuchen ihrer Freunde mit inniger Vorfreude entgegensah. Als eine Freundin einmal eine Bemerkung über einige verwelkte Blumen machte, wurde Sarton wütend und ihre Stimme so harsch – sie schrie –, dass sie ihr versagte. Sie war zutiefst aufgewühlt und hatte das große Bedürfnis, dass die Räume ihres Lebens gesehen und gewürdigt wurden. Wenn jemand einen Riss in der Fassade bemerkte, wurde sie schnell zornig.

»Nein, danke«, sagte ich.

»Ich hätte beinahe eine Party geplant«, sagte Lindy.

»Was?«

»Für dich. Und wegen der Feiertage. Ich fände es schön, wenn du ein paar meiner Freunde hier kennenlernen würdest und sie dich. Aber«, sie blickte auf das Baby hinunter, das quengelig wurde, »ich hab's einfach nicht geschafft.«

»Ich bin froh, dass es keine Party gibt.« Das Ausmaß meiner Erleichterung musste sie alarmiert haben.

»Geht's dir gut?«

»Ach, super. Fit wie ein Turnschuh. Aber du bist der Grund für meinen Besuch.« Bei dem Gedanken, dass es beinahe eine Party gegeben hätte, erinnerte ich mich verzweifelt daran, keine Zeit mehr zu verlieren. Ich deutete auf das Honigglas auf dem Küchentisch.

»Weißt du, was ich dir hätte mitbringen sollen? Ein Honigglas mit dem Spruch ›Jeder hat einen Freund, der an ihm klebt‹.«

Lindy sah verwirrt aus.

»Du weißt doch. Geschenkläden verkaufen alles Mögliche – Löffelablagen und Geschirrhandtücher – mit Sprüchen drauf.«

»Schon klar.«

»Das wäre doch lustig. Weil Honig klebrig ist?«

Sie lachte. »Das ist typisch du«, sagte sie. Liebevoll, dachte ich.

»Ich meine das ernst«, sagte ich. »Du bist meine älteste Freundin. Ich kenne dich länger als irgendjemanden sonst.«

Lindy beugte sich vor und wippte das Baby sanft hin und her. »Es ist wirklich eine lange Zeit.«

»Du warst immer so glücklich.«

»War ich das?« Sie schüttelte ungläubig den Kopf, und ich wusste, warum. Ihre Mutter trank zu viel, als wir uns kennenlernten, obwohl wir das damals noch nicht richtig begriffen.

»Wie hast du mich in Erinnerung?«, fragte ich.

»Ach, ich weiß nicht. Deine Frisur. Dein Pony musste immer ganz glatt sein, keine Wellen, richtig? Und du warst so ordentlich. Weißt du noch, dass du immer alle Radiergummikrümel von den Heftseiten gepustet hast?«

Das Baby schlief ein, und Lindy lehnte sich wieder auf ihrem Stuhl zurück. Sie sah mich eindringlich an, dann sagte sie mit einer Stimme, die ein oder zwei Nuancen leiser war: »Ich bin nachts aus dem Haus gegangen und durch die Gegend gefahren.«

»Was sagst du da?«

»Irgendwann fand ich einen Parkplatz, meist fuhr ich auf den am Einkaufszentrum, du weißt schon, der nahe der Autobahn liegt. Dort blieb ich einfach im Wagen sitzen und lauschte dem Verkehr.«

»War das sicher?«

»Wahrscheinlich nicht. Aber dort gab es dieses Kino, aus dem die Besucher der Nachtvorstellung kamen. Ich weiß nicht. Ich saß einfach nur da. Ich dachte, ich würde verrückt werden«, sagte Lindy. »Mein Vater tat immer so, als wäre alles normal, deshalb wusste ich nicht, was echt war.« Sie schenkte uns Kaffee nach.

»Ich hätte jetzt Lust, Wein zu trinken, aber das hätte dann wohl was von Ironie.«

»Wir haben so gut zusammengepasst«, sagte ich nach einer kurzen Pause.

Sie wusste, was ich meinte. Mit Vanessa war es lustiger, sie war wilder gewesen. Ihre Eltern waren in sich gefestigt und gaben ihr Halt. Sie schien über den notwendigen Spielraum zu verfügen, den Lindy und ich nicht hatten.

»Arme Vanessa«, sagte Lindy.

»Wieso? Ist sie nicht glücklich?«

»Es ist ziemlich viel auf einmal, weißt du? Heirat, Zwillinge. Ein Hund. Hast du Richard schon kennengelernt?«

»Nein.« Sie hatten auf dem Standesamt geheiratet, mit einer kleinen Feier im Familienkreis im Anschluss.

»Nun.« Lindy schien nach den richtigen Worten zu suchen. »Sicherlich kenne ich ihn nicht sehr gut, aber wir haben uns neulich mit ihnen zum Picknicken im Central Park getroffen, und sie wollte es unbedingt allen recht machen. Sie kümmerte sich um Richard, sie spielte mit den Kindern. Sie war unermüdlich, aber sie schien nicht ganz sie selbst zu sein.« Lindy seufzte. »Sie schafft das schon, sie kriegt immer alles hin. Sie hat ihre Mutter. Wusstest du, dass sie jeden Tag miteinander telefonieren?«

Wir schüttelten beide den Kopf, während wir versuchten, uns das vorzustellen. Dann sahen wir Max mit den Mädchen in die Einfahrt einbiegen. Wir fuhren uns über die Wangen und trockneten unsere feuchten Augen. »Heute Abend reden wir weiter«, sagte sie.

Ich nickte und bereitete mich auf die Anwesenheit der ganzen Familie in der Küche vor. Manchmal ist es für den Gast schwierig, zu wissen, wo er sich aufhalten soll. »Ist jetzt ein guter Zeitpunkt, um zu duschen?«, fragte ich.

Nach dem Mittagessen fuhren wir zu einer Buchhandlung, damit Mona den Geschenkgutschein einlösen konnte, den sie in der Schule gewonnen hatte. Lindy besorgte einige Weihnachtsgeschenke, und wir warteten, während sie eingepackt wurden.

»Früher habe ich alles selbst eingepackt«, sagte sie traurig.

Auf dem Heimweg machten wir bei einem Bauernhofcafé halt, um eine Kleinigkeit zu essen. Katzen streunten umher, und auf der Terrasse hatte man einen weiten Blick über die Felder. Die Duftmischung aus Kaffee und Kuhmist war seltsam, aber Lindy setzte sich an einen Tisch, um das Baby zu stillen. Gerade als sie fertig war, verschüttete Mona ihren Saft, daher nahm ich das Baby auf den Arm, während Lindy mit Mona zur Toilette ging. Als sie an den Tisch zurückkamen, musste dem Baby die Windel gewechselt werden, also tauschten wir wortlos die Kinder, und Lindy ging wieder ins Innere des Cafés. Es war anstrengend.

Ich fühlte mich gezwungen, mich mit Mona zu unterhalten, daher fragte ich sie, ob sie noch etwas essen oder trinken wolle.

»Nein, danke«, antwortete sie.

Ich sah zu den Wolken, die an diesem Nachmittag viele verschiedene Formen und Schattierungen aufwiesen. Ich erzählte Mona, dass eine Wolke fünfundvierzig Meter dick sein musste, bevor sie die Sonne verdecken konnte.

»Warum?«, fragte sie.

»So viel Wolke braucht es einfach.«

»Bewölkte Tage sind wärmer als sonnige«, sagte sie.

»Ja, manchmal stimmt das.«

»Meine Mami sagt, dass das immer stimmt.«

»Oh, okay. Also warme Luft steigt auf, und wahrscheinlich schließen die Wolken sie in sich ein.«

»Warum?«, fragte sie wieder.

Ich seufzte. »Weil sie fies sind.«

Lindy erschien wieder mit einem schläfrigen Baby, dem sie es im Buggy bequem machte. Wir hatten noch Kaffee in unseren Bechern, deshalb sank sie mit einem Seufzer auf ihren Platz. Dann sagte Mona, dass ihr kalt sei und sie nach Hause fahren wolle.

Im Auto entschuldigte sich Lindy, aber ich sagte ihr, das sei nicht nötig. Man reist am besten, wenn man ein wenig von seiner Persönlichkeit aufgibt, und es freute mich, dass nicht ich die Komplizierte war.

Odysseus musste bisweilen Reden halten und Götter überlisten, aber es ist nicht weniger schwierig, darauf zu warten, bis die Kinder im Bett sind, um etwas Zeit mit seiner Gastgeberin zu haben. Als die Kinder an jenem Abend eingeschlafen und die Weingläser gefüllt waren, hatten Lindy und ich Gelegenheit, unsere Unterhaltung vom Morgen fortzusetzen. Den ganzen Tag lang hatten wir uns darauf gefreut, aber jetzt, wo der Zeitpunkt gekommen war, drohte die Müdigkeit uns beide zu überwältigen. Lindy bekannte, dass sie in letzter Zeit so müde und überlastet war, dass sie begonnen hatte, alle Pflichten rund um Haus und Familie outzusourcen: Gartenarbeit und -gestaltung, Hausputz, Fahrgemeinschaften, Kochen. »Ich habe einfach nicht genug Zeit«, sagte sie. Während sie sprach, packte sie das Weihnachtsdorf aus.

»Aber Freunde kannst du nicht outsourcen«, sagte ich. Es sollte ein Witz sein, aber als ich die Worte aussprach, klangen sie melancholisch.

»Richtig«, sagte sie und packte einen Teich zum Schlittschuhlaufen aus Porzellan aus.

»Du bist für eine Menge Dinge verantwortlich«, sagte ich.

Als Nächstes wickelte sie zwei kleine Magnetfiguren aus, die stürmisch über die spiegelglatte Eisfläche wirbelten, als sie den Mechanismus auf der Unterseite aufzog. Sie stellte Teich und Läufer auf den Couchtisch, und eine Weile lang sahen wir ihnen zu.

»Ich hingegen komme manchmal nach der Arbeit nach Hause und weiß nicht, was ich mit mir anfangen soll«, sagte ich.

»Oh, May. Wirklich?«

Ich hatte nicht darüber sprechen wollen, was es bedeutete, allein zu leben, deshalb wandte ich meine Aufmerksamkeit der Gartengestaltung zu, die Lindy auch schon erwähnt hatte. Ich erzählte ihr, dass anscheinend inzwischen jeder versuchte, seine Gartenarbeit outzusourcen. In Duck Woods war das auch so. Dann berichtete ich ihr von einem Garten, den ich sehr mochte, wo die Besitzerin parfümierte weiße Stoffstreifen um jeden ihrer Rhododendren gebunden hatte, damit die Hirsche den Pflanzen fernblieben.

»Nachts sieht das geisterhaft aus, aber irgendwie auch schön. Es zeigt, wie wichtig dieser Garten seiner Besitzerin ist. Poesie existiert in einem Garten nur, wenn er von den Menschen, die dort leben, gepflegt wird.« Plötzlich fiel mir Lindys perfekt gemähter Rasen ein und dass sie auch zu denen gehörte, die die Gartenarbeit outsourcten.

»Hast du geisterhaft oder grauenhaft gesagt?«, fragte Lindy. Sie lächelte, und wir tranken beide von unserem Wein. Ich erinnerte mich wieder daran, dass sie vor Jahren, als sie in das Haus eingezogen war, eine ganze Reihe Hortensien *(Hydrangea arborescens)* ausgerissen hatte.

Jetzt packte Lindy einen schneebedeckten Drugstore aus und stellte ihn auf den Tisch neben den Teich. »Weißt du«, sagte sie, »als wir Kinder waren, hast du es so sehr geliebt, dein Zimmer einzurichten. Erinnerst du dich?«

Ich erinnerte mich.

»Wenn ich zu dir nach Hause kam, hattest du jedes Mal ein neues Poster an der Wand oder die Möbel umgestellt. Bei dir war es immer sauber und ordentlich. Ich teilte mir ein Zimmer mit meiner Schwester und konnte nichts ohne ihre Zustimmung verändern. Ich war schrecklich neidisch.«

»Und jetzt bist du diejenige, die diese Kunst beherrscht«, sagte ich.

Sie wickelte ein bunt glitzerndes Karussell aus dem Packpapier. Als Nächstes kam ein winziger Bahnhof.

Ich dachte, ich wäre reif fürs Bett, aber ich überraschte mich selbst. Das Licht war schummrig, und Lindy hatte eine beeindruckende Anzahl von Kerzen angezündet, die im ganzen Raum verteilt waren. Ich weiß nicht, ob es an der späten Stunde lag, dem flackernden Licht oder dem märchenhaften Weihnachtsdorf, das sie auspackte, aber ich erzählte mehr von mir als normalerweise.

»Weißt du, nachdem meine Mutter nicht mehr aufstand«, sagte ich, »räumte ich jeden Abend mein Zimmer auf. Und ich drehte mein Bett um, sodass ich beim Einschlafen zum Fenster hinaussah. Kannst du dich daran erinnern?«

»Ja, aber ich wusste nicht, dass es eine Bedeutung hatte.«

»Ich dachte, wenn ich meine Augen auf die Bäume und den Himmel gerichtet hätte, würde etwas Magisches geschehen.«

Lindy schüttelte den Kopf. »Was damals alles los war. Und wenn wir uns trafen, haben wir Mathe gelernt.«

»Ich frage mich, warum ich das erzählt habe«, sagte ich und starrte auf den glänzenden Fußboden, als würde dort eine Antwort stehen.

»Du musst keinen Grund haben«, sagte Lindy. Sie trank ihren Wein aus und stellte ihr Glas ab. »Warte kurz. Ich muss dir etwas geben.« Sie ging aus dem Zimmer und kam mit einer kleinen weißen Schachtel in der Hand zurück.

»Was ist das?«, fragte ich.

»Mach es auf.«

Im Inneren lag auf einem Wattepolster ein kleines Rehkitz aus Glas. Es hatte lange, spindeldürre Beine, so zerbrechlich, dass es schon absurd wirkte. Eines war einmal gebrochen und wenig fachmännisch mit Klebstoff repariert worden.

»Ich wollte, dass mein Zimmer so aussah wie deines«, sagte Lindy. »Das hier sollte der Anfang meiner eigenen Sammlung sein, aber ich habe nie weitergemacht.«

»Du hast es mitgenommen?« Als Kind hatte ich eine Sammlung von diesen Glastieren gehabt, und das Rehkitz war mein Lieblingsstück gewesen.

»Ich habe es mir in die Hosentasche gesteckt, als ich bei dir war. Dabei ist das Bein abgebrochen.«

»Nicht zu fassen, dass du mir das nie erzählt hast.«

»Es tut mir leid.«

»Oh, das ist schon in Ordnung. Ich meine, du hättest es mir sagen können. Ich glaube nicht, dass ich sehr böse geworden wäre.«

»Euer Haus war so gemütlich im Gegensatz zu unserem.«

»Wirklich? So habe ich es nicht in Erinnerung.«

»Deine Mutter hat Essen gekocht und jeden Abend Kerzen angezündet.«

»Deine Mutter ist mit dir shoppen gegangen und hat alle deine Hosen gekürzt.«

All das war wahr, aber damals hatte keine von uns gewusst, was es bedeutete. Unsere traurigen Mütter, die ihr Bestes gaben.

»Vanessas Haus hingegen«, sagte Lindy.

Sie meinte, dass wir von den drei Elternhäusern Vanessas am

liebsten gemocht hatten. Ihre Mutter lud uns an Schultagen oft zum Abendessen und am Wochenende zum Übernachten ein, das war bei Lindy und mir unmöglich. Ihr Vater nahm Klavierstunden, ihre Mutter spielte Tennis. Sie schienen immer noch mehr aus sich machen zu wollen, das entsprach nicht der Lebensweise unserer Eltern. Irgendwann feierte Vanessa Partys, wenn ihre Eltern verreist waren, und auch unbeaufsichtigt fühlte sich Vanessas Zuhause am sichersten an.

»Wenn ich mal versuchte, eine Freundin zum Abendessen einzuladen«, sagte Lindy, »behauptete meine Mutter: ›Wir haben nicht genug.‹ Was sollte das überhaupt bedeuten? Wir hatten genug Essen.«

»Das heißt, dass es zu anstrengend für sie war.«

»Ich renne sofort zum Einkaufen, wenn eines der Mädchen eine Freundin einladen möchte. Letzte Woche habe ich einen Strafzettel bekommen, weil ich noch schnell Hackfleisch für einen weiteren Burger besorgt habe.«

Wir waren zu müde, um zu lachen oder zu weinen. Wir umarmten uns, dann begann Lindy, das Wohnzimmer aufzuräumen, bevor wir ins Bett gingen. Jede meiner Freundinnen hat eine charakteristische Eigenschaft oder Geste, die ich manchmal erst erkenne, wenn ich sie an Fremden entdecke. Kurz blitzt ein Bild auf – eine Umarmung auf Zehenspitzen, Neeras gleichmäßiger Gang, die Art, wie Vanessa ihre Lippen zusammenpresst und Rose ihre Hände in die Taschen steckt – und erinnert mich an meine Freundin, und ich wundere mich, dass mir das nicht schon früher aufgefallen ist.

Während ich Lindy dabei beobachtete, wie sie sich vorbeugte, um die Sofakissen aufzuschütteln und das Weihnachtsdorf auf dem Couchtisch zu arrangieren, und anschließend eine Kerze nach der anderen ausblies, fragte ich mich, wie viel Kraft sie ihr schönes Heim kostete. Sie hatte mir erzählt, dass sie die Farbe der Flüssigseife in den Badezimmern passend zur Wandfarbe wählte. Sie war begeistert, als eine ihrer Lieblingsmarken eine französische Lavendelseife einführte, denn das löste das Problem für das Badezimmer im ersten Stock.

Im Gästezimmer versuchte ich das Rehkitz auf den Nachttisch zu stellen, aber das reparierte Bein war länger als die anderen, und es blieb nicht stehen. Ich legte es auf die Seite und schaltete das Licht aus.

In der Nacht träumte ich, dass ich jemanden oder etwas aus dem Haus in der Todd Lane lockte und wir auf einem hügeligen Abhang kämpften, den es in Duck Woods nicht gibt. Wir kämpften lange Zeit, bis ich ihm schließlich den Arm abriss (ohne Blut) und er am Boden liegend schrie: »Ich bin einfach nur erwachsen geworden!«

In Gehweite

Irgendwann in ihren Vierzigern hörte meine Mutter auf vorwärtszugehen. Auf irgendeine Weise musste sie, als wir nicht hinsahen, einen Knicks und einen Schritt zur Seite gemacht haben und von der Bühne abgegangen sein. Rückblickend hatte sie schon einige Zeit lang geprobt. Häufig ging sie ins Bett, ohne Gute Nacht zu sagen, oder blieb bei Familienausflügen mit unklaren Symptomen zu Hause.

»Ihr kommt auch ohne mich zurecht«, sagte sie immer.

Sie war in New York City aufgewachsen und erzählte mir Geschichten über ihre zauberhafte Kindheit in der Stadt: Rockefeller Center und der riesige Baum an Weihnachten, Eislaufen und Picknicken im Central Park. Nach dem College mietete sie ein winziges Apartment und ging jeden Morgen zu Fuß zu ihrer Arbeit in einer Zeitschriftenredaktion. Sie war schön, mit großen dunklen Augen, einem flüchtigen Lächeln und ihrer ruhigen Art. Sie lernte meinen Vater eines Nachmittags auf einer Parkbank kennen, wo sie ihre Mittagspause verbrachte und er ein Buch las. Sie verließ New York und ging mit ihm in seine Universitätsstadt.

Sie war lange Zeit nicht in New York City gewesen, und als sie schließlich wieder hinfuhr, nahm sie mich mit. Ich war sechzehn, sie war vierzig. Ich hielt ihre Hand, und wir gingen überall zu Fuß hin. Wenn ich müde war, fragte ich, ob wir den Bus oder die U-Bahn nehmen könnten, aber sie sagte, New York sei eine Stadt, in der man zu Fuß gehe. Alles befinde sich in Gehweite, sagte sie, also drückte ich ihre Hand und versuchte, mit ihr Schritt zu halten.

Meine Mutter sagte immer, dass sie meinen Namen schon gewusst hatte, bevor ich geboren wurde, bevor sie schwanger gewesen war, sogar schon bevor sie geheiratet hatte. Sie hatte immer gewusst, sagte sie, dass sie eines Tages eine Tochter mit Namen May haben werde.

»Was, wenn ich ein Junge geworden wäre?«, fragte ich dann.

»Ich wusste, dass du kein Junge bist«, antwortete sie.

»Du hattest *keinen* einzigen Jungennamen ausgewählt?«

»Ich wusste, dass du ein Mädchen warst«, sagte sie lediglich. »Ich wusste, dass du meine May warst.«

Zum ersten Weihnachtsfest, das sie in ihrem Zimmer verbrachte, schenkte ich meiner Mutter einen Topf Echte Rentierflechte *(Cladonia rangiferina)*, in Alufolie eingewickelt. Es ist eine bemerkenswerte kleine graugrüne Flechte, die so ziemlich alles überleben kann. Man kann sie ins Dunkle stellen, sie Frost oder Hitze aussetzen, dann ruht sie und wartet auf bessere Zeiten. Irgendwann hatte meine Mutter eine ganze Reihe dieser Flechten auf ihrem Fensterbrett. Nach ihrem Tod schmiss ich sie alle weg, aber ich gehe davon aus, dass sie jetzt auf einer Müllkippe wachsen. Ich will sie nicht mehr als Weihnachtsschmuck haben.

Manchmal denke ich, dass meine Mutter sich langsam aus der Geschichte herausgezogen hat, bis die Geschichte einfach keine Rolle mehr für sie hatte. Aber jetzt bin ich vierzig, und was weiß ich schon? Wir hatten glückliche Zeiten, obwohl unser Glück immer auch ein wenig verzweifelt war, denn es war nie eine angemessene Wiedergutmachung für das, was sie traurig machte. So infiziert der Kummer Familien und macht aus einigen von uns Detektive. Der erste Kummer war der meiner Mutter; ich erbte ihn.

In den ersten Wintersemesterferien rief ich meine Mutter von einer Telefonzelle auf dem Town Square an (damals gab es noch öffentliche Telefonzellen in den Straßen). Sie hatte den ganzen Tag im Bett verbracht, und ich dachte, die Vorstellung, dass ich auf den festlich geschmückten Weihnachtsbaum der Stadt blickte, würde sie glücklich machen. Sie hatte den Anblick immer sehr geliebt.

Eine außergewöhnlich schöne Frau wartete vor der Telefonzelle. Ihr langer Wintermantel wirkte wie Kaninchenpelz, und ihre Hände steckten in einem Muff. Sie sah aus wie eine Prinzessin, als wäre sie gerade von einem Schlitten abgestiegen. Ich drehte mich wieder zum Telefon und beugte mich über den Hörer in meiner Hand.

Ich fragte meine Mutter, ob sie schon an eine ehrenamtliche Tätigkeit gedacht habe, vielleicht mit Kindern oder Tieren. Es entstand ein lange Pause, und ich konnte sie weinen hören.

Ich spähte zu der schönen Frau. Ein gut aussehender Mann unterhielt sich mit ihr und bot ihr an, sein Handy zu benutzen.

Meine Mutter fragte, ob der Baum hübsch aussehe.

Ja, sagte ich. Er ist wunderschön. Soll ich dich abholen kommen?

Vielleicht, antwortete sie.

Aber ich wusste, dass sie das nicht wollte. Wir waren schon hier gewesen. Früher wollte sie hierherkommen und irgendwann nicht mehr.

Touristenattraktionen

Am Sonntagmorgen klopfte Mona sehr früh an meine Zimmertür. Ich rief »Herein«, noch bevor ich richtig wach war. Ich konnte mich nicht erinnern, wo ich war, wessen Bett und wessen Haus das waren, und es dauerte einen Moment, bis ich das Zimmer wieder einordnen konnte.

»Meine Mutter sagt, dass du traurig bist, weil du zu alt bist, Kinder zu bekommen.«

Ich wandte den Kopf und blinzelte. Mona stand im Türrahmen und strich ihrer blonden Barbiepuppe übers Haar. Am Vortag hatte sie mir gezeigt, wie die Puppe programmiert war, sodass man sich mit ihr unterhalten konnte. Glücklicherweise war sie gerade still.

»Das hat sie dir gesagt?«, fragte ich und setzte mich mühsam auf.

»Sie hat es meinem Dad erzählt, aber ich habe es gehört.«

Ich strich meine Haare glatt. »Nun, deine Mutter war in ihrer Jugend eine tolle Babysitterin.«

»Wirklich?«

»Ich hingegen nicht.«

»Du warst eine schlechte Babysitterin?«

»Nein, ich habe überhaupt nicht babygesittet. Ich habe es gehasst.«

Mona bekam große Augen, dann drehte sie sich um und ging aus dem Zimmer.

Am Nachmittag setzten Lindy und ich uns ins Auto. Sie fuhr mit mir in das historische Stadtzentrum, wo es einen Wal-Springbrunnen gibt. Eigentlich ragt nur der Schwanz aus dem Beton wie eine umgedrehte Eiswaffel mit Flossen. Lindy erzählte, dass im Sommer Wasser aus den Flossen plätschert und überall auf den Stufen Eltern sitzen, während ihre Kinder mit Wasser spritzen. Auf der anderen Straßenseite befand sich der Bahnhof, linker Hand eine Straßenecke mit einigen Boutiquen, die wallende Damenbekleidung und Ledertaschen anboten. Wir hatten einen Spaziergang am Wasser machen wollen, doch es war Wind aufgekommen, und die meisten Geschäfte waren geschlossen. Ich beobachtete ein Kleinkind mit einem Laufgurt in der Nähe der Walschwanzflosse, doch die Leine in der Hand seiner Mutter straffte sich, bevor es sie berühren konnte.

»Im Grunde mag ich diese Stadt nicht besonders«, sagte Lindy. »Aber die Schulen sind gut, und Max hat seine Arbeit hier. Also.«

Es war untypisch für sie, dieses Geständnis, dass sie derzeit nicht glücklich war, und ich wusste nicht, wie ich darauf reagieren sollte.

»Aber du scheinst Wurzeln geschlagen zu haben. Dein Haus und dein Garten.«

»Manchmal fahre ich herum und tue so, als wäre ich eine Touristin, nur damit die Gegend interessanter wirkt.« Sie lachte über sich selbst. »Was ist mit dir? Bist du glücklich in Anneville? Du könntest überallhin gehen.«

»Das versuche ich gerade herauszufinden.«

Ich fragte, ob es noch mehr Bauernhofcafés gebe, die ich sehen müsse.

Lindy verdrehte die Augen und versprach mir, mich an einen Ort zu bringen, der mir sehr gefallen würde.

»Woher weißt du das?«

»Wart's ab«, sagte sie.

Im Inneren von *The Coffee Greenery* roch es nach gerösteten Kaffeebohnen, und überall waren Pflanzen, in den »lebenden« Wänden, das kannte ich bereits, und auch in »lebenden« Sofas, das war mir neu. Es gab viele Farne, was wenig überraschend war. Farne sind sehr anpassungsfähig und wachsen an fast jedem Standort auf dieser Erde. Beeindruckend hingegen waren die weichen Moose und andere Flechten, die in Säckchen auf den Sofakissen wuchsen. Man konnte den Kopf zurücklegen und sich wie Titania in ihrem Schlossgarten fühlen. Ein Schild an der Wand informierte die Besucher über die verbesserte Luftqualität und den Sauerstoffgehalt, aber das wusste ich schon. Wir setzten uns auf ein Sofa mit Sternmoos *(Sagina subulata)* – prächtige kleine weiße Blüten –, und ich konnte nicht mehr aufhören zu lächeln.

»Ich könnte hier wohnen«, sagte ich.

»Du bist zu nett«, erwiderte Lindy.

»Nein, wirklich.«

»Ich muss etwas Moos in mein Gästezimmer tun.«

Ich fragte sie, ob sie schon von der Mai-Krankheit gehört habe. Eine Krankheit, die meinen Namen trug, auch wenn Bienen daran litten. Sie schüttelte den Kopf.

»Man spricht von der Mai-Krankheit, wenn alle Arbeitsbienen in einem Bienenstock plötzlich wegfliegen ...«

»Entschuldige«, sagte Lindy. Sie war gegen ihr Getränk gestoßen und hatte etwas davon verschüttet. »Ich hole schnell ein paar Servietten.« Sie stand auf und traf auf jemanden, den sie kannte, unterhielt sich kurz, holte die Servietten und kam zurück.

»Entschuldige«, sagte sie. »Erzähl weiter.«

Ich versuchte, wieder Begeisterung in mir für diese Unterhaltung zu wecken. »Manchmal geben die Bienen den Stock auf. Bis auf die Königin, die wird zurückgelassen. Niemand weiß, warum oder wohin sie gehen.«

»Und das heißt wirklich Mai-Krankheit?«

Ich nickte.

Lindy rührte in ihrem Cappuccino. »Wow. Was sagst du dazu?«

Hinter uns unterhielten sich zwei Frauen, eine schilderte überschwänglich eine kürzlich unternommene Reise, bis die andere sie mit ungeduldiger Stimme unterbrach: »Ja, das habe ich alles schon auf Facebook gesehen.«

Die Freundin brach ab. »Ach, richtig«, sagte sie.

Eine Frage: Wenn ein Freund eine Unterhaltung mit Informationen bestreitet, die man schon in einem Beitrag in den sozialen Medien gesehen hat, lässt man ihn gewähren? Man sollte es sich gut überlegen, denn neue Themen könnten unangenehm sein.

An diesem Abend fand ich Monas Barbiepuppe in meinem Bett, direkt neben meinem Kopfkissen. Als ich die Decke zurückschlug, sprach sie mit mir.

»He, du bist hier!«, sagte sie. »Das ist so aufregend. Wie heißt du?«

»May«, sagte ich wider bessere Einsicht.

»Fantastisch«, sagte Barbie. »Ich weiß jetzt schon, dass wir dicke Freundinnen werden.«

Ich überlegte, ob ich ihren Kopf bedecken musste, um sie auszuschalten.

»Woher weißt du das?«, fragte ich.

»Ich weiß einfach, dass du ein netter Mensch bist«, sagte Barbie nachdenklich.

Ich schwieg.

»Gern geschehen«, sagte Barbie glücklich. »Wie geht es dir heute?«

»Oh«, begann ich und wollte ihr gerade sagen, dass der Tag schon vorüber war, aber etwas in meinem Tonfall brachte sie aus dem Konzept.

»Tut mir leid, das zu hören.«

Ich blickte durch die Gardinen nach draußen. Sie waren aus einem durchscheinenden Stoff gearbeitet, der tagsüber das Sonnenlicht angenehm abmilderte, aber nachts nur eine fragwürdige Privatsphäre bot. Mein Nachthemd hatte ich bereits angezogen. Jetzt, wo es im Zimmer dunkel war, konnte ich sehen, wie die Bäume sich in einem Wind bewegten, den ich nicht hören konnte. Bei mir zu Hause klapperten die Fenster in ihren Rahmen.

»Möchtest du ein Spiel spielen?«, fragte Barbie.

»Wirklich?«, sagte ich.

»Was willst du machen, wenn du erwachsen bist?«

»Ich weiß es nicht«, sagte ich und ahmte das nach, was ich für eine typische Mädchenantwort hielt.

»Wie wäre es mit Tierärztin?«, fragte Barbie.

»Tiere mögen mich nicht.«

»Tut mir leid, das zu hören.«

Ich dachte, wir wären jetzt fertig, aber Barbie sprach weiter.

»Wie wäre es mit Tauchlehrerin?«

»Ich bin Botanikerin«, sagte ich entschieden.

»Das klingt toll!«

Im Bett wechselte ich die Lage, bereit, mir Barbie zu schnappen und sie auszuschalten, doch die Bewegung gab ihren Fragen eine neue Richtung.

»Hey, kann ich dich um Rat fragen?«, fragte sie. Sie erklärte, dass sie und ihre Freundin Mona Streit gehabt hätten und nicht mehr miteinander sprechen würden. »Ich vermisse sie sehr, aber ich weiß nicht, was ich zu ihr sagen soll. Was soll ich tun?«

»Ich weiß es nicht«, sagte ich.

»Du hast recht. Ich sollte mich entschuldigen!« Barbie klang sehr erleichtert. »Ich bin nicht mehr böse. Ich will, dass wir wieder Freundinnen sind.«

Ich packte sie. Auf ihrer Wespentaille war ein winziger Knopf. Ich drückte ihn und wartete, ängstlich, dass ich einen anderen Modus aktiviert haben könnte, aber sie blieb still. Ich hielt sie unter die Nachttischlampe, um sie besser ansehen zu können. Lindy hatte gesagt, dass diese Puppen gerade sehr beliebt und von den besten Ingenieuren in Silicon Valley konstruiert worden seien, um die perfekte Freundin abzugeben. Je länger ich sie anstarrte, desto mehr war ich davon überzeugt, dass sie wie jemand aussah, der sich daran erinnerte zu lächeln, nicht wie jemand, der tatsächlich lächelte.

Souvenir

Emily Post hat seitenweise Anweisungen für Gastgeber geschrieben. Über die Rolle des Gastes schreibt sie: »Der perfekte Gast versucht nicht nur, sich schicklich zu kleiden, sondern er versucht auch, eine schickliche Geisteshaltung anzunehmen.« Was ist demnach die schwierigere Rolle, Gastgeber oder Gast? Vermutlich hängt es davon ab, was für ein Mensch man ist. Ich bin vielleicht weder Gastgeberin noch Gast. Als ich durch den Flughafen lief, fühlte ich mich wie ein Matrose, der nach langer Seefahrt wieder an Land war, froh, wieder festen Boden unter den Füßen zu haben.

Als ich an meinem Flugsteig ankam, bemerkte ich, dass ich mein Aufladekabel bei Lindy vergessen hatte. Ich rollte Grendel zurück in die Menschenmenge, bis ich einen kleinen Flughafenladen entdeckte, wo ich ein neues Kabel für mein Handy kaufen konnte. Die Frau hinter der Verkaufstheke trug einen Sari, und jedes Mal, wenn sie um die Theke herumkam, um einem Kunden zu helfen, senkte sie rasch den Kopf und schwenkte den Stoff elegant zur Seite. Ich kaufte, was ich für notwendig hielt, aber als ich wieder am Flugsteig war und mein Telefon einsteckte, funktionierte es nicht. Grendel und ich rollten wieder zum Laden und wichen dabei aufgeregten Kindern, resoluten Geschäftsmännern und einem Team junger Frauen in riesigen Sweatshirts aus.

Die Inderin war gerade einem anderen Kunden behilflich. Ich

wollte sie nicht stören, deshalb ging ich um die Verkaufstheke herum, wo die Aufladegeräte lagen. Eilig kam sie zu mir herüber.

»O nein, nein«, sagte sie. »Bitte. Ich möchte Ihnen behilflich sein.«

Ich erklärte ihr das Problem, und sie schüttelte den Kopf. »Das Gerät funktioniert«, sagte sie. »Es wird funktionieren.«

Ich sagte, dass es nicht funktioniert habe und ich ein anderes Aufladegerät benötigte.

»Nein, das ist das richtige.«

»Aber wenn ich dieses hier einstecke, wird die Aufladeleuchte nicht grün«, sagte ich. Ich versuchte wieder, um die Theke herumzugehen, um an das Aufladegerät zu kommen, das ich meiner Meinung nach brauchte.

»Nein, nein. Bitte«, sagte sie. »Sie dürfen nicht hinter die Theke kommen.«

Ich trat einen Schritt zurück, und im gleichen Moment sah ich ein Schild, auf dem stand, dass geöffnete Ware nicht zurückgegeben werden konnte. Die Inderin hätte einfach auf das Schild deuten können, und die Sache wäre erledigt gewesen, aber sie versuchte mir zu helfen.

»Ich werde Ärger bekommen«, sagte sie und ließ ihren Blick über die Menschenmenge draußen schweifen, als könnte ihr Chef plötzlich auftauchen. Sie holte ihr Handy hervor. Einige Minuten lang sprach sie schnell auf Hindi und beobachtete die ganze Zeit über das hektische Gewühl vor dem Laden. Als sie das Gespräch beendet hatte, sagte sie: »Mein Sohn meint, dieses Kabel sei das richtige. Manchmal, wenn das Telefon« – ihre flachen Hände schwenkten vor ihrer Brust von links nach rechts, zum Zeichen, dass nichts mehr ging – »dauert es einige Zeit.« Sie steckte mein Handy hinter der Theke in eine Steckdose. »Lassen Sie es hier. Sie werden sehen.«

Ich hatte meine Zweifel, aber ich wartete. Sie kassierte noch bei einigen Kunden, und ein paar Minuten später erschien das grüne Licht auf meinem Handy.

Auspacken ist leichter als einpacken. Als ich nach Hause kam, nahm ich die Jeans aus Grendel, das Kleid, das ich nicht angezogen hatte, die Oberteile, Strickjacken und Schals; Schuhe, Toilettenartikel und Unterwäsche; Emily Post, meine Thermoskanne und ein rosafarbenes Messband. Meine Taschenlampe fehlte, und das rosafarbene Messband gehörte nicht mir, aber manchmal ist das, was man einpackt, nicht das, was einem gehört. Sind wir nicht alle Elstern, mehr oder weniger? Leihen aus dem Leben unserer Freunde aus, so schnell wir können, tragen zusammen, was wir zum Leben brauchen?

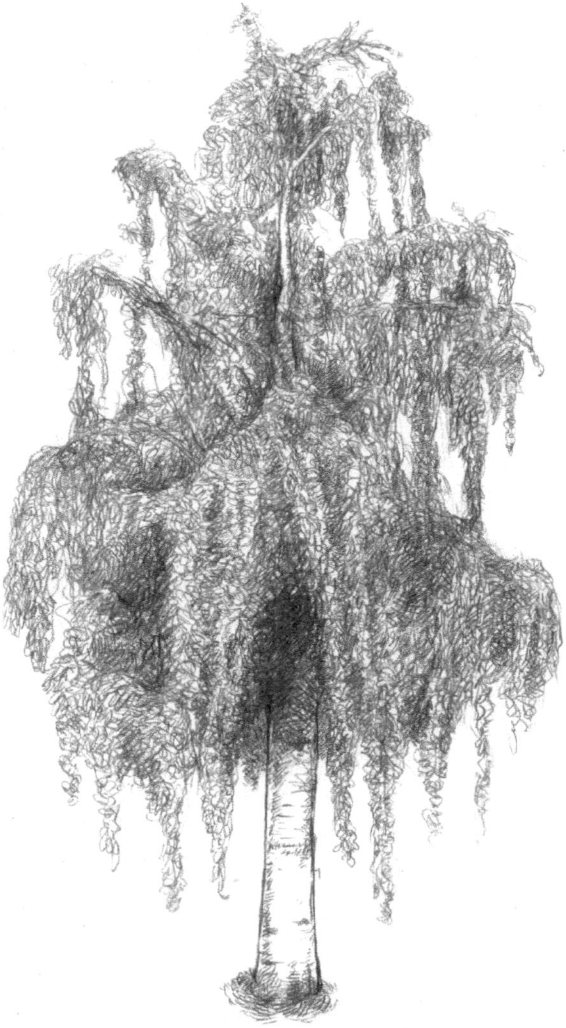

Trauerbirke *(Betula pendula)*

Dritter Teil

Trauerbirke (*Betula pendula*)

Für wen die Trauerbirke nach einer deprimierenden Wahl für einen Gedenkbaum klingt, der ist nicht mit ihrer Zweigstruktur vertraut. Der Baum kann fünfzehn bis dreißig Meter hoch werden mit einer Krone aus schmalen, hängenden Zweigen an jedem Astende. Der Effekt ist, besonders im Winter, wenn die Blätter abgefallen sind, der eines Feuerwerks im Moment, wenn die Funken kaskadenartig zu Boden fallen.

Die rankenartigen Äste der Trauerbirke lassen zu, dass viel Sonnenlicht auf die Erde unter ihr fällt. Deshalb wächst in einem Birkenwald eine große Vielfalt an Moosen, Gräsern und Blütenpflanzen. Der Baum wird als »Pionier« angesehen, eine robuste Art, die als Erste ein zuvor zerstörtes oder angeschlagenes Ökosystem besiedelt und damit am Anfang einer ökologischen Sukzession steht, die zu einem vielfältigeren Ökosystem im Gleichgewicht führt. Mit anderen Worten, es ist ein fürsorglicher Baum, der die Fehler der Vergangenheit nicht wiederholen will.

Das Baummerkblatt klebte an meiner seitlichen Eingangstür, als ich von dem Besuch bei Lindy nach Hause kam, und seinem Zustand nach zu urteilen, hing es dort schon einige Tage und hatte den ein oder anderen heftigen Regenguss überstanden.

Posts und Tweets

Ich verstehe nicht, warum Menschen in einem Dankesschreiben das Wort »nur« verwenden. Ich wollte mich *nur* kurz für die wunderbare Zeit mit dir bedanken. Ich wollte dir *nur* für deine tolle Unterstützung danken. So werden Erwartungen von Anfang an gedrosselt. Es bedeutet: Mir ist klar, dass es wichtig ist, sich zu bedanken, aber ich schreibe keinen richtigen Brief. Es bedeutet: Ich möchte mich gern an gesellschaftliche Konventionen halten, aber ich will nicht viel Zeit dafür opfern. Ich habe sogar schon Briefpapier mit dem Aufdruck »Nur für Notizen« gesehen. Wenn man schon so anfängt, warum schreibt man dann überhaupt noch? Betrachten wir die Synonyme: *bloß, kaum.* Würden Sie schreiben: Kaum ein Dankesschreiben, um mich für den Besuch in deinem Haus zu bedanken? Bloß ein paar eilig hingeschriebene Zeilen, dass ich deine Gastfreundschaft schätze?

Als ich Lindy schrieb, benutzte ich mein bestes Briefpapier, cremeweiß, denn wenn aus einem Baum Papier gemacht wird, sollte es hochwertig sein. Ich schickte ihr auch eine buttergelbe Narzisse im Topf. Schnittblumen machen mich traurig, daher schicke ich, wenn möglich, Topfblumen. Lindys Gärtner kann die Zwiebeln im Garten einpflanzen, wenn die Blumen verblüht sind.

Ein Dankesschreiben erfordert zweifellos kein Dankesschreiben, das wäre eine nie endende Hölle. Daher fand ich es seltsam, als einige Tage später eine Art Antwort auf Lindys Facebook-Seite erschien. Ein Foto zeigte meine Karte gegen den Topf mit den

Narzissen gelehnt. Die Vase mit den Wacholder- und Birkenzweigen war verschwunden.

Bin sehr glücklich. Habe gerade ein langes Wochenende mit einer meiner ältesten Freundinnen verbracht. Das beste Tonikum der Welt!

Es ist richtig, dass *tonic* (Tonikum, tonisch) »belebend« bedeuten kann, aber es bedeutet ebenfalls »stärkend«. Ich hatte den Eindruck, dass mein Besuch beides gewesen war. Im Zeitalter der Dokumentation gibt es ein Problem mit Freundschaften: Lindy wusste, dass ich ihr Update sehen würde, deshalb war es auch eine Mitteilung für mich. Aber es war auch eine Mitteilung für den Rest ihrer Freunde auf Facebook. Kurz gesagt, sie hatte meinen Besuch bei ihr zusammengefasst und für eine größere Öffentlichkeit bereitgestellt. Daran ist heutzutage nichts falsch, aber ich verstehe nicht immer die Regeln.

Was würde es bedeuten, wenn ich ihren Eintrag nicht kommentieren oder ein eigenes Foto mit meinen Gedanken posten würde? In nicht einmal einer Minute, in der ich meinen restlichen Feed durchscrollte, begann ich mich selbst zu fragen: Ist mein Esstisch wirklich so schön? Vermisse ich meine Katze so sehr, wenn ich fort bin? Bin ich cool genug, um zu Achtzigerjahre-Musik zu tanzen und gleichzeitig Bananenbrot zu backen?

Ich likte Lindys Post, und dabei beließ ich es. Nur ein kurzer Klick, nach all den Überlegungen.

Am ersten Arbeitstag nach meinem Urlaub fragte mich Sue, ob ich häufig auf Twitter sei. Wir bedeckten gerade die Bäume und Sträucher auf dem Präsidentenrasen, um sie vor Winterschnee zu schützen.

»Nein«, sagte ich.

Sue richtete sich auf und schob ihren Pony von links nach rechts, eine Angewohnheit, die oft Schmutz auf ihrer Stirn hinterließ, wenn sie im Garten arbeitete. »Dann hast du es noch nicht gesehen.«

»Was gesehen?«

Sue erklärte, dass während meiner Abwesenheit Abby Mara – die Reporterin, die über den Dichterpreis berichtet hatte – versucht hatte, mich zu erreichen. Da ich nicht da gewesen war, hatte sie sich mit Sue unterhalten.

»Es tut mir leid, May. Ich glaube, sie ist eine verhinderte Dichterin oder so was in der Art. Sie hat sich wahnsinnig für deinen Urlaub interessiert.«

»Was wollte sie denn wissen?«

»Sie hat mich kurz vor Feierabend abgefangen. Ich war schrecklich müde. Blake und ich hatten den ganzen Tag lang auf *The Green* Laub geharkt.« Ich wusste, was das hieß. Es war eine der anstrengendsten Arbeiten im Spätherbst. Auf dem restlichen Campus konnten Laubbläser benutzt werden, aber *The Green,* ein großer terrassenförmig angelegter Rasen im historischen Kern der Universität, musste mit der Hand geharkt werden. Angeblich um die Tradition der Uni-Gründungsväter zu bewahren; in erster Linie bevorzugten es die Fakultäten in den Cottages rund um *The Green*, weil es leiser war. Jedes Jahr murrte Sue, und ich gab ihr recht. Das Leben auf dem Campus sollte sich nicht wie das Leben auf einem Anwesen mit einem Team von Gärtnern anfühlen.

»Sie wollte wissen, ob du verreist bist. Wohin du gefahren bist und ob du alle Wochen auf einmal oder jeweils ein paar Tage am Stück freinehmen würdest.«

»Ach, das ist in Ordnung.«

»Und dann habe ich ihr noch von der Idee mit den vierzehn Tagen erzählt.«

»Aber ich bleibe gar nicht so lang.«

»Ich weiß. Aber ich habe ihr von den Vierzehn-Tage-Freunden erzählt, über die du gesprochen hattest.« Sie fuhr wieder mit den Fingern durch ihren Pony und hinterließ einen Schmutzfleck über einer Augenbraue.

»Ja?«

»Nun, sie war hin und weg. Sie hat noch eine Story über dich geschrieben, die in der Online-Ausgabe der Zeitung erschienen ist.«

»Wirklich?«

»Ja. Und die ist viral gegangen.«

»Viral?«

»Ziemlich viral. Sie hat einen Hashtag gestartet: Vierzehn-Tage-Freund.«

»Aber ich habe noch nie in meinem Leben einen Hashtag benutzt.«

Sue sah mich verwirrt an. »Das tut nichts zur Sache.«

»Aber es fühlt sich seltsam an.«

»Hashtags fühlen sich immer seltsam an.«

Ich deutete auf meine Stirn, um sie auf den Fleck auf ihrer hinzuweisen.

»Nun, dieser scheint nicht so schlimm zu sein. Ich bin sicher, das hält nicht lange an.«

Sue zog die Gartenhandschuhe aus und rieb mit dem Handrücken über ihre Stirn. »Aber überprüf mal deinen Twitter-Account, wenn du heute nach Hause kommst, ja?«

Ich hatte zweitausend Follower an diesem Abend. Abby Mara hatte sich den Hashtag ausgedacht, aber sie lobte mich für die Idee und hatte ihren Text mit meinem Account verlinkt. Zwei

Tage später war der Hashtag – interessanterweise die Pluralform – zum Trending Topic geworden:

Ich umarme alle meine #Vierzehn-Tage-Freunde!
Ihr wisst, wen ich meine.

#Vierzehn-Tage-Freund zu Besuch an diesem Wochenende! Hurra!

Kümmert euch alle um eure #Vierzehn-Tage-Freunde. Meine haben mir das Leben gerettet.

Freue mich riesig, dass ich aus jedem Ort, an dem ich gelebt habe, eine #Vierzehn-Tage-Freundin habe. #glücklich.

Es muss an der Jahreszeit gelegen haben: Mitte Dezember, Familienbesuche und die guten Vorsätze zum neuen Jahr rücken näher. Das gesamte Twitter-Bewusstsein war darauf ausgelegt, Freundschaft als ein Balsam für diese schwierige Jahreszeit anzunehmen. Unterscheidungen wurden diskutiert: Der Vierzehn-Tage-Freund konnte jemand sein, den man selbst nicht für zwei Wochen besuchen *wollte*, sondern jemand, der einen für zwei Wochen *aufnehmen würde*. Einige meinten, das Ganze sei unrealistisch – seit der viktorianischen Epoche habe niemand mehr solche Besuche absolviert. Andere Nutzer wiesen darauf hin, wie wenig an Freundschaften heutzutage tatsächlich real sei – IRL.

Die Gegenreaktion erfolgte in der kommenden Woche:

Habe meinen Chef gefragt, ob ich freihaben könnte, um meine #Vierzehn-Tage-Freunde zu besuchen. So'n Quatsch. #mussfreundlichsein

Kann ich nicht einfach deine #Freundin sein? #Vierzehn-Tage-Freundin.

Wirklich geglaubt, #Vierzehn-Tage-Freunde wäre ein Euphemismus für was anderes.

Warum zum #@&% vierzehn Tage?
#Vierzehn-Tage-Freund

Schließlich postete Lindy wieder auf Facebook.

Als ich May Attaway im sechsten Schuljahr kennenlernte, war ich gerade neu in der Klasse, und wir freundeten uns nicht sofort an. Sie war still, und es schien sie nicht zu kümmern, ob andere sie mochten oder nicht. Das war cool, aber auch ein bisschen einschüchternd. In dem Jahr mussten wir jede Woche eine Geschichte schreiben, der Lehrer gab uns dafür ein Stichwort. May und ich bekamen Woche für Woche 99 %, denn unser Lehrer sagte, er würde nie die höchste Bewertung vergeben. Doch dann erhielt May einmal 100 %, und der Lehrer bat sie, ihre Geschichte der ganzen Klasse vorzulesen. Ich weiß noch, wie ich an meinem Pult saß und dachte: Ich muss mit diesem Mädchen befreundet sein. Eine der besten Entscheidungen meines Lebens. May ist meine erste und echte ***#Vierzehn-Tage-Freundin****. Ich bin sehr stolz auf sie!*

Es gab kein Foto; die Narzissen mussten verwelkt sein. Ich klickte auf »Gefällt mir« und überlegte, ob ich den errötenden Emoji hinzufügen sollte, aber ich habe noch nie einen Emoji benutzt und wollte nicht jetzt damit anfangen. Ich wollte auch keinen Kommentar schreiben, der anderen Lesern einen weiteren Beweis unserer Freundschaft geben würde. Die Geschichte, die sie erwähnt hatte, hatte von einer Katze in einem Tierheim gehandelt, die nicht adoptiert und letztlich eingeschläfert wurde. Einen Witz darüber zu machen, erschien mir die einzige passende Reaktion – und das wollte ich nicht.

Die Jahreszeit zog sich hin. Pflichtgemäß stellten wir überall auf dem Campus Schilder auf: WEGEN WINTERRUHE GESPERRT, die von den Besuchern stets ignoriert werden. Weihnachten kam und ging vorüber. Mein Vater und ich aßen zusammen zu Abend, ansonsten machten wir wenig Aufheben um das Fest. Feiertage sind aus denselben Gründen schwierig wie soziale Medien: Sie machen einen glauben, man wüsste, was der Rest der Welt gerade tut. Mein Vater und ich sind nicht gut darin, Dinge zur selben Zeit zu tun wie andere Menschen: am letzten Frosttag einpflanzen, den neuesten Bestseller lesen, Truthahn essen. Ich weiß nicht, ob das chronisches Aufschieben oder eine Abneigung gegen Mannschaftssport ist.

Früher, als wir noch sorgsam ausgesuchte Weihnachtsgeschenke austauschten, hatten wir auch einen Baum und hängten Strümpfe an den Kamin. Jetzt haben wir keinen Baum mehr, weil ich es nicht ertrage, dass man die nettesten Dinge sagt, wenn der Baum ins Haus gebracht, geschmückt und bewundert wird, nur um ihn dann wenige Wochen später unsanft am Bordstein abzuladen – und mein Vater kann die künstlichen Bäume nicht leiden. Die Stadt verarbeitet die Bäume zu Mulch für die verschiedenen Parkanlagen, dennoch macht mich der Gedanke traurig. Wäre ich eine ein Meter achtzig hohe Douglas- oder Frasertanne, ich wäre wohl sehr verbittert.

Dann war mein Geburtstag, der letzte Tag des Jahres. Ich habe mich nie daran gewöhnen können. Früher sagte meine Mutter oft, dass die ganze Welt an Silvester meinen Geburtstag feiere, aber das machte es nur noch schlimmer. Als deutlich wurde, dass ein ruhiger Tag in der Mitte des Jahres, den ich mit niemandem teilen musste, mir besser gefallen hätte, gab sie auf. Ich bin jedoch dankbar, dass ich nicht im Mai geboren wurde, und ich nehme an, auch wenn ich meine Eltern nie danach gefragt habe, dass sie mir in dem Fall einen anderen Namen gegeben hätten. Vielleicht auch nicht, auf Hebräisch bedeutet mein Name »erwünschtes Kind«, meine Mutter wusste das.

Unglücklicherweise ist die Narzisse die Blume der im Dezember Geborenen; insbesondere die winterblühende Art oder Weihnachtsnarzisse. Ich habe an vielen Geburtstagen Niesanfälle vom starken Duft der überraschend lange blühenden Blumen bekommen. Mein Vater schenkt mir jedes Jahr einen in grüne oder rote Folie eingepackten Topf, den er im Supermarkt kauft. Die Römer haben Narzissen nach Großbritannien gebracht, sie dachten, dass ihr Saft Heilkräfte enthalten würde. Tatsächlich enthält er Kalziumoxalatkristalle, die Hautreizungen hervorrufen.

Die Amerikanische Stechpalme ist weniger bekannt für Menschen, die im Dezember Geburtstag haben, und ich war erstaunt, als der UPS-Transporter an diesem Nachmittag an meinem Haus hielt und der Fahrer mir ein quadratisches, flaches Paket übergab. Es enthielt einen Stechpalmenkranz und eine Geburtstagskarte von Lindy. Sie hatte geschrieben: »Dezember-Stechpalme für May. Alles Gute zum Geburtstag, liebe Freundin.«

Ich starrte den Kranz lange an. Dann holte ich einen Hammer und ging nach draußen. Ich schlug einen dicken Nagel in die Eingangstür und hängte den Kranz daran auf.

Ich ging zur Straße, um den Kranz an der Tür von dort zu bewundern, als Janine gerade aus dem Haus trat, um sich die

Eisflächen vorzunehmen, die ihren Gartenweg seit Tagen zur Gefahr machten.

»Hallo, May«, rief sie fröhlich. »Frohes neues Jahr.«

Ich winkte.

»Ist der Kranz neu?«, fragte sie. »Er ist wunderschön.«

»Danke«, sagte ich. »Ein Geschenk von einer Freundin.«

Sie sah überrascht aus, aber ich winkte nur noch einmal und ging wieder nach drinnen.

Ich verbrachte einen verschneiten Abend damit, weitere Reisepläne zu schmieden und Blumenzwiebeln zu bestellen. Auch die langjährige Herausgeberin des *New Yorker,* Katherine White, die es für unpassend hielt, »sich für die Gartenarbeit leger anzuziehen«, liebte Gartenkataloge. Sie sagte, sie seien anders als jede andere Leseerfahrung, weil man sie zum Vergnügen und zum Wissenserwerb las, während man gleichzeitig die Zukunft plante. So lesend und planend, während der Schnee vom Himmel fiel, ging ich ins neue Jahr hinüber.

Nestmodell

10. März

Liebe May,
ich möchte mich nur noch einmal bei Dir für Saras Sprunghaftigkeit entschuldigen. Sie ist erst vier, hat aber einen starken Willen und kann sehr starrköpfig sein, wie Du weißt. Ich denke, sie vermisst das Gefühl, dass ihre Mutter und ihr Vater zusammen sind, und empfand die Anwesenheit eines anderen Erwachsenen als bedrohlich. Er schläft seit einiger Zeit im Gästezimmer. Aber ich wollte Dir noch schreiben, dass Sara die Biene liebt, die Du ihr mitgebracht hast! Wir haben ein Spiel, um uns daran zu erinnern, wer ihr die Biene geschenkt hat, und wenn ich Deinen Namen sage, lacht sie. Du hast also trotz aller Schwierigkeiten offensichtlich einen guten Eindruck gemacht.

Ich hoffe, wir können bald wieder einen Besuch planen. Ich bin froh, dass Du Dich wieder bei mir gemeldet hast; es war schön, Dich zu sehen. Nächstes Mal zeige ich Dir mehr von Seattle.

Liebe Grüße
Neera

PS: Anbei eine Postkarte, die kurz nach Deiner Abreise ankam.

Neera wohnte in einem Vorort von Seattle und hatte mir eine Wegbeschreibung für das Taxi vom Flughafen gegeben. Mein

Flug hatte wegen Gewitterstürmen Verspätung, sodass ich letztlich nicht, wie ursprünglich vorgesehen, nachmittags ankam, um mit Neera zusammen Sara vom Kindergarten abzuholen, sondern ihr Haus erst nach dem Abendessen erreichte. Neera kam mit einer Holzmaske vor dem Gesicht zur Tür, was, wie sie mir erklärte, ein Ritual beim abendlichen Baden war. Ich war etwas enttäuscht. Wie in epischen Überlieferungen nahm jemand ein Bad, nur war das nicht ich, dabei hatte ich fünf Stunden im Flugzeug gesessen. Neera reichte auch mir eine Holzmaske. Man musste auf einen vorstehenden Rand am Mund beißen, um sie festzuhalten, was allerdings die Unterhaltung erschwerte. Ich erkundigte mich nach Adam, und Neera nahm ihre Maske ab und sagte, er sei weggegangen. Dann flitzte Sara den Flur hinunter, und Neera lief ihr hinterher, während ich mit meiner Maske in der Diele stehen blieb.

Diese Ankunft war ungewöhnlich, und ich weiß nicht, ob ich sie empfehlen würde, aber auf diese Art brach das Eis. Neera und ich hatten uns nicht mehr gesehen, seit Sara auf die Welt gekommen war, und doch half ich schon wenige Minuten später dabei, das Kind zur Badewanne zu tragen.

»Hallo«, sagte ich zu ihr. »Ich bin May.«

»Ich weiß«, sagte Sara. Dann flüsterte sie Neera etwas zu. Als keine der beiden mich aufklärte, fragte ich, was sie gesagt habe.

Sara schüttelte den Kopf, doch Neera sagte es mir trotzdem. »Sie hat gesagt, dass du mehr Sternenlicht im Haar hast als ich.«

Für Penelope war es Athene, die ihre Schönheit in den richtigen Augenblicken anpries; ich hatte eine Vierjährige, die mir sagte, ich sei grauer als ihre Mutter.

Ich nahm an, dass Adam später am Abend zurückkommen würde, aber nachdem Sara im Bett war, wir gegessen hatten und Neera die zweite Weinflasche öffnete, fragte ich noch einmal nach ihm. Neera, Adam und ich hatten uns im ersten Monat auf dem College getroffen, während dieser angstbesetzten Wochen, in denen man neue Freundschaften schloss; eine Zeit, die die meisten zu genießen schienen und ich schlichtweg überlebte. Als Adam und Neera im zweiten Studienjahr ein Paar wurden, war ich nicht überrascht. Als sie nach unserem Abschluss heirateten und Neera mich bat, ihre Trauzeugin zu werden, hingegen schon. Ich war davon ausgegangen, dass sie mit anderen enger befreundet war.

Neera stellte die Flasche ab und sah mich über den Küchentisch hinweg an. Ich hielt den Atem an, und bis sie zu sprechen anfing, dachte ich, Adam sei krank oder im Krankenhaus oder sonst irgendwas Schreckliches. Ihre Haare waren immer zu einem gepflegten Bob geschnitten gewesen, jetzt waren sie schulterlang und voller Spliss. Plötzlich schien mir das ein schlechtes Zeichen zu sein.

Sie sagte: »Adam und ich machen das Nestmodell.«

Ich kannte den Begriff nicht, doch da mir Neeras Gesichtsausdruck schmerzhaft bewusst machte, dass das keine guten Neuigkeiten waren, sagte ich nichts. Als klar wurde, dass das näher erklärt werden musste, machte Neera sich wieder an der Weinflasche zu schaffen.

»Wir lassen uns scheiden«, sagte sie. »Das Nestmodell ist der Versuch, die Situation für die Kinder stabil zu halten. Sara bleibt im Nest, während Adam und ich hin und her rotieren.«

Fliegen schien mir das treffendere Verb, aber das sagte ich nicht. »Was ist passiert?«

»Er hatte eine Affäre. Zweimal, um genau zu sein. Das erste Mal haben wir durchgestanden, eine Paartherapie begonnen, dann hat er wieder angefangen, sich mit ihr zu treffen.«

»Das tut mir so leid, Neera.«

Neera schüttelte den Kopf und schenkte uns Wein nach. »Ich weiß, dass du mit uns beiden befreundet bist, und wenn du ihn sehen möchtest, kannst du das tun. Du musst dich nicht für eine Seite entscheiden, das interessiert mich nicht. Ich will nur, dass das Ganze bald vorüber ist.«

»Nein, das ist okay. Ich bin dich besuchen gekommen.«

Neera brach in Tränen aus.

Wenn es einer Freundin schlecht geht, hat man drei Möglichkeiten: Man kann still neben ihr sitzen, man kann Vorschläge machen, oder man kann von seinem eigenen Kummer berichten. Keine der drei Möglichkeiten ist so einfach, wie sie klingt. Im College kannte ich eine Kommilitonin, die so viele Ratschläge gab, dass es sehr anstrengend war, ihr die eigenen Probleme anzuvertrauen. Man ging mit einer Abhandlung voller Ideen zur Selbstverbesserung aus diesem Gespräch – und dem dringenden Bedürfnis, sich ins Bett zu legen. Wenn man zu viele eigene schmerzhafte Erinnerungen teilt, fühlt sich die Tragödie bald wie ein Wettbewerb an. Ich entschied mich für die erste Möglichkeit und legte meine Hand auf Neeras warmen Rücken, während sie schluchzte. Neera hatte immer zu der Sorte Mensch gehört, die einen vor der Unordnung in ihrem Zimmer oder ihrer Wohnung warnen, und dann ist es pieksauber. Diesmal war das allerdings nicht der Fall. In der Tat fühlte es sich ein wenig wie ein Nest an. Denn der einzige Unterschied zwischen dem Heim von Menschen und dem des restlichen Tierreichs ist Bereichsbildung. Nicht die Wärme oder die Dauerhaftigkeit oder der Hang zur Verschönerung machen den Unterschied, sondern nur die Tatsache, dass wir unseren Raum in verschiedene Bereiche aufteilen.

Haus oder Nest, ich musste ein anderes Gastgeschenk besorgen. Ich hatte ein Set aus mehreren ineinander geschachtelten

Schüsseln besorgt, das mir nun als die eindeutig falsche Wahl erschien.

Bevor wir ins Bett gingen, fragte ich, ob ich ihr helfen könne, die Küche aufzuräumen. Neera blickte sich um, als wäre sie überrascht, zu sehen, dass die Küche nicht sauber war. »Warum?«, fragte sie.

»Ich weiß nicht«, sagte ich. »Manche Menschen finden einen Abschluss befriedigend.«

»Ich brauche keinen Abschluss des Tages. Morgen früh kommt der nächste.«

Sara weckte mich auf, indem sie sehr leise und sehr bedächtig die Decken vom Bett zog. Ich versuchte ein Spiel daraus zu machen, aber Sara war die Sache ernst. Sie wollte mich nicht in diesem Bett, diesem Zimmer, diesem Haus. Am Ende stand ich in einer Ecke in der Küche, während Neera Kaffee zubereitete und versuchte, ihrer Tochter gut zuzureden. Vollkommen erfolglos, bis Neera einen Ausflug auf den Spielplatz vorschlug. Ich war ehrlich erstaunt. Sara schien sehr erwachsen in ihren Forderungen. Was würde sie wohl auf dem Spielplatz anstellen?

Doch sie schaukelte gern. Und sie mochte ganz besonders gern von mir angeschubst werden. Das tat ich also und versuchte die ganze Zeit, das Gefühl abzuschütteln, dass Sara, wenn sie mich schon nicht loswurde, es genoss, mich für sie einzuspannen.

Das Wetter war windig, aber recht mild, und alles war noch nass vom Vortag. Neera hatte ein Handtuch dabei, mit dem sie die Rutsche und die Schaukel abtrocknete, was ich sehr clever von ihr fand. Wir trafen ein Paar, das Neera und Adam kannte, doch nur die Frau kam zu uns herüber, um uns zu begrüßen, der Mann blieb ein Stück entfernt mit seinem Handy am Ohr stehen. Einmal blickte er kurz auf und rang sich ein Lächeln ab.

Neera stellte mich als eine alte Freundin vom College vor, und die Frau sagte: »Oh, dann müssen Sie eine von Saras Patinnen sein!«

Ich sah zu Neera, die nur lächelte.

»Wir lieben Sara«, sagte die Frau. »Sie ist ein echter Wildfang.« Wir alle drehten uns um und sahen, dass Sara sich daranmachte, die Rutsche hinunter einen Purzelbaum zu schlagen.

Neera sagte: »Entschuldigt mich«, und rannte zu ihrer Tochter, um sie aufzuhalten.

»Es war nett, Sie kennenzulernen. Noch schöne Tage«, sagte die Frau und dirigierte ihre Tochter in eine andere Ecke des Spielplatzes.

»Sie ist Engländerin«, sagte Neera, als sie von der Rutsche zurückkam. »Patenschaft ist ein großes Thema für sie.«

»Hat Sara denn Paten?«, fragte ich.

Sie zögerte. »Ja. Freunde, die hier wohnen.«

Ich war nicht verletzt, nur überrascht.

»Ich habe wirklich nicht gedacht, dass du daran Interesse haben könntest«, sagte Neera. Das schien fair, machte mich dennoch ein bisschen traurig.

»Können wir auf dem Nachhauseweg irgendwo Eis essen?«, fragte ich.

Wir aßen unsere Eistüten im Gehen, und als wir vor Neeras Haus standen, fiel mir auf, dass ihr Garten gepflegt werden musste. Er sah aus, als ob die Herbstsäuberung gescheitert war. Mehrjährige Pflanzen, die vor dem Winter zurückgeschnitten werden mussten, lagen verwelkt am Boden, und mehrere Büsche mussten gestutzt werden, bevor sie zu knospen begannen. Auf den Stufen zum Haus standen Keramiktöpfe wahllos aneinandergereiht, zu viele für meinen Geschmack, alle mit durchnässten, toten Pflanzen.

»Hast du einen Gärtner?«, fragte ich.

»Nein, wir … ich mache das selbst«, antwortete Neera.

»Das ist toll! Ich würde dir gern helfen. Ich könnte morgen etwas Unkraut jäten.«

Neera starrte mich an. »Das musst du nicht tun.«

»Aber es würde mir Spaß machen. Ich jäte gern Unkraut.«

»May, ich möchte nicht, dass du mein Unkraut für mich jätest.«

»Wir könnten es zusammen machen, mit Sara.«

Neera betrachtete ihr Haus. Dann ging sie zu den Stufen und rückte einige Keramiktöpfe zurecht, zog tote Pflanzen aus ein paar anderen und ließ sie auf den Rasen fallen. »Nein, es ist mir egal, und ich habe keine Zeit dafür.«

Jeder weiß, dass es unklug ist, ohne Aufforderung Erziehungsratschläge zu geben – und das Gleiche gilt für Gartentipps. Ich gab nach, aber am nächsten Morgen konnte ich nicht anders. Wegen des Jetlags war ich früh wach, und im Bett liegend an den vernachlässigten Garten zu denken, war eine Tortur. Schnell zog ich mich an und ging nach draußen, um ein wenig Gartenarbeit zu erledigen, bevor Neera aufwachte. Ich glaube, sie hat es überhaupt nicht bemerkt.

Für manche Menschen ist die Anwesenheit eines Gastes eine Art Stimulanz, sie inspiriert zu Ausflügen und gutem Essen. Lindy ist zum Beispiel so. Für andere ist der Besuch wie Sand im Getriebe, er macht alle schwerfällig und gereizt.

Zu dieser Kategorie gehörte Neera. Als es am nächsten Morgen wieder bewölkt und regnerisch war, ermutigte ich sie, einige Besorgungen zu machen, während ich auf Sara aufpasste, die sich inzwischen an mich gewöhnt hatte, gerade genug, dass ich einige Zeit mit ihr allein bleiben konnte. Wir schauten Saras Lieblingsserie *Angelina Ballerina*, und nach einigen Folgen fühlte ich die einschläfernde Geborgenheit eines Kinderprogramms: ein Problem zur Zeit; man sieht es kommen; man beobachtet, wie es sich abzeichnet, größer und schließlich gelöst wird, alles in weniger Zeit, als man braucht, um ein Blech Kekse zu backen. Und Freundschaft, auch wenn sie in der halben Stunde auf die Probe gestellt wird, ist am Ende immer schön und treu.

Zwischen zwei Folgen warf Sara mir vor, dass Grau meine Lieblingsfarbe sei. Ihr Beweis: meine grauen Jeans, mein perlmuttgrauer Schal und mein stahlgrauer Mantel in der Diele. Ich glaube fast, sie dachte, ich würde ihre Beschuldigung zurückweisen, aber so reagierte ich nicht, und das schien sie interessant zu finden. »Meine Lieblingsfarbe ist Rosa«, sagte sie.

»Vielleicht denkst du anders darüber, wenn du älter bist«, sagte ich.

»Nein, werde ich nicht«, entgegnete sie. »Ich bin nicht langweilig.«

Dann startete wieder die Serie mit der tanzenden Maus.

Ich brauchte eine Pause, daher ging ich aus dem Familienzimmer und wanderte durch die Küche weiter in das formelle Empfangszimmer des Hauses. Ich verstehe diese Art Raum nicht. Über Jahrhunderte hinweg haben Häuser Empfangsräume oder Salons gehabt, aber in modernen Zeiten scheinen sie vollkommen nutzlos geworden zu sein. Früher waren sie für besondere Anlässe, Feiertage oder einen Todesfall in der Familie reserviert, heute möchte niemand dort besonders gern zusammenkommen. Lindy hatte mir erzählt, dass ihr Hund, als er noch ein Welpe war, oft einen Haufen in das Vorderzimmer ihres Hauses gemacht hatte. Als ich Neera nach ihrem Vorderzimmer fragte, winkte sie müde ab. »Ich habe keine Zeit, mich dort reinzusetzen«, sagte sie.

Ich ließ mich auf Neeras bestem Sofa nieder. Überraschenderweise war es sehr bequem. Hier gab es Vorhänge, richtige Draperien, zwei passende Lampen und einen teuer aussehenden Kerzenständer auf dem schmalen Sims über einem Gaskamin. Es war sehr still. Den Fernseher konnte ich nicht hören, und der Verkehr draußen auf der Straße war gedämpft. Ich konnte nicht einmal einen bellenden Hund hören. Ich sah nach, ob Neera mir geschrieben hatte, wann sie wieder zurückkomme, und es fühlte sich wie die einsamste Tätigkeit der Welt an, allein in einem formellen Empfangszimmer zu sitzen und auf mein Handy zu starren.

Als es an der Tür klingelte, kam Sara den Flur hinuntergerast, um aufzumachen. Ich war direkt hinter ihr, aber sie öffnete die Tür.

»Daddy!«

Adam sah nicht so leidend aus, wie ich gedacht hatte. Er hatte einen Dreitagebart, der ihm gut stand, und die gleichen warmen Augen, die ich schon kannte. Das einzige Anzeichen von Stress war vielleicht, dass er einige Kilo zugenommen hatte.

»May«, sagte er, als hätten wir uns zuletzt in der vergangenen Woche gesehen. »Ich wusste nicht, dass du hier bist.«

»Ich wusste nicht, dass ihr das Nestmodell praktiziert.«

»Neera hat es dir nicht gesagt?«

»Erst als ich hier war, vorher nicht.«

»Was ist das Nestmodell?«, fragte Sara.

Ich erstarrte. Adam zuckte zusammen und rieb sich die Stirn. »Wenn man dir ein schönes Zuhause bereitet, Schatz«, sagte er. »Ich hab dich lieb.«

»Komm mit mir *Angelina* anschauen!« Sie begann, ihn in den hinteren Teil des Hauses zu ziehen, und ich machte den Weg frei. Ich wusste aus eigener Erfahrung, wie kräftig sie war.

Adam stolperte ein paar Schritte vorwärts, dann blieb er stehen. »Ich kann nicht, Schatz. Ich bin nur vorbeigekommen, um was zu holen, das ich vergessen habe. Ich kann nicht bleiben.«

»Warum kannst du nicht bleiben?«, fragte Sara.

»Neera ist nicht da«, schaltete ich mich ein.

»So läuft das nicht«, entgegnete Adam knapp, dann sah er so traurig aus, dass ich gern helfen wollte.

»Weil ich mit dir in den Park gehe!«, sagte ich zu Sara. Sie sah mich skeptisch an. »Davon hat Mommy nichts gesagt.«

Adam kniete sich zu ihr nieder. »Ich sehe dich in ein paar Tagen, und dann werden wir viel Spaß zusammen haben, okay? Aber jetzt muss ich gehen.«

»Okay«, sagte sie und nahm meine Hand. »Du schaust mit mir *Angelina*.« Und das machte ich dann.

Adam fand die Jacke, die er im Obergeschoss vergessen hatte, und warf Sara noch einen Luftkuss zu, bevor er aus dem Haus ging. Er winkte mir, und ich winkte zurück, was sich ein wenig wie ein Betrug an Neera anfühlte, aber ich wusste nicht, was ich hätte sonst tun sollen.

Am späten Nachmittag trank ich noch eine Tasse Kaffee, in der Hoffnung, während Saras abendlichem Bad und dem Zubettgehen wach zu bleiben und anschließend noch mit Neera zu reden, aber sie war am Abend so müde, dass es sich besser anfühlte, sie schlafen gehen zu lassen, anstatt sie mit Fragen zu löchern. Ich bin sicher, Penelope hätte das Gleiche getan, wenn sie spürte, dass das Heim einer anderen Frau in einer Krise steckte.

Für den letzten Tag meines Besuchs hatten wir nichts geplant. Der Regen hatte aufgehört, aber Sara hatte keine Lust, wieder auf den Spielplatz zu gehen. Neera und ich saßen bei einem Kaffee in der Küche, als Neera plötzlich vom Stuhl aufsprang und sagte: »Ich hab's!«

Bevor ich etwas einwenden konnte, hatte sie drei Eintrittskarten für die Blumenschau in der Stadt gebucht. Angesichts der Umstände schien dies ein heroischer Akt der Freundschaft, daher unterließ ich es, ihr zu sagen, dass eine Blumenschau in einem Kongresszentrum wie ein Schiff in einer Flasche ist, sonderbar und unnatürlich. Häufig überlagern die Gerüche von Essensständen den Duft der Blumen, und die Menschenmengen können entsetzlich anstrengend sein. Eine Blumenschau ist für die Gartenarbeit, was der Laufsteg für die Mode ist: außer Reichweite der Sterblichen. Die Menschen gehen dorthin, um zu gaffen.

Ich war alles andere als zuversichtlich, aber eine Blumenschau zusammen mit einer ungeduldigen Vierjährigen in einem Ballettröckchen zu besuchen, hatte seine Vorteile. Die Warteschlangen vor den Gärten waren lang, aber Sara, die auf Zehenspitzen etwas zu sehen versuchte, fiel jedes Mal auf, und man winkte uns herein. War es die gut gekleidete Dame mit Hut und Federboa, die uns anlächelte und Sara vorließ? Keinesfalls. Es waren der Mann in Jeans, die Gärtner, die Monteure der lebensechten Gärten, die zur Seite wichen und sagten: »Geh vor. Komm schon. Lassen Sie sie durch.« Einige ältere Frauen sagten Sara, dass sie in ihrem rosafarbenen Outfit so hübsch wie eine Blume aussehe. Meistens blieb Sara stumm, was ich sehr bewunderte.

Zweimal, während Neera und ich in Erinnerungen ans College schwelgten, glaubte sie, in der Menge die Frau entdeckt zu haben, mit der Adam eine Affäre hatte. Sie wurde blass und packte mich am Arm. Beide Male hatte sie sich geirrt. »Dieselbe Haltung«, sagte sie einmal und schüttelte den Kopf. Und: »Sie hat diesen Mantel.« Beide Male riss unser Gesprächsfaden, und es gelang uns nicht, später wieder daran anzuknüpfen.

Nach dem Mittagessen, bei dem es hauptsächlich darum ging, was Sara essen wollte und was nicht, sahen wir uns noch verschiedene Gärten an, dann gingen wir zum Blumenkasten-Wettbewerb, wo ich gern länger verweilt hätte, aber ein Seitenblick auf Neera verriet mir, dass unser Besuch zu Ende war. Ich machte eine Ausnahme und kaufte Neera und Sara je einen kleinen Strauß rosafarbener und gelber *Ranunculus asiaticus*, bevor wir die Schau verließen. Sara nahm ihre Blumen mit charmanter Ernsthaftigkeit entgegen, fasziniert von den dichten Falten konzentrisch angeordneter Blütenblätter. Auf der Fahrt nach Hause schlief sie ein, das Sträußchen in der Hand.

»Vielen Dank«, sagte ich zu Neera. »Das war ein schöner Nachmittag. Du hättest das nicht für mich tun müssen.«

»Ich habe das gern getan. Und für Sara und mich war es auch schön. Ich mache mir Sorgen, dass ich nicht genug mit ihr unternehme, was ihr Spaß macht. Irgendwie ist Adam der lustige Elternteil.«

Ich wusste, dass wir, sobald wir zu Hause waren, Sara baden und Abendessen machen würden, deshalb flüsterte ich: »Neera, wie geht es dir?«

Sie schüttelte den Kopf. »Ich weiß es nicht. Ich kann diese Frage nicht beantworten. Aber heute ist ein guter Tag.«

»Was kommt nach dem Nestmodell?«, fragte ich. »Weißt du, worauf du wartest?«

Sie blickte im Rückspiegel zu Sara. »Dass es leichter wird.«

»Das verstehe ich«, sagte ich. »Geht mir auch so.« Ich dachte, sie würde mich vielleicht um eine Erklärung bitten, aber sie sagte nichts.

»Wusstest du, dass Menschen das Gewicht eines Rucksacks vor einer Bergbesteigung unterschätzen, wenn sie neben einem Freund stehen?«

»Oh«, sagte Neera. »Das ist schön.«

Ich blickte aus dem Fenster. In jeder Reifenspur sah ich ein totgefahrenes Tier.

Nach einer kurzen Pause sagte Neera: »Das ist tatsächlich beachtlich.«

»Das finde ich auch«, sagte ich.

An diesem Abend packte ich meine Sachen und Neera auch. Sie würde bei Freunden in der Nähe wohnen, bis sie wieder im Nest dran war. Am Morgen verließ ich das Gästezimmer genau so, wie ich es vorgefunden hatte. Auf dem Weg zum Flughafen brachten wir Sara zum Kindergarten; am Nachmittag würde Adam sie abholen, und für die nächsten eineinhalb Wochen gehörten Sara und das Haus ihm.

Als Neera mich zum Abschied umarmte, sagte sie: »Ich bin hier, wenn du mich brauchst.«

»Ich auch.«

Ich wusste, dass wir es beide ernst meinten, andererseits würden wir abwarten, bis die andere fragte.

14. März

Liebe Neera,

unsere Briefe müssen sich in der Post gekreuzt haben. Ich hoffe, Du hast meinen inzwischen erhalten und weißt, was für schöne Tage ich bei Dir verbracht habe. Bitte mach Dir keine Gedanken: Ich habe den Besuch sehr kurzfristig vorgeschlagen, und es war sehr tapfer von Dir, mich aufzunehmen. Du hast Dein Zuhause mit mir geteilt, was niemals leicht ist, unter welchen Umständen auch immer, und Du warst eine liebenswürdige Gastgeberin. Danke für das wunderbare, unvergessliche Wochenende. Ich wünschte nur, ich hätte Dir mehr helfen können.

Liebe Grüße
May

PS: Bitte sag Sara, dass ich noch mal über Rosa nachdenken werde. Sie wird wissen, was ich meine.

Angeblich sind Herzlichkeit, Fröhlichkeit, Freundlichkeit und Stärke voneinander verschieden, und die eigene Liebenswürdigkeit wird zum großen Teil davon bestimmt, wie viel von jeder dieser Eigenschaften man ausstrahlt. Die Definition von Herzlichkeit lautet, wie leicht man anderen Menschen vermittelt, dass man etwas mit ihnen gemeinsam hat. Als ich meine Zeilen an Neera noch einmal durchlas, machte ich mir Sorgen, dass ich schreibend mehr Herzlichkeit aussandte als von Angesicht zu Angesicht.

Das Steifftier, eine Biene, das ich Sara mitgebracht hatte, war als Kind mein eigenes gewesen. Der größte Teil meiner Steifftiersammlung lagert in Kisten im Keller, aber einige Bienen stecken in den Usambaraveilchen auf dem Fensterbrett hinter meiner Küchenspüle. Sie sind schwarz und gelb, etwa fünf Zentimeter lang, mit zwei Filzstücken als Flügel und schwarzem Garn als Fühler. Ich habe noch zwei übrig, sie liegen mit dem rosafarbenen Messband und jetzt auch noch einem steinernen Vogel, einem Briefbeschwerer, vor dem Fenster. Erst auf dem Heimflug fiel mir auf, dass ein steinerner Vogel eine bittere Erinnerung an einen Ort ist, wo eine zerbrochene Familie versucht, ein Nest zu bauen.

Aber was ist bitterer als das Schicksal der Biene? Ihr Stachel hat Widerhaken, sodass er unter der Haut stecken bleibt, nachdem sie einen Menschen gestochen hat. Wenn die Biene versucht wegzufliegen, werden ihre Eingeweide herausgerissen, und sie wird sterben, es sei denn, man findet einen Weg, den Stachel sanft zu entfernen.

Postkarten

Die Postkarte, die Neera ihrem Brief beigelegt hatte, war von Leo. Mein Vater sagte, er habe ihm die Adresse gegeben. Das Foto zeigte eine Ansicht vom Unigelände mit meiner Eibe, obwohl das für Leo nichts bedeuten konnte, und der gesamte Text lautete: »Habe mich für einen Studienkurs an der Uni eingetragen. Pflanzenbestimmung. Beginn in zwei Wochen. Leo.«

Ich stellte sie auf das Fensterbrett hinter meinem Spülbecken.

Nach meiner Rückkehr aus Seattle war ich bereits wieder mit meinem Vater im *El Puerto* gewesen, aber ich hatte die Karte nicht erwähnt, weil ich sie damals noch nicht bekommen hatte. Ich gratulierte Leo zu den Whiskeyfässern, die er als Übertöpfe an den Ecken der *Promenade* aufgestellt hatte. Es waren echte Holzfässer, keine Imitate aus Plastik, und ich hielt sie für eine gute Wahl. Ich riet ihm, sie nicht vollständig mit Erde anzufüllen, sondern am Boden eine Schicht aus leeren Plastikflaschen zur besseren Entwässerung zu lassen. Er dankte mir, und mein Vater und ich begannen zu essen.

Nachdem ich von Neera zurück war, hatte ich einige arbeitsreiche Wochen. Blake war gebeten worden, beim Anlegen einer Universitätsfarm zu helfen. Er hatte das vorausgesehen – unsere Verwaltung war besonders langsam, wenn es um das Erkennen von Veränderungen in der sozialen Landschaft ging –, und wir hatten schon über ein Jahr lang Pläne diskutiert. Nun wussten wir, wo es sein sollte – eines der historischen Häuser trat einen Teil seines ausgedehnten Blumengartens ab. Dort gab es bereits ein Plakat mit der Aufschrift: »Zukünftiges Gelände der Universitätsfarm zur Förderung der allseitigen pädagogischen Erfahrungen der Studierenden und ihres Verständnisses für nachhaltige Entwicklungen, die ihr Erwachsenenleben bestimmen werden.«

Blake berichtete mir, die Universität wolle einen biologisch-dynamischen Garten, eine Schar von Legehennen, mehrere Bienenstöcke und eine kleine Ziegenherde.

»Ein Treibhaus ist auch eine Möglichkeit«, sagte er.

»Ist für all das genügend Platz?«, fragte ich.

»Nein«, sagte Blake. Er verlor selten zu viele Worte.

Ich ging wieder häufiger in das Café, in dem ich die älteren Freundinnen entdeckt hatte, die sich dort jeden Tag zum Kaffeetrinken trafen. Ich hatte erfahren, dass sie Maris und Helen hießen, und ich setzte mich gern in ihre Nähe. Sie sprachen nicht viel, und wenn doch, dann meist über Leute, die beide kannten, oft auch über deren Krankheiten. Maris, die kleine Dünne, rauchte gern ihre Zigarette, wozu sie beide hinausgingen und sich neben einen Topf lila Stiefmütterchen setzten. Wenn es kalt war – und wir hatten einen kühlen März –, dauerte es eine Weile, bis sie sich ihre Mäntel übergezogen hatten. Manchmal las Maris laut das Tageshoroskop vor, ihre Stimme so tief und rau, wie man es sich bei einer lebenslangen Raucherin vorstellt. Helen, die große Kräftige, hörte den kurzen Horoskopen zu, und dann diskutierten sie jedes einzelne, als wäre es eine wichtige Neuigkeit. Ihre gemeinsamen Freunde deckten beinahe die gesamten Tierkreiszeichen ab. Wenn sie auf ein Horoskop trafen, zu dem ihnen niemand einfiel, riefen sie laut zur Barista: »Wann sind Sie geboren?«

Alle Kellnerinnen kannten sie, der Café-Besitzer kannte sie, andere Ladenbesitzer in der Straße kannten sie. Manchmal stritten sich die beiden, aber es eskalierte nie.

Als Kinder spielen Freunde miteinander »Vater, Mutter, Kind«, um so zu tun, als wären sie eine Familie. Welche Ironie. Das Wunderbare an Freunden ist, dass man sie sich aussucht, nicht bekommt. Sollten Geschwister Freunde spielen? Und *machen* wir jemanden zum Freund, oder *finden* wir ihn? Emily Dickinson meinte, das treffendste Verb sei *enact* (einen Freund *darstellen*).

Ende März entschied ich mich eines Morgens, durch Leo inspiriert, meinem Bruder eine Postkarte zu schicken. Er tauschte hin und wieder mit meinem Vater E-Mails aus, aber er und ich hatten jahrelang keinen richtigen Kontakt gehabt. Eine Postkarte würde über dreitausend Meilen befördert werden, aber der Akt, sie zu kaufen, zu schreiben, zu frankieren und loszuschicken, fühlte sich plötzlich intimer an als alles andere, was ich sonst tun könnte. Immerhin war dies eine Nachricht an einen Menschen und nicht an einen Menschen samt einer Horde von Follower-Freunden.

Das Anneville Festival war in vollem Gange. Anneville ist sehr stolz auf dieses jährliche Festival mit seinem breit gefächerten Angebot, und die Narzissen und Tulpen standen in voller Blüte. Die Menschen kamen in hellen Scharen. Ich drängte mich durch die Menge hin zum Geschenkladen der Universität, wo ich im Stapel mit reduzierter Ware eine Postkarte fand. Ich wählte ein Motiv vom Marktplatz im Winter mit einem roten Kardinal, der auf einem schneebeladenen Tannenzweig hockt und aussieht wie vergessener Weihnachtsschmuck. Auf die Rückseite schrieb ich nur: »Gibt es Weihnachten auch in Frankreich?«, ein Satz aus einem Film, der uns als Kinder zum Lachen gebracht hatte.

In dieser Nacht träumte ich, dass mein Bruder und ich »Vater,

Mutter, Kind« spielten. Irgendwie gehörte eine Menge Saubermachen dazu. Ich lief barfuß herum, und er wunderte sich. Er sah auf meine Füße und sagte, das könne er nicht mehr, weil es ihm zu wehtue. Ich sagte ihm, dass es mir auch wehtue, aber dass ich trainiert hätte. Ich wackelte mit den Zehen.

In der verworrenen Art von Träumen liefen wir plötzlich durch einen Kiefernwald. Ein Führer tauchte auf und nahm uns mit zu einem Puppenhaus im Wald. Er zeigte auf Löcher, die von Musketenfeuer aus einem Revolutionskrieg stammten oder so ähnlich. Mein Bruder studierte die Einschusslöcher, während ich mich über die vielen Betten wunderte. Es gab mindestens eins in jedem Zimmer, alle in verschiedenen Farben. Und das war das Ende des Traums.

Ans Haus gefesselt

Für mich ist *shelter* (Obdach, Bleibe) ein Wort, das mehr nach Überleben als nach Luxus klingt, und doch ist es der Name eines Magazins mit dem redaktionellen Schwerpunkt Innendesign, Architektur, Möbel und Garten. Mit anderen Worten, hübsche Dinge, die man zum Überleben nicht braucht. Der Begriff wurde so erstmals 1946 verwandt in Bezug auf ein Magazin, das sich *Your Own Home (Dein eigenes Heim)* nannte und das sich den echten Problemen der preiswerten Wohnungen in der Nachkriegszeit widmete. Mit der Zeit wurde »Shelter Magazine« zu einer unzutreffenden Bezeichnung.

Die heutigen *Shelter Magazines* setzen grenzenlosen Tatendrang, oft auch grenzenlosen Wohlstand voraus, Letzteres nicht immer. Tatendrang jedoch muss zwangsläufig vorhanden sein. Man muss den Wunsch haben, an seinem Haus zu arbeiten. Man muss die Tatsache ignorieren, dass ein Haus während der gesamten Menschheitsgeschichte auf Erden eine Notwendigkeit war, nicht ein Schaufenster für persönliche Paradestücke und Dekorationskünste. Die Räume waren überfüllt und wurden für mehrere Zwecke benutzt. Die Betten teilte man sich.

Ein Haus wird zu einem *Heim*, wenn eine oder mehrere Personen eine emotionale Bindung daran haben. Ein Haus ist etwas Physisches, aus Holz und Ziegeln gebaut, ausgestattet mit Möbeln und Teppichen, während ein *Heim* Zeit braucht und aus Erinnerungen gebaut ist. Die *Shelter Magazines* hingegen möchten einen überzeugen, dass schon die richtigen Farben und Stoffe dazu verhelfen können.

Wenn diese Zeitschriften Themen abdecken würden wie etwa das Nachzeichnen von Leidenswegen auf den Holzdielen, Renovieren für Behinderte, Läufer zum Abdecken von Blutspuren, dann würde mich das schon eher interessieren. Haushaltsführung für Gramgebeugte? Gärtnern für Gestresste? In dem Fall würde ich über ein Abonnement nachdenken.

Aber vielleicht bin ich verbittert. Meine Eltern hatten nie genug Geld zum Renovieren. Ich habe gelernt, das Leben dem Raum anzupassen, den man hat, genauso wie die frühesten Höhlenbewohner: Das passt schon. Aber heute reißen die meisten völlig brauchbare Küchen und Badezimmer raus, nur um sie in einem Stil neu einzurichten, den sie mehr schätzen. Heute neigen die Leute dazu, den Raum so zu gestalten, dass er zu ihrem Leben passt.

Hier kommt ein Wort: *reside* (ansässig sein), im Lateinischen *sidere*, »einsinken, sich niederlassen«. Kann man seinen Wohnsitz wechseln, weil jemand gestorben ist? Es ist ein sehr moderner Gedanke, das überhaupt in Betracht zu ziehen. Bis zum achtzehnten Jahrhundert war die Vorstellung, es in seinem Hause komfortabel zu haben, so fremd, dass es kein Wort für diesen Zustand gab. *Comfortable* (komfortabel, aber auch tröstlich) bedeutete einfach »getröstet werden zu können«. Vor dem Ersten Weltkrieg wurde das Wohnzimmer *(drawing room)* oft als Sterbezimmer *(death room)* bezeichnet, weil dort der Leichnam der Lieben aufgebahrt wurde. Nach den beiden Weltkriegen schlug das *Ladies' Home Journal* vor, das Wohnzimmer endlich *living room* zu nennen, und der Begriff blieb haften.

So auch bei meinem Vater und mir, obwohl er ins Souterrain gezogen ist und ich immer noch hin und wieder durch den Rest des Hauses wandere und es mit Salbei räuchere.

Meine Mutter war seltsam in Gegenwart anderer. Ich wüsste nicht, dass sie jemals mit einer Freundin zusammen essen gegangen wäre. Sie traf sich niemals mit jemandem auf einen Drink oder zum Kinobesuch. Selbst bevor sie sich in den ersten Stock zurückzog, mochte meine Mutter Regentage, weil sie Erwartungen zu reduzieren schienen. Der Rest der Welt passte sich ihrem langsamen Tempo an. Ich habe mir immer Mühe gegeben, mich laut über Sonnenschein zu freuen, in der Hoffnung, dass es ihr Auftrieb gäbe, in Sorge über die Flugbahn, auf der sie sich befand.

Und doch war sie es, die mir, Lindy und Vanessa je ein gerahmtes Foto geschenkt hat: wir drei zusammen auf der Abschlussfeier. Sie machte Abzüge, kaufte Rahmen, verpackte die Schachteln und brachte sie zur Abschlussparty mit, die Vanessas Eltern veranstalteten. Niemand sonst gab uns ein Geschenk, das unsere Freundschaft zelebrierte. Warum habe ich sie nie gefragt: Aber wo sind deine Freunde?

Wer sind die Einsiedler, und was sind ihre Gründe? Wer sind die Menschen, die sich entscheiden, ihren Bezugsrahmen zu begrenzen? Die Wände des mütterlichen Zimmers wurden zur Grenze, der Türrahmen zur Schwelle, die ich nur mit Schwierigkeiten überschreiten konnte. Oft stand ich dort und beobachtete ihren Schlaf. Marlene Dietrich war bettlägerig während der letzten elf Jahre ihres Lebens, Proust die letzten drei Jahre. Die Ans-Haus-Gefesselten bedauert man, aber es kann eine Position der Stärke sein, eine Verweigerung, der Welt zu deren Bedingungen zu begegnen. Emily Dickinson war eine Einsiedlerin, sie gärtnerte bei Nacht. Emily Brontë, Greta Garbo. Der Einsiedler entscheidet, wann und wen er sprechen wird – Zutritt begrenzt.

Manchmal dachte ich, dass Kinder von Emigranten Glück hätten, nicht so sehr in Bezug auf gesellschaftliche und wirtschaftliche

Sicherheit, natürlich nicht, aber in Bezug auf das Verständnis für ihre Eltern. Hinter diesen Eltern stand ein ganzes Land, in das man sich begeben konnte, um tieferen Einblick zu bekommen, wer sie eigentlich waren, bevor sie nach Amerika kamen. Wer war meine Mutter, bevor sie in den ersten Stock ging? Ich weiß es kaum, und es gibt keinen Ort, wo ich hingehen kann, um Fragen zu stellen. Ich habe ein paar Geschichten. Ich habe eine Erinnerung an sie in gelber Bluse im Sonnenschein, als ich jung war, und ihr Haar war sehr lang. Ich habe das Jahr, in dem wir Spaziergänge unternahmen, und den Herbst, in dem sie mir Fahrstunden gegeben hat.

Ich bin nicht unglücklich, ich möchte nur verstehen, was passiert ist. Auch ich habe einen Tag oben in meinem Zimmer verbracht, bin immer wieder eingeschlafen und aufgewacht, habe auf das Licht gestarrt, das durch den Raum wanderte, mit einem Buch in der Hand, aber ohne zu lesen, und doch war ich zur Abendessenszeit wieder bereit weiterzuschlafen. Wer kann mir schon sagen, ob es nicht noch mehr solche Tage geben wird? Ich habe Angst vor Zimmern, in denen jemand zu viel Zeit verbringt, besonders wenn ein Bett darin steht. Xavier de Maistres seitenstarke Memoiren *Die Reise um mein Zimmer* sind für manche witzig, für mich lesen sie sich aber wie eine Horrorgeschichte. Wenn man allein in einem Zimmer ist, vergeht die Zeit schleichend und ist nicht besonders nett. Sie lauert in den staubigen Winkeln, spottet und versucht einen zu überzeugen, dass es keinen Sinn hat, überhaupt irgendetwas zu tun. Bleiben, ruhen, abwarten. Penelope wartete im oberen Stock. So wie meine Mutter. Ich möchte es nicht genauso machen.

Vierzehn-Tage-Freunde

Im April arbeiteten Sue und ich in den Beeten um die Bibliothek, die vornehmlich mit ausgewachsenen Rhododendren und Hortensien bepflanzt waren, einige meiner Lieblingspflanzen auf dem Campus. Von den großen Winterstämmen hingen gekräuselte, verwelkte Blätter, die wie schlafende Fledermäuse aussahen. Wir schnitten die Sträucher zurück und bedeckten den Boden um die Stämme mit Mulch.

»Hast du die Zeitung gelesen?«, fragte Sue.

»Heute noch nicht. Wieso?«

»Diese Reporterin versucht entweder, dich berühmt zu machen, oder …« Sue verstieg sich immer wieder in solche Vergleichskonstruktionen.

»Was?«

»Sie hat einen Artikel über einen reichen Typen in Paris geschrieben, den dein Hashtag inspiriert hat.« Hier hörte Sue auf, Mulch zu schaufeln, und streckte sich.

»Das war nicht meiner.«

»Wie auch immer, er hat seine Wohnung und die meisten seiner Sachen verkauft, alles bis auf das, was er in einem Koffer verstauen konnte – einem äußerst teuren Koffer – und in einem Lederrucksack. Er ist gerade vierzig geworden und hat sich entschieden, sein Leben runterzuschrauben und sich mehr auf seine Freundschaften zu konzentrieren und auf das, was er erlebt. Kommt dir das nicht bekannt vor?«

»Wie viel hat der Koffer gekostet?«

»Fünfzehnhundert Dollar. Er ist IT-Unternehmer oder so was. Er hat kein Zuhause oder irgendeinen festen Standort. Er reist einfach von Freund zu Freund.«

»Oh, hat er viele?«

»Das steht nicht in dem Artikel.«

Wir arbeiteten ein paar Minuten.

»Bist du nicht neugierig, wie das funktioniert?«, fragte Sue.

»Ich denke schon.«

»Seine Freunde sind völlig fertig! Offensichtlich hat er erschreckende Schlafenszeiten, und die Frau des ersten Freundes musste schließlich sein Bett machen und seine Wäsche waschen. Dieser Besuch dauerte eine Woche. Der nächste Besuch, bei dem er letztlich die Sachen seines Freundes anzog, dauerte nur drei Tage. Das ist einfach typisch. Er übernahm deine Idee – Maria meint, und ich weiß nicht, vielleicht hat sie unrecht, aber sie meint, es gehe darum, seine Freunde zu besuchen, um deren Leben kennenzulernen, nicht, um ihnen das eigene Leben aufzuzwingen – und verwandelte diese Idee in etwas ganz anderes, sodass sich alles um ihn dreht.«

Ich war gerührt von der Vorstellung, dass Maria und Sue über mich nachdachten.

»Na ja, das Ganze ist noch in der Entwicklung«, sagte ich.

Fast hätte ich ihr erzählt, dass ich meinen Koffer Grendel getauft hatte, aber in Gedanken war ich immer noch bei den Kosten für den anderen Koffer. Ebenso hatte mich Marias tiefes Verständnis beeindruckt. Ich konnte mich nicht erinnern, meine Gedanken so klar umrissen zu haben. Aber eine der Fragen, die ich meinen Freunden am liebsten stellen wollte, war diese: Darf ich jetzt an einem ganz gewöhnlichen Tag in deinem Leben dabei sein? Einem echten Tag, keinem, der aufbereitet ist für soziale

Medien oder angefüllt mit einem Unterhaltungsprogramm für Besuch. Einerseits ist das eine ganz einfache Frage, andererseits ist sie beinahe intim. Und das Ganze mag sogar unmöglich sein, weil die Anwesenheit eines Besuchers den Tag verwandelt, egal, wie eng man befreundet ist. Ausflüge werden geplant, Überlegungen angestellt. So funktionieren wir nun einmal, wenn Menschen uns besuchen kommen. Oft, weil das Vertrauen selten ist, das man braucht, um jemandem Einblick in das eigene Leben zu gewähren. Selbst Henry James hatte das Bedürfnis, guten Freunden den Blick aufs Meer zu zeigen, wenn sie ihn für einen Tag besuchen kamen.

»Also, ich hoffe, er hat einen ganzen Haufen Freunde«, sagte ich.

»Wird er wohl nicht mehr, wenn dieses kleine Experiment vorüber ist.«

Sue verlor den Halt und stolperte gegen einen Rhododendron, wobei sie einen Zweig mit vielen Knospen herunterbog, bis es knackste.

»Mist«, sagte sie sanft zu dem Busch. »Tut mir leid.«

Später las ich den Artikel, und alles, was Sue gesagt hatte, stimmte. Ich googelte ein bisschen und stellte fest, dass der Hashtag sich bis ins neue Jahr gehalten hatte. Er hatte den Backlash überstanden und war jetzt ein ziemlich normales Meme, was vornehmlich den Bemühungen von Abby Mara zu verdanken war, die inzwischen als Korrespondentin für eine größere Zeitung arbeitete.

Mara hatte die Leute dazu gebracht, wieder über die Dunbar-Zahl zu diskutieren – die höchste Anzahl von Menschen, mit denen ein Individuum eine feste Freundschaft aufrechterhalten kann – und dass sie trotz aller Voraussagen nicht größer geworden ist im Zeitalter der sozialen Medien. In ähnlichen Artikeln wurde diskutiert, dass soziale Isolation uns umzubringen scheint und dass die Plattitüden heutiger Freundschaften (Status-Update, Tweet, Hashtag) nicht ausreichen. Letztlich sind es gemeinsame Erfahrungen von Angesicht zu Angesicht, die wir brauchen, um uns verstanden zu fühlen. Jemand hat herausgefunden, dass eine Berührung des Arms zwischen Freunden die Produktion von Endorphinen dreimal mehr steigert als ein Emoji mit Herzchen-Augen. Der Ausdruck »bedingungslose Freundschaft« wurde geprägt und ist in kurzen und langen Essays hin und her verhandelt worden. Und zum ersten Mal in seiner Geschichte hatte Facebook einen anhaltenden Aktieneinbruch. Freie Tage, Urlaubstage oder welche Möglichkeit sie fanden, die Menschen nutzten sie für Pläne, mehr Zeit mit ihren Freunden zu verbringen.

Wenn bedingungslose Freundschaft und die Popularität des #Vierzehn-Tage-Freund weiterhin wachsen sollten, schien es möglich zu sein, dass schließlich jemand auch mich besuchen kommen wollte. Ehe ich ins Bett ging, warf ich einen prüfenden Blick ins Gästezimmer und kam zu dem Ergebnis, dass es hergerichtet werden musste. Zum Beispiel hatte Hester darin geschlafen, und die Bettdecke war voller Katzenhaare. Sie hatte es sich jetzt in den Kissen gemütlich gemacht und hob den Kopf, um mich anzusehen, während ich in der Tür stand. Draußen konnte ich eine Wanderdrossel hören, einen melancholischen Ton, für mich mehr ein Suchen als ein Lied. Er ist nicht mein Lieblingsvorbote des Frühlings.

»Na komm«, sagte ich zu Hester und trug sie zum Schlafen hoch in mein Zimmer.

Banyanbaum (Ficus benghalensis)

Was die Eibe für den Kirchhof, ist der Banyan-Feigenbaum für den Marktplatz: Über die Jahrhunderte haben sich die Menschen in seinem tiefen, breiten Schatten versammelt, um Handel zu treiben und zu tauschen. Er wäre ein gutes Denkmal, aber in Anneville haben wir kein Glück mit dieser Art. Sie verträgt kaum Frost und gedeiht besser in warmem Klima. Darüber hinaus braucht die Banyan-Feige viel Platz. Sie sollte nicht in der Nähe von Fundamenten, Einfahrten, Straßen oder Häusern angepflanzt werden, da sich ihre Krone und das Luftwurzelsystem sehr weit ausbreiten können. Die größte Banyan-Feige der USA steht in Lahaina, Hawaii. Sie wurde 1837 als zwei Meter großes Bäumchen gepflanzt und ist jetzt fast zwanzig Meter hoch, mit sechzehn Hauptstämmen und einem Umfang der Krone von mehreren Hundert Metern. Tausend Menschen können in ihrem Schatten stehen.

Man kann eine Banyan-Feige als Hauspflanze aufziehen. Sie passt sich überraschend gut den Bedingungen von Innenräumen an und wird oft als Bonsai gehalten, da die sprießenden Triebe abgeknipst werden können, um das Astwerk zu fördern und die Größe zu kontrollieren.

Doch das werde ich meinem Vater gegenüber nicht erwähnen. Als Gedenkbaum wäre die Banyan-Feige enorm problematisch. Wäre ich krank oder außer Gefecht gesetzt, würde ihre Hinterlassenschaft Schwierigkeiten bereiten. Besser, die Natur übernähme die Betreuung.

Die Straße zum Flughafen

Am ersten Donnerstag im Mai verzichteten mein Vater und ich auf unser Essen im *El Puerto*, da er sich nicht wohlfühlte. Deshalb schlug ich einen Sonntagsbrunch an einem neuen Ort seiner Wahl vor. Er suchte *Cracker Barrel* aus.

»Seit wann gibt es hier denn so etwas?«, fragte ich und konnte meinen Unwillen nicht verbergen.

»Es ist gut«, sagte mein Vater. »Ich war dort schon ein paarmal.«

»Wann?«

»Mit Janines Familie. Sie hatte mich eingeladen.«

Wir nahmen die Straße zum Flughafen. Die Chinesischen Wildbirnen *(Pyrus calleryana)* auf dem Mittelstreifen, gegen die ich leicht allergisch bin, waren in voller Blüte. Als ich klein war, hatte ich sie Popcornbäume genannt, wegen der vielen weißen Blüten. Jedes Jahr weist mein Vater mich darauf hin, ich nicke, und wir lächeln beide. Ich fragte mich, ob er Janine diese Geschichte erzählt hat, als sie mit ihm auf der Flughafenstraße fuhr. Bei Konflikten rund um die Welt ist es von großer Bedeutung, wer die Straße zum Flughafen kontrolliert. Manchmal ist die Straße gesperrt, und das ist immer ein Zeichen dafür, dass der Konflikt eskaliert.

Im Restaurant betrug die Wartezeit neunzig Minuten. Mein Vater meinte, er habe sowieso keinen Hunger, und wir fuhren wieder nach Hause. Ich machte uns Eier und Toast, und wir nahmen uns die Zeitung mit hinaus in den Garten, um das milde Wetter zu genießen.

Ehe ich meinen ersten Happen nehmen konnte, hörte ich ein dumpfes Geräusch. Ich ließ meine Zeitung sinken und sah einen Star etwa drei Meter von mir entfernt im Gras liegen. Er bewegte einmal seinen Kopf, dann lag er still da.

Mein Vater sah von seiner Zeitung auf. »Der kleine Kerl hat sich seinen Hals am Kabeldraht gebrochen.«

Wir starrten auf den Vogel. Eine warme Brise plusterte eine Flügelfeder auf.

»Passiert so etwas öfter?«, fragte ich.

»Na ja, Janine und ich haben gerade letzte Woche schon einen hinter dem Jasmin begraben.«

Mein Vater wandte sich wieder seinem Frühstück zu, aber ich hatte keinen Appetit mehr. Als er fertig war, begruben wir den Vogel hinter dem Bauernjasmin *(Philadelphus coronarius)* direkt neben dem anderen frischen Hügel.

Einige Tage später bogen Janine und ich zur selben Zeit aus der Ausfahrt. Janine fährt einen Honda-Familienvan. Sie hat zwei Kinder unter fünf, einen Hund, zwei Katzen und einen Mann, dessen Schichten im Krankenhaus mit alldem nicht kompatibel sind. Und doch kann sie Zeit mit meinem Vater verbringen. Leo hat mir erzählt, dass er sich an amerikanische Touristen erinnert, die in die Stadt kamen, als er noch ein Kind war. Sie sorgten sich ungeheuer um die streunenden Katzen. Sie wollten sie füttern, ihnen Namen geben. Seine Mutter habe gesagt, was für ein Luxus, Zeit zu haben, um sich um Katzen Sorgen zu machen.

Am Halteschild am Ende der Straße fuhr Janine rechts ab über die Eisenbahnbrücke, und ich folgte ihr. Als wir die Ampel an der Founders Avenue erreicht hatten, bog sie wieder rechts ab. Sie fuhr Richtung Universität. Ich vermutete, dass sie zur Barracks Mall wollte, ein häufiges Ziel junger Mütter, da es dort sowohl eine durchgehend geöffnete Apotheke als auch eines der beliebtesten Cafés der Stadt gab. Ich hatte beide Hände ans Lenkrad gelegt und sah geradeaus. Janine trug eine Sonnenbrille, und an der Neigung ihres Kopfs konnte ich nicht erkennen, ob sie in den Rückspiegel blickte oder woandershin. Ich drehte mich mehrfach um, weil ich die Hartriegelsträucher *(Cornus florida)* auf dem Mittelstreifen bewundern wollte. Sie begannen gerade zu blühen, und obwohl ich sie niemals rosa und weiß im Wechsel gepflanzt hätte, waren sie sehr hübsch.

Wir fuhren die Founders Avenue hinunter. Janine fuhr schneller als erlaubt, aber ich blieb ihr auf den Fersen. Am Ende der Straße stellte ich mich darauf ein, weiter geradeaus zu halten, in der Annahme, sie würde links zur Barracks Mall abbiegen, aber sie nahm die rechte Abzweigung Richtung Krankenhaus, daher bog ich auch schnell ab.

Ich war überrascht. Die Kinder waren nicht mit im Auto. War einem von ihnen etwas passiert? Oder ihrem Mann? Es war auch immerhin möglich, dass sie wieder schwanger war. War vielleicht etwas nicht in Ordnung?

Sie hielt auf dem Besucherparkplatz und ich direkt neben ihr. Sie hatte es nicht eilig, auszusteigen. Tatsächlich aß sie noch ihr Frühstück. Als sie mich sah, hörte sie auf zu kauen und blickte, absolut filmreif, zweimal zu mir herüber.

Ohne uns aus den Augen zu lassen, kurbelten wir gleichzeitig die Seitenscheiben herunter. Ich beobachtete, wie die Spiegelung des Himmels in ihrer Seitenscheibe verschwand und Janines junges und strahlendes Gesicht zum Vorschein kam. Sie hatte sehr gute Haut. Sie muss gesehen haben, wie die Spiegelung des Krankenhausgebäudes in meinem Beifahrerfenster mein Gesicht freigab, das einen Frühlingssonnenbrand hatte.

»Ist alles in Ordnung?«, fragte ich.

Zuerst sah Janine überrascht und beinahe erfreut aus, mich zu sehen, dann verwirrt. Sie hörte auf zu kauen und schluckte. »Warum? Was ist passiert?«

»Du bist am Krankenhaus.«

»Ich bin hier als ehrenamtliche Mitarbeiterin.«

»Oh, das ist großartig.«

»Ich lese den Kindern in der Ambulanz vor. Manchmal übernehme ich auch eine Schicht im Geschenkladen.«

»Das ist so großartig«, sagte ich. »Das ist ... wirklich hilfreich.«

»Und was machst du hier?«

»Oh, ich wollte dir dafür danken, dass du meinem Vater geholfen hast, den Vogel zu begraben.«

»Das war so traurig«, sagte sie.

»Und dass du ihn zum Lunch eingeladen hast?« Ich wollte eigentlich das Fragezeichen unterdrücken, aber es platzte so heraus.

Janine runzelte leicht die Stirn. »Wir genießen es wirklich, ihn mit dabeizuhaben.«

»Das ist großartig«, sagte ich, wobei mir schmerzhaft bewusst wurde, wie oft ich dieses Wort benutzt hatte.

»Er ist großartig«, sagte sie. »Er hat mir ein paar von euren Jasminzweigen geschenkt und erklärt, wie man sie austreiben lässt.«

Ich nickte.

Sie warf einen Blick auf die Uhr in ihrem Auto. »Ich sollte gehen. So, ähm, May, bist du mir gefolgt, um dich zu bedanken?«

»O nein«, sagte ich. »Ich will eine Freundin besuchen. Eine Freundin, die im Krankenhaus liegt.« Ich sah an ihrem Auto vorbei hinauf zu den Krankenhausfenstern.

»Ich hoffe, da ist alles in Ordnung.«

»Ich auch«, sagte ich und machte Anstalten, aus dem Auto zu steigen. »Wie auch immer, danke für die Zeit, die du mit meinem Vater verbringst.«

Ich bekam aus den Augenwinkeln mit, dass sie mich anstarrte. »Na ja, manchmal müssen sie sich einfach gebraucht fühlen.«

»Sie?«

Sie seufzte. »Du weißt schon, was ich meine.«

»Der Name meines Vaters ist Earl.«

An diesem Abend fragte ich meinen Vater, ob er es am folgenden Sonntag noch einmal im *Cracker Barrel* versuchen wolle. Wir könnten früher losfahren, um dem großen Andrang zuvorzukommen. Da ich es mit *Crate & Barrel* verwechselte, hatte ich *Cracker & Barrel* gesagt. Meinem Vater war es entweder nicht aufgefallen oder ganz egal. Er nahm freudig an.

Bauernjasmin

Ich war dreizehn, als ich zum ersten Mal die Blüten des Orangenbaums *(citrus sinensis)* roch. Es sind die am stärksten duftenden Blumen der Welt, und im Frühling parfümieren in Florida Millionen der wächsernen weißen Blüten die Luft. Meine Mutter, mein Bruder und ich traten aus dem Flughafen Fort Lauderdale in diesen süßen Duft. Wir waren zur Taufe meines Cousins gekommen, des neuesten Babys von der Schwester meiner Mutter. Die Taufe wurde zum Anlass eines der seltenen Familientreffen im Haus meiner Großmutter mütterlicherseits.

Ein paar Dinge wusste ich über meine Großmutter. Ich wusste, dass ein Freund der Familie meiner Mutter an ihrem achtzehnten Geburtstag eine wunderschöne Uhr geschenkt hatte, die meiner Großmutter so sehr gefiel, dass sie diese für sich selbst behielt. Ich wusste, dass sie mich, als ich sechs war, sagen ließ: »Ich bin hinreichend gesättigt«, ehe ich vom Tisch aufstehen durfte. Ich wusste, dass ich früher, wenn ich aus der Grundschule nach Hause gekommen war, meine Mutter oft weinend in der Küche vorgefunden hatte, einen Brief im Schoß, dessen Absender immer ihre Mutter war.

Die ersten zwei Tage der Reise verstrichen ganz gemütlich. Alle frühstückten zu unterschiedlichen Zeiten und beschäftigten sich dann den Morgen über allein. Die Wände der Eigentumswohnung waren bedeckt mit Fotos von meiner Großmutter in ihrer Blütezeit. Auf den meisten sah sie aus wie ein Filmstar der Vierzigerjahre, der sie auch gewesen war, kurzzeitig. Es gab nur wenige Fotos, auf denen auch meine Mutter dabei war, aber ich kannte den Grund dafür, denn meine Mutter hatte bis zum Alter von acht Jahren nicht bei ihr gelebt. Sie hatte bei ihrem Vater, dem ersten Mann meiner Großmutter, gelebt und ihre Mutter damals gar nicht gekannt.

Am Abend vor der Taufe kam ich mit offenen Haaren zum Esstisch. Ich hatte zu der Zeit lange Haare und trug für gewöhnlich einen Pferdeschwanz. Aber ich war nachmittags schwimmen gewesen, und nachdem ich in die Wohnung zurückgekehrt war, hatte ich geduscht und die Haare gewaschen, um für die Taufe am nächsten Tag vorbereitet zu sein. Ich bürstete sie ordentlich aus und ließ sie zum Trocknen offen.

Als meine Großmutter mich sah, schickte sie mich hinaus, ich sollte mit hochgebundenen Haaren zurückkommen. Ich zögerte unsicher, ob das ihr Ernst war, aber dann schimpfte sie, dass es ungehörig sei, seine Haare bei Tisch offen zu tragen, sie könne nicht glauben, dass ich das nicht besser wisse, ich hätte keine Manieren. Ich sah hinüber zu meiner Mutter, aber sie nickte mir zu, ich solle gehen.

Ich kam an den Tisch zurück mit dem höchsten Pferdeschwanz, den ich zustande bringen konnte, so stramm, dass meine Kopfhaut schmerzte. Ich konzentrierte mich auf den Kerzenschein und hörte auf die Stimme meiner Großmutter. Sie hatte Ausbrüche, die verflogen, sobald sie ihre Schärfe verloren hatten, als ob ein anfänglicher Gedanke, schon lange gehegt, verblasste, sobald er ausgesprochen war. Sie griff jeden an, der mit am Tisch saß. Erst gegen Ende des Essens, als meine Tante abzuräumen begann und meine Großmutter eine weitere Flasche Wein verlangte, begann ich zu verstehen.

Meine Erinnerungen an die beiden letzten Tage sind verschwommen. Ich erinnere mich an das blaue Kleid, das meine Großmutter am Tag der Taufe trug, es passte zu ihren schönen Augen. Ich erinnere mich an das lavendelfarbene Kleid, das meine Mutter mir als Überraschung gekauft hatte. Meine Großmutter trank den ganzen Nachmittag über, und zum Abendessen servierte sie uns eine angebrannte Kasserolle. Während sie jedem von uns eine Portion auf den Teller klatschte, bediente sie sich selbst immer wieder mit einem Mundvoll vom Schöpflöffel. Keiner machte sich die Mühe, die Kerzen anzuzünden.

Am nächsten Tag donnerte es den ganzen Morgen über. Mein Großvater fuhr uns zum Flughafen, er war ruhig, aber nicht bedrückt. Als Letztes sagte er zu meiner Mutter: »Deine Mutter liebt dich.« Sie wollte gerade die Autotür öffnen und aussteigen, aber als er das sagte, hielt sie inne. Sie sah bleich und traurig aus. Es war ein Aussehen, an das ich mich dann langsam gewöhnen musste. Ich dachte, sie würde antworten, und ich wartete. Jahre später wurde mir bewusst, dass mein Großvater eigentlich etwas anderes gemeint, etwas anderes gesagt hatte, was auch viel zutreffender war: »Sie bemüht sich, dich zu lieben, so gut sie kann.« Damit mag einer leben können oder auch nicht. Es kann auch etwas sein, was man überhaupt nicht brauchen kann.

Einen Augenblick später nickte meine Mutter und stieg aus dem Auto in den Regen.

Einige Jahre später starb meine Großmutter und irgendwann danach auch meine Mutter, und jetzt bin ich vierzig Jahre alt, älter, als meine Mutter damals war. Ich habe keine Tochter und weiß auch nicht, ob ich jemals eine haben werde. Aber wenn doch, werden wir diese Traurigkeit nicht weitertragen. Ich bin es leid, damit zu leben.

Ich mag die Jasmin-Böschung hinter dem Haus an der Todd Lane nicht so gern. Bauernjasmin ist kein Baum, er ist ein Strauch, aber seine Blüten haben einen ähnlich süßen Duft wie der Orangenbaum. Gartenkataloge werden ihn als alten Favoriten preisen, der vielleicht nicht in eine moderne Landschaft passt, aber mit Sicherheit viel Nostalgie in eine mehr traditionelle Umgebung bringt. Man kann sich entscheiden, ob man das will oder nicht.

Baum-Metzelei

Die meisten Menschen können nicht mehr als drei einheimische Bäume benennen. Vielleicht gibt es in jedem Beruf etwas Entsprechendes, was den Berufskundigen in Erstaunen versetzt. Handwerker mögen sich zum Beispiel über meine Unfähigkeit wundern, Schraubenschlüssel nicht voneinander unterscheiden zu können. Doch Bäume gehören zu den ungewöhnlichsten Lebewesen auf Erden. Blauwale auch, aber die wenigsten bekommen sie zu sehen. Einen Baum sieht man jeden Tag, wenn man nicht gerade in der Wüste lebt. Bäume sind allgegenwärtig, das ist der Grund, weshalb wir sie nicht würdigen. Wenn sie jedoch nicht so häufig vorkämen, würde unser Planet unbewohnbar sein, wenigstens für Menschen, so wie wir sie kennen. Manche Bäume können vierzig Prozent ihres Wasserbedarfs aus Nebel absorbieren und haben eine Rinde, die dick genug ist, um einen Waldbrand zu überstehen. Und doch hat Samuel Johnson einen Baum definiert als »eine große Pflanze mit einem hölzernen Stamm, die zu einer beachtlichen Höhe emporwächst«, eine schauderhafte Beschreibung von einem sonst großartigen Dichter. Anscheinend ist es das Unglück der Bäume, von Menschen immer unterbewertet zu werden, obwohl sie doch am härtesten von allen Pflanzen auf Erden für sie arbeiten. Wir fällen sie, vergiften sie, überziehen sie mit Krankheiten und zerstörerischen Schädlingen. Aber wir pflanzen sie auch, wenn ein Kind geboren wird oder wenn ein Mensch stirbt. Wir möchten, dass sie für unser Leben Maß und Denkmal sind, selbst wenn unsere Lebensweise ihnen schadet.

Ein Beispiel: Es ist möglich, die notwendige Beschneidung um Stromleitungen herum vorzunehmen, ohne den Bäumen schwere Verletzungen zuzufügen, aber die Leute, die diese Arbeit verrichten, werden oft nach Strecke bezahlt und gehen zu hastig vor. Die so entstehenden Formationen der Bäume können Anlass zur Sorge geben, wenn sie nicht gar schädlich sind. Vor einigen Jahren begannen Blake und ich, die schlimmsten Beispiele der *Baum-Metzelei* in unserer Gegend zu dokumentieren, so nennen wir das heftige und herzlose Zurechtstutzen um Leitungen herum, das die Bäume verkümmert und missgestaltet zurücklässt.

Die neuen Besitzer vom früheren Haus der Goulds hatten kürzlich einen schlimm zugerichteten Baum beseitigt, was ich mit gemischten Gefühlen betrachtete. Einerseits sah der Baum lächerlich aus, ein kleiner Zuckerahorn *(Acer saccharum)*, den man halbseitig ganz schräg gestutzt hatte. Andererseits war es ein Zuckerahorn. An den übrig gebliebenen Zweigen würden sich die Blätter scharlachrot färben, jeden Herbst.

Ich fragte Blake, wie er darüber dachte. Wir bepflanzten gerade all die Beete um *The Green* herum mit Fleißigen Lieschen *(Impatiens walleriana)*.

Er zuckte die Schultern. »Stand er nicht mehr sicher?«

»Das weiß ich nicht.«

»Schwer zu sagen.«

Die Abschlussfeier war erst in einer Woche, und die korallenroten und weißen Fleißigen Lieschen, so empfindlich wie Krepppapier, gehörten zur Dekoration. Die Sorte »Super Elfin« stammte aus Costa Rica und war aus der ursprünglichen Wildform zu einer der beliebtesten einjährigen Pflanzen der Welt herangezüchtet worden. Ich bin, wie gesagt, sowieso kein Freund von einjährigen Pflanzen – sie erfordern einen enormen Arbeitsaufwand für nur wenige Wochen Farbenpracht –, und mein Zorn auf Fleißige Lieschen wird nur übertroffen von meinem Hass auf die Petunie, die Einjährige, die ebenso empfindlich, aber dazu noch klebrig ist.

»Ich habe es dir schon sagen wollen«, sagte Blake mit ernster und leiser Stimme. »Es ist nicht nur die Eibe. Ist dir schon die Douglastanne bei den Naturwissenschaftlern aufgefallen? Oder die Blaufichte vor dem Hörsaal?«

Ich schüttelte den Kopf.

Neueste Messungen, erzählte er, zeigten, dass auch diese Bäume viel schneller wüchsen als bisher üblich. Blake hatte über seine Beobachtungen auf dem Campus mit verschiedenen Leuten der Bundesbehörde für Forstwirtschaft gesprochen, und die hatten ihm gesagt, dass neuesten Messungen weltweit zufolge ausgewachsene Nadelbäume aller Arten jetzt regelmäßig früher gemessene Höhenrekorde um fünf bis zehn Meter übertrafen.

»Warum?«, fragte ich.

Blake setzte gerade ein kleines rotes Fleißiges Lieschen, das von Knospen überschäumte, in die Erde. »Erderwärmung«, sagte er. »Ich glaube, sie versuchen, uns zu retten.«

Ich tat so, als ob ich Mühe hätte, den nächsten Setzling aus dem Behälter zu nehmen, damit er nicht sah, wie mir das Wasser in die Augen stieg.

Eine Weile arbeiteten wir stumm weiter, und dann, ohne das Pflanzen zu unterbrechen, sagte Blake: »Ich glaube nicht, dass ich jemals einen Zuckerahorn herausnehmen würde.«

Postkarten

Einige Tage später stieß ich auf Philip Gould vor seinem alten Haus. Ich machte einen Abendspaziergang und war auf der Suche nach dem einlösbaren Element, als ich ihn mit einer Schaufel auf der Straße stehen sah. Ich dachte, er vermisse vielleicht seinen Zuckerahorn, aber als ich näher kam, erkannte ich, dass ein totes Kaninchen auf der Straße lag. Er hielt inne, als er mich sah, und statt eines Grußes sagte er, dass er morgens gesehen habe, wie das Kaninchen von einem Auto erfasst worden sei, und er den toten Körper wegbringen wolle.

»Ist alles in Ordnung?«, fragte ich.

»Wir hatten jahrelang im Garten ein Kaninchen. Manchmal haben wir ihm Futter rausgestellt. Ich glaube, dass es das hier sein kann.«

»Das tut mir leid«, sagte ich.

»Beth ist im Krankenhaus.«

»O nein!«

»Sie hatte einen Schlaganfall. Einen kleineren. Sie glauben, es wird gut ausgehen.« Er schüttelte den Kopf. »Man kann es nie genau wissen«, sagte er. »Ich meine das mit dem Kaninchen.«

Beinahe hätte ich gesagt, dass ich schon viele Kaninchen in Duck Woods gesehen hätte, aber das stimmte nicht. Das Kaninchen auf der Straße war dermaßen zerquetscht, dass ich den Blick abwenden musste. Ich sagte Philip, dass ich an ihn und Beth denken würde. Philip nickte und wandte sich wieder der Schaufel zu, hob, was von dem Kaninchen übrig war, hoch und legte die Reste in eine Schuhschachtel.

Zu Fuß lief ich um ganz Duck Woods herum – die ganze Founders Avenue entlang, links ab in die Huron Avenue, am Fluss entlang, wieder nach links in die Jefferson Street, die um die Eisenbahnschienen herumführt bis zur Todd Lane –, aber als ich nach Hause kam, hatte ich noch immer das blutige Kaninchen vor Augen.

In der Post waren zwei Karten. Eine war von meinem Bruder. Auf die Rückseite eines Fotos vom Pioneer Cabin Tree im Calaveras Big Trees State Park hatte er geschrieben: »Deine Postkarte hat mir sehr gefallen.« Es war ein altes Schwarz-Weiß-Foto, noch aus der Zeit, als Autos durch den in den Baum geschnittenen Tunnel fahren durften. Die Karte zeigte einen Ford Modell T im Tunnel, sicher mit Absicht ausgewählt. Mein Bruder war immer eifersüchtig gewesen, dass meine Mutter mir das Fahren beigebracht hatte. »Du hast ihre besten Jahre abbekommen«, sagte er oft. Und das stimmte auch.

Ich war plötzlich so müde, dass ich die Tür schloss und mich gleich vorn in der Diele niedersetzte. Dieser Teil des Hauses gibt mir immer das Gefühl, isoliert und losgelöst zu sein. Jemand anderes würde vielleicht versucht haben zu meditieren, aber das kann ich nicht. Hester kam heran und schnupperte an meinem Knie, dann schlich sie hinter mich und drückte sich seitlich gegen meinen Rücken. Sie zog ihre Kreise und schnurrte, bis ich aufstand. Hester gab es noch nicht, als meine Mutter starb, aber ich könnte schwören, dass sie die vordere Diele auch nicht leiden konnte. Ich hatte sie als Kätzchen einige Jahre später bekommen und nach Hestia, Göttin der Familie und des Hauses, benannt. Hestia war die Tochter von Rhea, die, was ganz interessant ist, keine spezielle Schirmherrschaft hatte.

Die vordere Diele ist nicht groß, mehr wie ein Vestibül. Wenn man in der Eingangstür steht und ins Haus hineinblickt, sieht man einen Tisch und einen Spiegel auf der rechten Seite, vor sich hat man einen Flur, der ins Wohnzimmer führt und in die Küche hinten im Haus und zur Linken ins Esszimmer. Die Treppe beginnt im Flur und führt auf der linken Seite zu einem Absatz, den eine Balustrade einfasst, und wendet sich rechts hinauf zum Korridor im ersten Stock. Von ihm gehen drei Schlaf- und ein Badezimmer ab. Das Schlafzimmer, das ich seit dem Tod meiner Mutter bewohnte, sieht hinaus auf den Vordergarten. Es war das Zimmer meines Bruders, und ich habe es nie eingerichtet, nur die Poster abgenommen, um freie Wände zu haben. Als Balzac ein armer Schriftsteller in Paris war, lebte er in einer Dachkammer und schrieb auf die kahlen Wände Notizen zu Dingen, die er eines Tages besitzen wollte. »Rosenholztäfelung«, »Gemälde von Raphael«. Nicht einmal das habe ich getan.

Ich fragte mich, ob mein Bruder wusste, dass der Pioneer Cabin Tree vor einigen Jahren umgestürzt war, gefällt von einem Sturm. Beim Aufprall zersplitterte er, aber die Wissenschaftler schätzten, dass er mehr als tausend Jahre alt war. Ich legte die Postkarte oben auf den Stapel mit den Baummerkblättern meines Vaters und beschloss, die ganze Episode als Fortschritt zu betrachten.

Die zweite Postkarte war von Leo.

Der richtige Nadelbaum

Ich war Leo aus dem Weg gegangen, denn ich wusste nicht, wie ich mich zu seiner ersten Postkarte verhalten sollte. Mein Vater allerdings behielt seine *El-Puerto*-Routine bei und hatte mir berichtet, dass das Restaurant durch einen Bauunternehmer bedroht sei, der nicht nur das ganze Einkaufszentrum, sondern auch das kleine bewaldete Tal dahinter aufgekauft habe. Der Mann wollte das Einkaufszentrum abreißen, das Tal einebnen und eine riesige Anlage mit luxuriösen Eigentumswohnungen hinstellen. Mein Vater sagte, dass junge Leute, im Überschwang von Frühlingsgefühlen und *El-Puerto*-Margaritas, regelmäßig auf dem Wayside-Parkplatz protestierten und dass das Geschäft, zumindest im Moment, gut für Leo laufe.

Ich fuhr am nächsten Nachmittag hin, um mir selbst ein Bild zu machen.

Direkt vor Leos Außenbereich türmte sich, hoch und hässlich, flankiert von den Kübeln, die er im Herbst gekauft und noch immer nicht bepflanzt hatte, einer dieser Schneewälle auf, die einfach nicht schmelzen wollen und mit fortschreitender Jahreszeit ihr Aussehen verändern. Er war schwarz wie Ruß, und einige Gegenstände ragten heraus, ein paar zusammengedrückte Bierdosen, ein Schuh und irgendwelches Glitzerzeug. Wie verrückt, dass der Wall im Mai noch da war, aber wir hatten noch spät einen Schneesturm und niedrige Temperaturen gehabt. Leo war mit einigen seiner Mitarbeiter aus der Küche draußen, um

Salz daraufzuwerfen. Einer brachte einen Topf heißes Wasser heraus und dann noch einen. Von meinem Auto aus sah ich ungefähr zehn Minuten lang zu, und in dieser Zeit, mit diesem Salz-Wasser-Gemisch, hatten sie es geschafft, den Wall aufzuhellen und seine Höhe ungefähr um dreißig Zentimeter zu reduzieren. Ich konnte an Leos Haltung erkennen, dass er nicht glücklich war. Er tat mir leid. Überall auf der Welt schrumpften die Eisberge, aber nicht dieses Ding.

Auf seiner zweiten Postkarte hatte er geschrieben: »Wir vermissen Dich. Komm bald wieder. Leo und die *Promenade.*« Wieder zeigte das Foto die Eibe, zu anderer Jahreszeit und in anderem Blickwinkel, aber da war sie.

Am nächsten Montag nahm ich die Postkarte mit ins *El Puerto*. Das Restaurant war gut besucht, aber nach kurzer Wartezeit wies Leo mir einen Tisch auf der *Promenade* zu. Als er mir meinen Burrito brachte, hatte ich die Karte vor mir auf dem Tisch. Ich legte meinen Finger auf die Eibe.

Er lächelte. »Dann ist es also der richtige. Dein Vater hat gesagt, dass du den Baum liebst.«

»Hat er wirklich?« Ich war erstaunt, dass mein Vater das erzählte. »Hat er gesagt, warum?«

Leo schüttelte den Kopf. »Ich dachte, ich hätte den falschen Nadelbaum erwischt, als ich nichts von dir gehört habe.«

»Er meinte, dass du das Restaurant verlieren könntest«, sagte ich.

Leo schloss die Augen. »Ja. Vielleicht. Wir wissen es noch nicht. Es wird Proteste geben.«

»Ich habe deine Töpfe bemerkt. Ich könnte sie bepflanzen, wenn du möchtest.«

Er lächelte, sagte aber: »Blumen würden nicht helfen.«

»Blumen helfen immer«, sagte ich.

Leo zeigte auf die Postkarte. »Was ist so besonders an diesem Baum?«

»Schwer zu sagen. Hast du ihn gesehen?«

»Ich komme nicht oft auf den Campus.« Sein Studienkurs fand gar nicht auf dem Campus statt, sondern in einem Gemeindezentrum im Norden der Stadt. »Aber ich könnte mal hingehen.«

Ich erklärte ihm, dass ich vorhatte, noch mal zu verreisen.

»Schon an diesem Wochenende?«

»Nein.«

»Also dann. Sonntag?«

Leo brachte in seinem Rucksack ein Picknick mit. Er breitete eine Decke aus und machte eine Geste, mich zu setzen. Er packte zwei Eistees aus, etwas Obst und zwei sorgfältig eingewickelte Sandwiches.

Während wir aßen, erzählte ich ihm die Geschichte der Eibe, woher sie stammte, wie ich sie erworben und wie ich sie gepflegt hatte. Ich zeigte auf die schützende Sitka-Fichte. Ich berichtete ihm sogar von der Wachstumsgeschwindigkeit, die ihn nicht zu überraschen schien. Er war von all dem angemessen beeindruckt.

»Das Schild ist falsch«, sagte ich.

Er warf einen kurzen Blick in die entsprechende Richtung.

»Dies ist eine männliche Eibe. Es gibt keine Beeren an einer männlichen Eibe.«

»Eiben können männlich oder weiblich sein?«

Ich nickte. »Und diese ist männlich.«

»Warum dann …«

»Einige Befunde sprechen dafür, dass die Fortingall Eibe gerade weiblich wird – ein kleiner Zweig an der Spitze hat Beeren produziert –, deshalb muss das Schild, laut den Anwälten der Universität, alle Eventualitäten abdecken.«

»Aber diese Eibe ist männlich?« Leo zeigte auf meine Eibe.

»Ja. Und die Eibe in Schottland wechselt ihr Geschlecht erst nach dreitausend Jahren.«

»Das ist lächerlich.«

»Finde ich auch.«

Für eine Weile aßen wir schweigend. »Meine Großmutter hat mit Begeisterung gegärtnert«, sagte er. »Jeden Sommer bepflanzte sie diese großen Kübel und Hängekörbe auf ihrer Veranda mit Petunien.«

Ich hielt den Atem an.

»Sie hatte riesige, überbordende Berge davon. Jeden Sommer. Ich weiß nicht, wie sie das gemacht hat.«

»Wahrscheinlich mit Miracle-Gro, dem Pflanzendünger«, sagte ich.

Er sah gekränkt aus, deshalb fügte ich hinzu: »Oder sie konnte einfach sehr gut mit ihnen umgehen.«

»Ich liebe Petunien. Ich dachte schon, sie könnten sich gut machen in den Töpfen um die *Promenade*. Was meinst du?«

Ich war kurz davor, ihm zu erklären, was es bedeutete, einen ganzen Nachmittag damit zu verbringen, Petunien zu pflanzen, aber ich verkniff es mir.

»Es ist schön, dass du deine Großmutter in so glücklicher Erinnerung hast«, sagte ich.

Als wir aufgegessen hatten, zeigte ich Leo einige der anderen Campusgärten. An dem halbmondförmigen Rosenbeet blieb ich stehen, um an der Floribunda-Rose zu riechen. Leo wartete, dann beugte er sich vor, um an ebendieser Blume zu riechen, als ob bei all den Blüten um uns herum ich die beste gefunden hätte.

Reiseutensilien

Die Route 23 ist wie viele Straßen, die in Städte mit einem eng umgrenzten historischen Kern führen. Diese Straßen sind wie das Gästezimmer eines Hauses, der Platz, wo man unterbringt, was man nur hin und wieder braucht, aber nicht völlig aufgeben will. Wo man seinen Autohändler findet, seine Fast-Food-Läden, die Costco-Ketten und Sam's-Clubs. Für gewöhnlich gibt es dort überhaupt keine Fußgänger, sie ist die Einflugschneise für Autos auf Einkaufstour.

So hielt auch ich vor der Apotheke, bevor ich zum Bahnhof fuhr, um Vanessa in New York zu besuchen. Ich wollte mich beeilen, aber eine Frau bei den Produkten in Reisegröße wandte sich mir zu.

»Diese Marke habe ich mal benutzt«, sagte sie. »Hat mir gefallen.«

Sie sprach mich nicht direkt an, aber es war auch nicht so, dass sie mich nicht ansprach. Wenn man vermutet, dass ein Fremder Aufmerksamkeit möchte, die Aufmerksamkeit von irgendwem – nur für einen Moment der Ewigkeit –, aber man vermeidet Augenkontakt oder geht weiter, ist man dann ein guter Mitmensch? Was würde man dazu im Diskussionsforum sagen?

»Ich weiß nicht, ich weiß nicht«, murmelte sie. »Wie viel Milliliter sind erlaubt? Und gilt das pro Flasche oder insgesamt?« Sie sah nicht zu mir. Sie sah auf die kleine Flasche, die sie in der Hand hatte. Aber es war sonst niemand in der Nähe.

Ich nahm ein winziges Shampoo und sah zu Boden. »Pro Flasche«, sagte ich. »Jede Flasche darf nicht mehr als achtzig Milliliter haben.«

»Ach, so ist das? Danke. Ich bin so lange nicht geflogen, und ich weiß, dass es all diese neuen Vorschriften gibt.«

Ich lächelte, so irgendwie.

»Ich bin schrecklich nervös, um ehrlich zu sein.«

Ich glaubte ihr.

»Danke Ihnen vielmals. Ich möchte wirklich nicht durch einen dieser Ganzkörperscanner gehen. Meine Freundin sagt, dass sie nicht sicher sind, und ich hatte im letzten Jahr eine Brustamputation. Sie sagt, man kann sich auch anstellen für diese andere Art Scanner. Stimmt das?«

»Ich glaube, ja.«

»Verreisen Sie oft?«

»Eigentlich nicht. Na ja ... letztens bin ich verreist. Ich werde heute Nacht fahren, aber mit dem Zug, nicht mit dem Flugzeug.« Wahrscheinlich war das die ausführlichste Information, die ich jemals einem Fremden freiwillig gegeben habe.

»Beruflich? Was machen Sie?«

»Ich bin Botanikerin.«

»Oh, so Pflanzen und Blumen?«

»Ja.«

»Das ist interessant.«

Gleichwohl hatte sie nichts weiter darüber zu sagen. Sie hob ihr kleines Shampoo wie zum Gruß.

Ich hob meine Flasche zur Antwort, und wir gingen auseinander.

Am Ausgang waren mehrere Kassen, aber nur eine war besetzt. Die Schlange war lang und quetschte sich durch einen Gang von Süßigkeiten. Ich stellte mich direkt hinter eine Mutter, die mit zu vielen Worten ihren Sohn ermuntern wollte, besser auszuwählen, was er aß. Sie stand wiederum hinter einer Mutter mit zwei älteren Kindern, die mit ihren Konsolen beschäftigt waren. Als der erste Junge die beiden anderen bedrängte, sagte seine Mutter: »Achte darauf, dass du deinen Freunden Platz lässt.«

Ich glaubte für einen Moment, dass sie sich alle kannten, dann wurde mir klar, dass sie mit »Freunde« Leute meinte, denen man begegnet, ohne sie zu kennen. Die drei Kinder musterten einander.

Mein Zug fuhr erst um sieben, aber ich war extra früh da, weil es im Bahnhof eine Bar gibt, die ich mag. Sie hat einen weißen Linoleumboden und teilt sich den Raum mit einem chinesischen Büfett. Das ganze Jahr über ist sie für Faschingsdienstag dekoriert. Ich weiß nicht, warum. Aber ich weiß, dass eine kleine Portion gebratener Reis mit Hühnchen überraschend gut schmeckt zusammen mit einem Glas kalten Weißweins.

Ich öffnete meine Handtasche, um die Rechnung zu bezahlen, und fand einen Baummerkzettel.

Amerikanische Ulme (Ulmus americana)

Im neunzehnten und frühen zwanzigsten Jahrhundert war die Amerikanische Ulme wegen ihres schnellen Wachstums, ihrer Toleranz gegenüber städtischen Bedingungen und ihrer schirmartigen Baumkrone ein weit verbreiteter Straßen- und Parkbaum. Aber das ausschließliche Anpflanzen dieser Art, besonders in Wohngegenden, wo man die hohen, anmutigen Kronenbögen über der Straße schätzte, führte zu einer ungesunden Monokultur, was die Art anfällig machte für Schädlinge und Krankheiten.

Meine Eltern verloren eine Ulme in unserem Garten an die Holländische Ulmenkrankheit, als ich jung war, und mein Vater hatte seitdem die Entwicklung von neuen, krankheitsresistenten Sorten immer verfolgt. Es gab eine, die Valley-Forge-Ulme, die sich in Versuchen gut bewährte. Diese war es wahrscheinlich, die er im Sinn hatte.

Ich hatte die Geschichte der Amerikanischen Ulme verfolgt, die auf einem Parkplatz direkt gegenüber vom Alfred P. Murrah Federal Building in Oklahoma City stand und den Bombenanschlag überlebt hatte, bei dem hundertachtundsechzig Menschen gestorben waren. Sie war von der Druckwelle beschädigt worden – Bruchstücke steckten im Stamm und in den Zweigen – und wäre fast als Beweisstück gefällt worden. Aber etwa ein Jahr später begann der Baum zu blühen, und deshalb wurde er »der Überlebensbaum« genannt und in Ruhe gelassen.

Amerikanische Ulme *(Ulmus americana)*

Vierter Teil

Gastgeschenke

Glücklich ist das Haus, das einen Freund beherbergt, schrieb Emerson, eine interessante Bemerkung angesichts seiner gemischten Gefühle über die Dauer von Thoreaus Aufenthalt in seinem Haus.

Sich von seiner besten Seite zeigen, könnte ich sagen. Aber da fehlt es mir an persönlicher Erfahrung. Wir haben unser Haus nie ohne Weiteres für andere geöffnet. Wenn man ein guter Gastgeber sein will, muss man die Bedürfnisse des Besuchs voraussehen können, und dafür fehlte uns die Energie. Und wir haben auch nicht viele Besuche gemacht, denn um ein guter Gast zu sein, muss man wissen, wie man mit Gastfreundschaft umgeht. Auch darin waren wir nicht besonders gut.

In der Literatur gibt es einige berühmte Gastgeber – Mr. Fezziwig, Mrs. Dalloway, Jay Gatsby –, doch nur wenige müssen länger als eine Nacht die Bedürfnisse und Mahlzeiten ihrer Besucher berücksichtigen. Man denkt an Mrs. Wilcox aus *Wiedersehen in Howards End*, aber sie verbringt die meiste Zeit in ihrem Garten, dann stirbt sie. Vielleicht kann man kein guter Gastgeber oder keine gute Gastgeberin und gleichzeitig anwesend sein. Schlechte Gastgeber hingegen können eine Geschichte in Gang bringen. Man denke nur an Goneril und Regan, Roderick Usher und Mrs. Danvers.

Meiner Meinung nach sollte Martha die Schutzheilige der Gastgeberinnen und Gastgeber sein. »Als Jesus weiterzog, kam er in ein Dorf. Eine Frau namens Martha nahm ihn gastlich auf. Sie hatte eine Schwester, die Maria hieß. Maria setzte sich dem Herrn zu Füßen und hörte seinen Worten zu. Martha aber war ganz davon in Anspruch genommen, zu dienen. Sie kam zu ihm und sagte: ›Herr, kümmert es dich nicht, dass meine Schwester die Arbeit mir allein überlässt? Sag ihr doch, sie soll mir helfen!‹

Der Herr antwortete: ›Martha, Martha, du machst dir viele Sorgen und Mühen. Aber nur eines ist notwendig. Maria hat den guten Teil gewählt, der wird ihr nicht genommen werden.‹«

Das »eine« ist natürlich der Glauben, von dem man nicht satt wird und auf dem man nicht schlafen kann. Also ging Martha zurück in die Küche. Sie verdient ein Geschenk.

In absteigender Reihenfolge ist die beste Herangehensweise an ein Gastgeschenk:

1. Etwas für die Gastgeber.
2. Etwas fürs Haus (was im Grunde etwas für die Gastgeber ist).
3. Etwas für die Familie.
4. Etwas Vergängliches.

Etwas für die Kinder (wenn es Kinder gibt) erfordert völlig andere Überlegungen. Aber aufgepasst: Kinder sind wählerisch.

Wohnungsinszenierung

Im Zug nach New York ließ ich mich auf einem Fensterplatz nieder. Die ältere Frau, die sich auf den Nebenplatz setzte, hatte eine kurze Dauerwelle und eine lilafarbene Lederhandtasche. Sie wollte wissen, wohin ich fuhr. Es war gerade Memorial-Day-Wochenende, und sie fragte mich, ob auch ich zu einem »Mädelswochenende« unterwegs sei.

»Nein«, sagte ich. Ich dachte, es hätte nett geklungen, aber sie wühlte lange Zeit in ihrer Handtasche, und beim ersten Halt lächelte sie ins Leere und sagte: »Ich werde mir schnell eine Tasse Kaffee besorgen«, und kam nie mehr zurück.

Ich hatte überlegt, den Wagen zu nehmen, doch so gern ich auch mit Bonnie fahre, ich mag keine langen Autofahrten. Die Einsamkeit setzt Erinnerungen frei, und wenn die sich entfalten, drohe ich aus der Bahn geworfen zu werden. Besser, ich nehme den Zug, wo ich die Bäume vorbeiziehen sehen kann, auch wenn sehr viele nach dem Beschneiden und den Stürmen in schlechtem Zustand waren, sodass der Anblick mich traurig machte. Bedauern Bäume ihr Schicksal? Bäume, die sich in den großen Städten quälen oder entlang vergessener Straßenränder? Träumen sie von dunklen Nächten und ruhigen Wäldern?

Ich saß im Hochgeschwindigkeitszug, aber eine Zeit lang fuhren wir auf gleicher Höhe mit einem Lieferwagen, der eine riesige Kugel Minze-Schokostückchen-Eis auf der Seite aufgemalt hatte. Das Bild schien die Verschlechterung des amerikanischen

Reisens und die epidemische Verbreitung der amerikanischen Fettleibigkeit in sich zu vereinen. Nach einer Weile schlief ich ein. Als ich aufwachte, saßen mir zwei Teenagerinnen gegenüber, wahrscheinlich siebzehn oder achtzehn Jahre alt. Eine trug einen roten Pullover mit Rundausschnitt und trank Wasser aus einer roten Thermoskanne, die sie aus ihrem Rucksack genommen hatte. Die andere trug einen blauen Pullover mit Rundausschnitt und hatte eine blaue Thermoskanne. Sie teilten sich Weintrauben und Käse, die sie in Tupperware-Boxen aufbewahrten, und sprachen leise miteinander in einer Sprache, die ich nicht identifizieren konnte. Durch die Art, wie sie sich zusammen bewegten, und das Zusammenspiel der Farben waren sie faszinierend. Die Jugend glaubt, dass ihr die Welt gehört, dass die gesamte Geschichte zur Gegenwart hinführt, zu diesem Moment, wenn man mit einer Freundin im Zug sitzt und die Welt erkundet. Ich dachte an Maris und Helen im Café und musste schnell wegsehen, als die Mädchen meinen Blick bemerkten.

Vanessa trug nie Make-up auf, außer Lippenstift, den sie in dunklen Rottönen liebte. Das war alles, was nötig war, um ihre dunklen Augen und ihre hohen Wangenknochen zu betonen. Seit dem College war sie mit einer Reihe gut aussehender und charismatischer Männer zusammen gewesen, die letzten Endes alle, nach unterschiedlicher Dauer der Beziehung, ein sehr anderes Verständnis von »Commitment« hatten als sie, und obwohl ich nicht ihre engste Vertraute war, glaube ich, dass ihr mehr als einmal das Herz gebrochen wurde. Vanessas Eltern führten eine lange, beständige Ehe. Ich erinnere mich, dass ihre Mutter, ein sehr verlässlicher Mensch, fast immer zu Hause war, mit einer Speisekammer voller Snacks und Süßigkeiten für uns. Wir waren dort immer willkommen, und doch hatte von uns dreien

Vanessa am längsten ein unstetes Leben geführt, sie hatte nie länger als drei Jahre an einem Ort gewohnt. Als sie Richard heiratete, der zwölf Jahre älter war als sie, nahm sie die achtjährigen Zwillingssöhne Colby und Sean und den Labrador Shadow mit in ihr Leben auf.

Menschen werden ungern an das erinnert, was sie früher dachten, deshalb hatte ich nicht die Absicht, sie daran zu erinnern, dass sie einmal geplant hatte, ein Katze und keine Kinder zu haben.

»Ich war sicher, Shadow hätte schwarzes Fell«, sagte ich, während ich versuchte, die stürmische Begrüßung des sandfarbenen Labradors abzuwehren.

»Ach, May«, sagte sie. »Ihr Name ist mein geringstes Problem.«

Die neue Familie bereitete sich auf einen Umzug vor. Die Wohnung, fast ausschließlich in Weiß und Cremetönen eingerichtet, wurde für den Verkauf »in Szene gesetzt«. Vanessa hatte also die alles andere als beneidenswerte Aufgabe, die Wohnung auf unbestimmte Zeit in einem Zustand zu halten, der den Anforderungen einer anspruchsvollen Immobilienmaklerin genügte. Möbel waren umgestellt, Wände gestrichen, neue Accessoires, darunter gerahmte Kunstwerke, teure Dekokissen und Sukkulenten in weißen Übertöpfen, angeschafft worden. Auf dem Küchentresen stand eine riesige Schüssel Zitronen, mehr als eine Familie in einem ganzen Jahr braucht, und Farne im Badezimmer, in der gleichen Farbe wie die Stapel nagelneuer Handtücher. Alles war extrem ordentlich und sauber, sogar das Kinderzimmer. Die Spannung war spürbar.

»Es dreht sich alles ums ›Zeigen, nicht Erzählen‹, sagt die Immobilienmaklerin.« Vanessa seufzte. »Sie soll sehr gut sein.«

Vanessa erzählte, dass die Sache mit dem Verkauf sehr plötzlich aufgekommen war, sonst hätte sie mich vorgewarnt.

»Die Jungs sollten diesen Monat bei Richards Mutter sein, aber sie hatte dann andere Pläne.« Sie schien sich in diesem Punkt bewusst neutral zu verhalten.

»Soll ich mir ein Hotelzimmer nehmen? Würde das helfen? Das wäre kein Problem.«

»Nein! Das würde ich mir nie verzeihen. Und Lindy würde mir das auch nie nachsehen. Sie hat gesagt, dass ihr eine tolle Zeit miteinander hattet.«

»Das hatten wir.«

»Ihr Haus ist schön, nicht wahr?«

»Wunderschön.«

»Mir wäre es zu ruhig, aber du weißt ja, dass ich das Stadtleben liebe.« Sie schenkte uns beiden ein Glas Wein ein und deutete auf den Balkon. »Lass uns draußen hinsetzen, bis die Jungs nach Hause kommen.«

Der Abend war kühl. Als ich Lindy besucht hatte, war es für Dezember ungewöhnlich warm gewesen, nun war es im Juni in New York kalt. Die Wohnung befand sich im sechzehnten Stock mit Blick auf den Hudson River und die Küste von New Jersey. Ab und zu flog eine Seemöwe vorbei. Wir tranken unseren Wein, und Vanessa reichte mir einen ausgedruckten Wetterbericht für die Tage meines Besuchs, zusammen mit einer Liste von Dingen, die ich unternehmen könnte, während sie in der Arbeit war.

»Ich habe eine Wetter-App auf meinem Handy«, sagte ich.

»Nun, ich war nicht sicher. Ich war nicht sicher, ob du ein Handy hast.«

»Du bist wahnsinnig gut organisiert«, sagte ich und versuchte, die spontane Vanessa, die ich kannte, mit der vorausplanenden in Einklang zu bringen.

»Das muss ich sein«, sagte sie. »Dieses Wohnungsding macht mich fertig. Sogar in der Vorratskammer müssen alle Etiketten zu lesen sein, denn anscheinend öffnen die Interessenten bei der Besichtigung Schränke.«

»Wie bitte?«

»Die Maklerin sagt, die Menschen müssen ein Gefühl dafür bekommen, wie es ist, in der Wohnung zu leben.«

Ich blickte auf den Fluss. Die Nachrichten berichteten ständig über Flüchtlinge und Zeltstädte und Boote voller verängstigter Familien, die vor Krieg flohen, und wohlhabende Amerikaner wanderten durch makellos saubere Wohnungen und öffneten fremder Leute Schränke. Ich versuchte, dieses Bild in ein freundlicheres zu wandeln, aber es hielt sich hartnäckig.

Wir wussten, dass Richard nach Hause gekommen war, als wir Shadows Krallen über den Holzboden in Richtung Wohnungstür rutschen hörten. Wir gingen zurück in die Wohnung, Richard schaute vom Hund auf, den er gekrault hatte, und sagte: »Der dritte Musketier, endlich!«

»Wir hatten es sehr gemütlich«, sagte Vanessa.

Richard schüttelte mir die Hand. »V hat mir erzählt, du spielst Flöte.«

Ich fand das verwirrend, und da ich noch über die Bemerkung mit den drei Musketieren sinnierte, trank ich noch einen Schluck Wein, bevor ich antwortete.

»Vor langer Zeit habe ich einmal Bratsche gespielt«, sagte ich.

»Ich habe es dir doch gesagt, dass Lindy und ich Klarinette gespielt haben und May Bratsche«, sagte Vanessa zu Richard.

»V hat sich sehr auf deinen Besuch gefreut. Du bist ihr eine so gute Freundin gewesen.«

Auch das schien nicht zutreffend. Ich schaute zu »V«, aber sie blickte auf den Herd. Mir fiel auf, dass sie blonde Strähnchen im Haar hatte.

Richard entschuldigte sich und verschwand im hinteren Teil

der Wohnung. Die Zwillinge, die mit Richard nach Hause gekommen waren, grüßten höflich und gingen ins Wohnzimmer, um ein Videospiel zu spielen. Vanessa weigerte sich, mir etwas in der Küche zu tun zu geben, also trat ich wieder hinaus auf den Balkon und versuchte, die Aussicht zu genießen.

Als mir kalt wurde, ging ich wieder nach drinnen und bestand darauf, den Tisch zu decken. Vanessa erklärte mir, wer wo während meines Besuchs schlafen würde. Es gab kein Gästezimmer, also mussten die Jungs in einem Zimmer schlafen, Colby bei Sean, und ich würde Colbys Bett bekommen.

»So ähnlich wie die Unterbringung bei Lindy«, sagte Vanessa scherzhaft, »nur mit weniger Platz und mehr Lego.«

Shadow sprang fortwährend an mir hoch. (Ich nahm an, dass sie Hester roch, aber Vanessa meinte, sie würde mich mögen.) Ich versuchte, das lustig zu finden, aber irgendwann kam Richard und schloss die Hündin in einem der hinteren Zimmer ein, was sie und die Jungs frustrierte. Wir konnten sie jaulen und an der Tür scharren hören.

»Schick heute Abend«, sagte Richard und nahm einen Teller in die Hand.

»Red keinen Unsinn«, sagte Vanessa. »Wir benutzen ständig dieses Geschirr.«

»Wirklich?«, sagte er ungläubig.

»War das ein Hochzeitsgeschenk?«, fragte ich. »Schließlich seid ihr immer noch ein frisch verheiratetes Paar.«

»O nein. Vanessa möchte dich beeindrucken.«

Vanessa sah ihn an und schnitt eine Grimasse.

»Amerikaner sind keine guten Gastgeber«, sagte er. »Weißt du, im Polnischen gibt es eine Redensart: ›Gast im Haus, Gott im Haus.‹«

»Wow«, sagte ich. »Hast du polnische Vorfahren?«

Er schüttelte den Kopf.

Als wir alle am Tisch saßen, hob Vanessa ihr Glas und brachte einen Toast aus: »Auf die Vierzehn-Tage-Freundinnen!«, sagte sie. Sie sah erschöpft aus.

»Zum Wohl«, sagte ich und ließ mich lobend über das Essen aus, bevor ich es überhaupt probiert hatte. Es schien mir das Mindeste, was ich tun konnte.

Richard sagte nichts über das Essen und stand nach wenigen Bissen auf, um klassische Musik einzuschalten. Sean und Colby kicherten. Als er wieder zum Tisch zurückkam, fragte er die beiden nach dem Namen des Komponisten, aber sie wussten ihn nicht.

»Beethoven?«, riet Vanessa.

»Nein«, sagte Richard.

»Richard kennt sich sehr gut mit Musik aus und bringt den Jungs etwas darüber bei«, erklärte Vanessa.

Ich nickte.

»Brahms«, sagte Richard, schien aber nicht daran interessiert zu sein, uns mehr darüber zu erzählen.

Wir blieben nicht lange auf. Vanessa und Richard mussten am nächsten Tag arbeiten, und die Zwillinge verließen früh die Wohnung, um zur Schule zu gehen. Ich schlief schnell ein, aber in der Nacht wachte ich von einem ungewohnten Wärmegefühl an meinem Rücken auf. Shadow hatte die Tür zu Colbys Zimmer aufgestupst und war zu mir ins Bett gesprungen. Ich überlegte, ob ich sie hinunterschieben sollte, hatte aber Sorge, dass sie bellen könnte, und ich wollte niemanden aufwecken. Ich änderte meine Lage, um etwas mehr Platz zu bekommen, doch dann hatte ich nur noch einen Zipfel der Decke. Shadow hob den Kopf und sah mich an, vollkommen still, die Augen weit geöffnet. Dann seufzte sie und ließ ihren Kopf wieder auf die Decke sinken.

Ihr war warm, und sie war zufrieden, und ich dachte, das könnte ich auch sein. Ich legte meinen Kopf wieder auf das Kissen. Eine Minute blieb ich so liegen, dann stand ich auf und verbrachte den Rest der Nacht in Colbys Sessel.

Am nächsten Morgen hinterließ ich eine Nachricht für Vanessa auf dem Küchentisch. Ich dachte, es wäre das Beste, wenn ich früh aus der Wohnung ging und mir selber einen Kaffee besorgte. Shadow schien damit einverstanden zu sein, war dann aber todtraurig, als ich ohne sie aus der Tür schlich. Ich konnte sie bis zum Fahrstuhl jaulen hören. Ich hatte nicht gut geschlafen. Nicht nur Shadow hatte mich geweckt, noch etliche andere Dinge in Colbys Zimmer hatten nachts gepiept, und ich hatte allgemein das Gefühl gehabt, von vielen bedrohlichen Gestalten umgeben zu sein. Als ich aufgestanden war, um ins Bad zu gehen, war ich im Dunkeln auf einen Legostein getreten, und mein Fuß schmerzte immer noch.

Es war ein kühler, windiger Morgen. In einem Café, in dem überraschend laute Musik gespielt wurde, kaufte ich einen Becher Kaffee zum Mitnehmen, spazierte zum Washington Square und fand eine Parkbank. Eine Taube, die ebenfalls so aussah, als hätte sie eine schlechte Nacht verbracht, flatterte vor mir hin und her. Ihre Federn waren verklumpt und dreckig, ein Auge war entzündet. Indessen blühte, zwischen Pflastersteinen ganz in der Nähe, eine kleine strahlenlose Kamille *(Matricaria discoidea).* Pflanzen schlagen Tiere stets, wenn es um die Fähigkeit geht, in ungastlicher Umgebung zu gedeihen.

Als ich meinen Kaffee ausgetrunken hatte, ging ich ein paar Blocks gen Süden, bis ich zu einem Garten kam, der *Time Landscape* hieß. Laut dem Infoschild war dieser Ort »ein lebendiges Denkmal für den Wald, der einst Manhattan Island bedeckte«. Im nördlichen Teil befand sich ein Wäldchen mit Eichen, Weißeschen und Amerikanischen Ulmen, dann ging es eine kleine Anhöhe zu einem Buchenhain in der Mitte hinauf. Im südlichen Teil wuchsen Gräser, Birken und Wildblumen eines jungen Waldes.

Wir erhalten alte Gebäude, warum nicht auch alte Landschaften? Doch wildes Wachstum ergab in diesem Rahmen wenig Sinn. Der Garten war an allen vier Seiten von einem schmiedeeisernen Zaun umgeben, und es gab keine Parkbänke. Es war wie ein Zoogehege ohne Tiere, und ich fühlte mich einsam. Der Wind trug Müll herein, das Laub musste geharkt werden, und eine Zeder neigte sich bedrohlich weit zur Seite. Bei einer anderen war eine Herrenkrawatte um einen Ast drapiert.

Ich wollte gerade gehen, als ich in der Nähe der Birken eine Frau bei der Gartenarbeit entdeckte. Sie war sehr klein, grauhaarig und trug von Kopf bis Fuß Wolle.

»Besucher an Sonntagen«, sagte sie.

»Sind Sie die Gärtnerin?« Sie hatte eine Schaufel und eine Harke, Arbeitshandschuhe und eine Gießkanne. Im Garten gab es keinen Schuppen, und ihre Geräte waren an die Bäume gelehnt.

»Eine von ihnen.«

Ich konnte nicht erkennen, wie sie den Garten betreten hatte, irgendwo musste sich ein Tor befinden.

»Besucher an Sonntagen«, sagte sie noch einmal.

Ich antwortete nicht, und nach einer kurzen Weile blickte sie von ihrer Arbeit auf, um nachzusehen, ob ich noch da war. »Man kann auch Zeit oder Arbeitskraft einbringen.« Sie streckte ihren Rücken.

»Ist das nicht das Gleiche?«

Sie musterte mich eingehend.

»Arbeit ist Zeit, oder nicht? Wie sollte man dem Garten Zeit widmen, ohne dass man hier arbeitet?«

»Das liegt ganz an Ihnen«, sagte sie. Sie nahm einen Schluck aus ihrer Wasserflasche und wandte sich wieder ihrer Arbeit zu.

»Ich würde das machen, wenn ich hier wohnen würde«, sagte ich, aber sie antwortete nicht.

Auf dem Rückweg zu Vanessas Wohnung betrachtete ich aufmerksam die Bäume in der Stadt. Ich sah von Baugerüsten und Lastwagen abgekratzte Rinde, zerbrochene Äste und verkrümmte Stämme. An einer Ecke sah ich drei verzweifelt aussehende Amerikanische Gleditschien *(Gleditsia triacanthos)* neben einem Starbucks. Zwei waren mit zerrissenen Luftballons behangen, beim dritten steckte eine kaputte Plastiktüte in den Ästen. Alle litten an zu viel Salz in der Erde.

Entsetzt sagte ich laut: »Diese Bäume werden vergiftet!«

Doch niemand in meiner Nähe blieb stehen oder fragte, was ich damit meinte oder woher ich das wisse. Einer der für die Stadt typischen Wirbelwinde kam auf und trieb einen Plastikbecher auf der Straße vor sich her. Es klang wie Stepptanz auf dem Asphalt, bis der Becher von einem vorbeifahrenden Auto zerquetscht wurde.

Auf einem kleinen Markt kaufte ich einen Wildblumenstrauß für Vanessa. Als ich in die Wohnung zurückkam, war keiner mehr da. Ich stellte die Blumen ins Wasser und ging in Colbys Zimmer, um mich hinzulegen.

An diesem Abend besorgte Vanessa einen Babysitter für die Jungs, und wir gingen zum Essen in ein chinesisches Restaurant. Nachdem wir uns den ganzen Tag lang nicht gesehen hatten, waren Vanessa und ich froh, wieder zusammen zu sein. Wir erzählten uns Geschichten von früher, die scheinbar auch für Richard bestimmt waren, aber im Grunde unterhielten wir uns nur zu zweit. Richard stellte nicht viele Fragen, aber er unterbrach uns auch nicht, was ich sehr nett von ihm fand. Unser Privileg als engste Freundinnen ließ ihn schweigen. Er wurde munter, als Vanessa mir erzählte, dass sie vor Kurzem ihren ersten Halbmarathon gelaufen war. Er berichtete, dass er drei halbe und einen ganzen Marathon gelaufen war. »Richard ist ein großartiger Läufer«, räumte Vanessa ein. Und als Richard enttäuscht war, dass er nicht zwei verschiedene Gerichte probieren konnte, änderte Vanessa ihre Bestellung, um ihm seinen Wunsch zu erfüllen. Ich war überrascht, aber vielleicht verstehe ich das Vergnügen der Verliebten am Kompromiss nicht.

Als wir unsere Glückskekse öffneten, stand auf meinem Zettelchen: »›Es gehört zu deinen Plänen, dich neu einzurichten.‹«

Vanessa war nicht beeindruckt. »In New York ist das das Gleiche, als ob du sagen würdest: ›Atmen gehört zu meinen Plänen.‹«

»Aber ich lebe nicht in New York.«

Richard las: »›Pfeif während der Arbeit.‹ Das ist ein Ratschlag, keine Wahrsagung.«

»Tust du das?«, fragte Vanessa.

»Niemals.«

Vanessa las vor: »›Du wirst bald den großen Teich überqueren.‹« Sie schüttelte den Kopf. Dann sah sie mich an. »Du fliegst bald nach London. Du nimmst mein Zettelchen und ich deins. Für die neue Wohnung kann ich das gut gebrauchen.«

Ich glaubte nicht, dass die Glückskekssprüche auf diese Weise funktionierten, aber ich spielte gern mit.

Auf dem Heimweg fragte ich, ob Shadow in dieser Nacht woanders schlafen könnte. Vanessa war sehr erschrocken: »O mein Gott! Warum hast du nichts gesagt?«

»Alle schliefen schon.«

»May. Natürlich. Sie kommt zu den Jungs ins Zimmer. Es tut mir schrecklich leid.«

»Du hättest sie vom Bett schubsen können«, sagte Richard.

»Ich wollte nicht, dass sie zu bellen anfängt«, erklärte ich.

»May ist wirklich nett«, sagte Vanessa.

»Oh, hat sie auch gefaltete Dollarscheine in der Manteltasche?«

Vanessa verdrehte die Augen, zog den Mantel fester um sich und ging schneller. Wir überholten Richard auf dem Bürgersteig. »Ich kann es nicht leiden, wenn er sich über mich lustig macht. Ich stecke die Geldscheine in die Manteltasche, weil ich sie dann leichter den Menschen auf der Straße geben kann.«

»Warum?«

»Ich weiß es nicht. So ist es leichter. Es ist mir peinlich, meine ganze Geldbörse herauszuholen.«

Doch ich hatte gemeint: Warum macht er sich über dich lustig? Als wir jünger waren, hatte ich zeitweise das Gefühl, Vanessas Projekt zu sein. Sie war in zwischenmenschlichen Dingen geschickter, und sie nahm mich unter ihre Fittiche – wortwörtlich. Damals legte sie ihren Arm um meinen Rücken und zog mich für eine seitliche Umarmung an sich, mein einer Arm wurde eingeklemmt, aber ich fühlte mich umsorgt, beschützt. Jetzt umarmte ich sie.

Am nächsten Tag machten wir uns zum High Line Park auf, aber es fing an zu regnen, bevor wir da waren, und als wir am Eingang in der Gansevoort Street standen, gingen wir stattdessen ins Whitney Museum of American Art. Vanessa entdeckte schnell einen modularen, tragbaren Wohnraum *Living Unit* von Andrea Zittel, der sie absolut faszinierte. Auf der Erläuterungstafel stand, dass sich die Künstlerin von dem schmalen Grat zwischen

Freiheit und Kontrolle inspirieren lasse und Menschen sich durch feste Bezugsgrößen häufig befreit fühlten. Das Kunstwerk war in einer Ecke weit entfernt vom Fenster und sah aus wie eine Kreuzung zwischen einem großen Schrank und einer Kammer. Es sollte alles beinhalten, was man zum Leben benötigte:

2 Becher
2 Tassen
2 Schüsseln
2 Spiegel
1 Tischbackofen
1 Kochfeld
1 Topf
1 Bratpfanne
4 Vorratsgläser
4 Kleiderbügel
2 Klappstühle
1 Klappbett
2 Dokumentenfächer
1 Tischkalender

Ich stand neben Vanessa und fragte mich, warum sie so fasziniert war.

»Ich denke darüber nach, was ich noch unbedingt benötigen würde«, sagte sie.

»Ich würde mindestens einen Blumentopf haben wollen.«

Vanessa sah mich an. »Du liebst Pflanzen wirklich.«

Ich zuckte die Achseln.

»Okay. Dann kannst du eines der Vorratsgläser für eine Orchidee oder eine andere Blume benutzen.«

Andere Besucher kamen für eine Weile in unsere Ecke, aber

niemand blieb so lange wie wir. Eine Frau mit perfektem Haarschnitt, eleganter Brille und modischer Jeans blieb länger bei uns stehen als erwartet. Ich war sicher, dass sie zu Hause ein Sofa hatte, auf das sie sehr stolz war.

»Was, glaubst du, würde Lindy davon halten?«, fragte Vanessa.

Vanessa und ich hatten nie die Angewohnheit gehabt, über Lindy zu reden, daher war ich nicht sicher, ob ihre Frage nicht eine veränderte Sicht auf mich oder Lindy zum Ausdruck brachte. »Nicht hübsch genug«, sagte ich ehrlich.

Sie nickte. »Ja, aber das würde sie hinkriegen.«

»Was ist mit Büchern?«, fragte ich.

»Lindys sind nach Farben geordnet.«

Ich zeigte auf die *Living Unit.* »Ich meine, wo kommen die hin? Über dem Tisch ist etwas Platz. Man kann nur nicht sehr viele ansammeln.«

Ein rundbäuchiger Mann mit einer Baseballkappe auf dem Kopf und Laufschuhen an den Füßen kam vorbei. Er sah sich den Raum einige Sekunden lang an, dann wandte er sich an uns. »Wie funktioniert das? Wo soll man das hinstellen?«

»Es soll uns zum Nachdenken anregen«, sagte Vanessa.

Er ging weg.

»Glaubst du, eine Familie könnte darin wohnen?«, fragte Vanessa.

»Vielleicht wenn man die Anzahl der Gläser und Stühle verdoppelt.«

»Neulich habe ich mir einen Möbelkatalog angesehen, und da stand dieser Satz: ›Dein Wohnzimmer zeigt anderen, wer du bist.‹«

Ich war unschlüssig.

»Ich schicke Lindy ein Foto«, sagte Vanessa. Darunter schrieb sie: »Neue Wohnung!«

Lindy antwortete fast augenblicklich. »Perfekt! Ich nähe die Vorhänge. Liebe Grüße an May.«

Vanessa schrieb noch etwas zurück, dann steckte sie ihr Handy ein.

»Ihr seid beide gut darin, in Kontakt zu bleiben«, sagte ich.

Sie nickte. »Wir sprechen uns ziemlich oft. Nicht lange, nur hin und wieder fünf Minuten.«

Ich telefonierte nicht gern, aber ich versuchte sie zu verstehen.

»Was kann man in fünf Minuten sagen?«, fragte ich.

»Ach, das ist nicht wichtig. Unsere Unterhaltung geht immer weiter.«

Wir traten zur Seite, um eine geführte Gruppe vorzulassen, die sich vor der *Living Unit* versammelte.

»Ich würde gern besser Kontakt halten«, sagte ich.

»Wirst du dich jetzt ändern?« Vanessa lachte.

»Kann ich das nicht?«

»Du bist so, wie du bist, May. Ich verstehe das, wenn ich seit, hm, fünfzehn Jahren keine Weihnachtskarte von dir bekomme. Das hat nichts zu bedeuten.«

»Nein, wirklich gar nichts. Du bist meine Freundin.«

»Ich weiß. Komm her«, sagte sie. Der Verschluss meiner Halskette war nach vorn gerutscht und hing direkt neben dem Anhänger. »Wünsch dir was«, sagte sie und richtete die Kette, so etwas hatte sie in unserer Jugend ständig getan.

»Komm, wir trinken ein Glas Wein, um uns aufzumuntern«, sagte sie.

Doch im Restaurant war kein Tisch frei. An den meisten saßen Paare gut gekleideter Frauen und tranken Wein.

Schüsseln

An meinem letzten Abend bereitete Vanessa zu Hause ein Essen. Sean war in seinem Zimmer, Richard würde spät nach Hause kommen, und Colby und ich saßen im Wohnzimmer und hielten Bücher in den Händen. Vanessa hatte mir aufgetragen, mit Colby zu lesen, was mich sehr erleichterte, denn häufig wusste ich als Gast nicht, was ich tun sollte. Doch weder Colby noch ich lasen, denn in der Küche telefonierte Vanessa mit ihrer Mutter, und ich versuchte, ihr Gespräch mitzuhören. Sie hatten eine zwanglose Beziehung, waren täglich in Kontakt, was mich ebenso faszinierte wie verwirrte. Sie besprachen einige bevorstehende Pläne und trafen Vorbereitungen für einen Besuch nach meiner Abreise. Als Vanessas Mutter begriff, dass ich gerade da war, sagte sie ihrer Tochter, sie solle mich umarmen. Das tat Vanessa auch, sie kam ins Wohnzimmer mit dem Telefon in der einen und einem Holzlöffel in der anderen Hand.

»Sie ist genau vor mir, Mom. Ich umarme sie. Mom lässt dich grüßen.«

»Ich sie auch«, sagte ich, ehrlich gerührt, und spürte einen Kloß im Hals.

Vanessa lächelte mich an und drückte meinen Arm, dann ging sie in die Küche zurück. »Okay, Mom, ich muss jetzt Schluss machen. Hab dich lieb. Ich ruf dich später an.«

Ich hatte das Gefühl, als hätte ich gerade einen Blauwal oder eine Sternschnuppe gesehen. Ich blinzelte Tränen weg, dann blickte ich zu Colby, der sein Buch zugeschlagen in der Hand hielt.

»Liest du nicht gern?«, fragte ich.

Er zuckte die Achseln.

Vanessa kam wieder ins Wohnzimmer, das Telefon war verschwunden, aber den Löffel hatte sie noch in der Hand. »Habe ich dir von meiner Freundin erzählt, die die Schüsselbilder malt?«

»Ich glaube nicht.«

»Oh, sie ist was Besonderes, so jemand, der immer alles hinbekommt. Wenn sie entschieden hat, dass du eine echte Freundin bist, malt sie ein Schüsselbild auf einem kleinen, quadratischen Stück Leinwand und hängt es an die Wand ihres Wohnzimmers. Die Schüssel stellt dich dar, und wenn du zu Besuch kommst, musst du erraten, welche Schüssel du bist.«

»Hängst du da auch?«

Vanessa lachte. »Sie malt mich gerade!«

»Eine Wand mit Schüsselbildern.«

»Ja.«

»Kann ich für den Anfang nicht einfach eine Weihnachtskarte schicken?«

Vanessa lachte und drehte sich schwungvoll um, um wieder in die Küche zu gehen.

»Bücher sind deine besten Freunde«, sagte ich zu Colby. Er runzelte die Stirn, aber ich fand, dass das nach den Schüsseln eine wichtige Botschaft war.

»›Kein Freund ist so treu wie ein Buch.‹ Ernest Hemingway.«

Er schien nicht beeindruckt zu sein, aber er schlug sein Buch wieder auf, was ich als ermutigendes Anzeichen nahm. Ich ging in die Küche.

»Wie geht es deiner Mutter?«, fragte ich.

»Immer beschäftigt. Ich kann nicht mit ihr mithalten. Sie

engagiert sich ehrenamtlich, geht ins Theater, in Ausstellungen und Konzerte. Bald fährt sie für einen Monat nach Costa Rica, um Spanisch zu lernen.«

Ich muss traurig ausgesehen haben, denn sie umarmte mich. »Ich mochte deine Mutter sehr gern«, sagte sie.

»Wirklich?«

»Ja, natürlich.«

»An was erinnerst du dich?«

»Oh.« Sie stellte den Messbecher ab, den sie in der Hand gehalten hatte. »Nun, ich erinnere mich, dass sie manchmal Filme mit uns geschaut hat und mit den Filmfiguren gesprochen hat. Weißt du das noch? Manchmal war sie zum Plaudern aufgelegt, in anderen Momenten blieb sie sehr still.«

»Ja.«

»Ich erinnere mich an das Foto, das sie uns zum Schulabschluss geschenkt hat.«

»Hast du es noch?«

»Es steht auf meiner Kommode im Schlafzimmer.«

Ich wartete in der Hoffnung, sie würde noch mehr sagen.

»Seid ihr zwei nicht oft zusammen spazieren gegangen?«, fragte sie.

»Eine kurze Zeit lang.«

»Ich fand das schön. Meine Mutter und ich haben das damals nicht gemacht.«

Vanessa wandte sich wieder dem Abendessen zu. Das ist das Problem: Eine Unterhaltung wie diese, wo einer tiefer involviert ist als der andere, kann frustrierend zeitversetzt und unvollständig sein. Vanessa hatte nichts falsch gemacht. Ihr war einfach nicht klar, wie viel mir diese Informationen bedeuteten, und – klar – es war Abendessenszeit. Sie meisterte mehrere Dinge gleichzeitig; ich suchte nach dem Reinen, dem Vollkommenen, dem Wahren.

Sie machte Sean und Colby zuerst Abendessen, dann aßen wir, während die beiden ihre Hausaufgaben erledigten. Vanessa blickte zum Tisch, wo die beiden ihre dreckigen Teller stehen gelassen hatten, und seufzte. Ich wollte noch einmal meine Mutter erwähnen, aber dann sagte Vanessa: »Nach dem Umzug besorge ich mir ein Kätzchen. Ein niedliches kleines weibliches Kätzchen. Dann sind wir mit Shadow zu dritt und die Jungs nicht in der Überzahl.« Sie schaute lächelnd zu dem Hund, der zusammengerollt zu meinen Füßen lag. »Kommst du uns in der neuen Wohnung wieder besuchen?«

Ich beugte mich vor, um Shadow zu streicheln. »Wird sie wieder so weiß wie diese sein?«, fragte ich.

Vanessa lachte. »Richard sagt, dass es nach der Geburt der Zwillinge dazu gekommen ist. Ihre Mutter war sicher, dass sie Mädchen bekommen würde, und hatte alles in Rosa besorgt: Kleidung, Bettwäsche, Möbel. Nach der Überraschung mit den Jungen hat sie alles weiß eingerichtet und gestrichen.« Sie deutete auf die Wohnung und schwenkte dabei gefährlich ihr Rotweinglas durch die Luft.

»Das ist irgendwie unheimlich«, sagte ich.

»Ich weiß. Hoffentlich kann ich für die beiden ein schönes Zuhause schaffen. Ihre Mutter ist so distanziert.« Sie klang ungewöhnlich melancholisch.

»Ein Zuhause muss geschaffen werden, oder nicht?«, sagte ich.

»Das versuche ich herauszufinden.«

»Ich auch.«

»Wohnst du immer noch zusammen mit deinem Vater in dem Haus?«

»Ja.«

»Es ist lange her, May. Konntest du wenigstens renovieren?«

Ich lachte. »Das ist mir nie wirklich als Option erschienen.«

»Entschuldige, ich weiß, dass es schwer ist für dich.«

»Wie geht es dir?«, fragte ich. »Wie kommst du zurecht mit …?«

»Dem Leben mit den Jungs?«

Ich nickte.

»Ich finde es wunderbar. Wirklich.« Sie zögerte. »Kann ich brutal ehrlich zu dir sein?«

»Brutal ehrlich?«

Sie lächelte. »Ehrlichkeit ist immer brutal.«

»Okay.« Ich dachte, sie würde etwas über sich selbst und die Jungs sagen, aber sie fragte: »Warum bist du immer noch Single?«

»Warum bist du verheiratet?« Ich schoss ohne zu überlegen zurück, und ich bedauerte es aufrichtig, als sie nicht sofort sagte: weil ich ihn liebe. Eine Weile lang sagte sie gar nichts. Ihre Augenränder wurden rot, und sie trank einen Schluck Wein. »Wir versuchen, ein Baby zu bekommen«, sagte sie schließlich.

»Lindy denkt, dass ich traurig bin, weil ich keine Kinder habe, vielleicht habt ihr beide also recht.«

Sie lächelte. »Lindy ist sehr auf Kinder fixiert. Wir haben vor einigen Wochen ein Picknick mit ihnen im Central Park gemacht. Ich musste eine Stunde lang das Baby halten. Es war anstrengend. Letztlich habe ich alle Kinder bespaßt, während sie und Max den Nachmittag freihatten.«

Ich blieb still.

»Wie auch immer«, sagte sie in einem Tonfall, der »genug« bedeutete. Sie ließ ihren Blick durch die Wohnung schweifen. »Ich werde diesen Ort nicht vermissen. Aber das Haus schon. Der Pförtner ist großartig. Für die Fastenzeit hat er sich vorgenommen, nicht mehr zu meckern, weißt du?«

Es kam mir reichlich spät vor, fast am Ende meines Besuchs noch etwas Neues aufzubringen, doch zu meiner eigenen Überraschung sprach ich es aus. »Es gibt jemanden in Anneville.«

Vanessa war wie vom Donner gerührt. »Warte, was hast du gesagt? Es gibt jemanden? Warum hast du mir das nicht schon früher erzählt? Warum kommen die guten Neuigkeiten erst am letzten Abend raus?«

»Wir haben zusammen gepicknickt. Also, ein Picknick und zwei Postkarten. Das ist alles.«

Vanessa sah sehr glücklich aus, und einige Tränen, die sie anscheinend zurückgehalten hatte, begannen jetzt zu fließen. Sie setzte sich aufs Sofa und schlug die Beine unter. »Postkarten? Das ist romantisch. Niemand schreibt heutzutage noch Postkarten. Wie heißt er?«

Ich packte meine Sachen, noch bevor ich an diesem Abend zu Bett ging, und richtete das Zimmer so gut ich konnte her, aber ich wusste nicht genau, wie ich ein Zimmer hinterlassen sollte, das mir ein Achtjähriger geliehen hatte. Ich nahm nicht an, dass Colby und Sean wild auf die Bienen sein würden, die ich mitgebracht hatte, deshalb hatte ich einige Lego-Packungen gekauft, die ich auf Colbys Schreibtisch legte. Insgeheim war ich stolz, dass ich diese Idee gehabt hatte. Hoffentlich hatten sie einen guten Eindruck von der Freundin ihrer neuen Stiefmutter.

Ich versuchte schläfrig zu werden, indem ich auf die im Dunkeln leuchtenden Sterne von Colbys Zimmerdecke blickte (ich konnte aber kein Sternbild erkennen), obwohl ich immer noch an die *Living Unit* denken musste. Ich bewunderte die Einfachheit, aber es war kein Zuhause. So gern ich es auch bestreiten würde, ein Zuhause erzählt eine Geschichte – zumindest sollte es das –, denn die Frage, was man besitzen möchte, ist eng mit der verbunden, wie man leben möchte. Ich stand aus Colbys Bett auf und schlich auf Zehenspitzen zurück ins Wohnzimmer, nahm einen der weißen Blumentöpfe der Immobilienmaklerin und spülte die Sukkulente die Toilette hinunter. Ich mache mir nichts aus ihnen, und ich hätte sie sowieso nicht mit nach Hause nehmen können.

Den Topf wollte ich behalten, daher spülte ich ihn im Waschbecken aus. Dann trat ich aus dem Badezimmer. Es war seltsam, nachts in einem fremden Haus auf zu sein. Obwohl ich mich plötzlich wie ein Eindringling fühlte, ging ich ins Wohnzimmer. Ich konnte den an- und abschwellenden Verkehr auf dem West Side Highway hören, ganz in der Nähe hupte jemand, dann kam ein Schrei. Die Wohnung hatte zu drei Seiten Fenster, ein Glaskasten, von dem aus man in die umliegenden Gebäude sehen konnte. Es war schon nach eins, die meisten Fenster waren dunkel, aber in einem Zimmer schaute eine Frau Fernsehen. Ich konnte den Bildschirm nicht sehen, aber er muss sehr groß gewesen sein, denn das flackernde blaue Licht im Raum sah aus wie ein Sturm.

Hinter mir hörte ich Schritte und irgendwo in der Nähe Vanessas Stimme. »Nun. Du weißt ja. May.« Drei Schlusspunkte, eine eigene Art von Stenografie. Ich wusste nicht, ob sie am Telefon war oder mit Richard sprach. Wer auch immer es war – Lindy? Ihre Mutter? –, verstand sofort, denn sie musste sich nicht näher erklären.

Doch ich wollte sagen: »Warte, ich versteh's nicht. Was meinst du?«

Ihre Stimme verschwand im hinteren Teil der Wohnung, und ich blieb einen Moment lang stehen, hielt den Atem an und blickte auf die Töpfe auf dem Balkon, die wunderschön bepflanzt waren. Ich war ziemlich sicher, dass Vanessa einen Balkongärtner hatte. Tagsüber hatte ich einen Transporter vor dem Haus stehen gesehen. Ich sehnte mich nach Luft, aber ich konnte nicht herausfinden, wie die Balkontür aufging, und für die Tortur aus

Hausflur, Fahrstuhl und Pförtner, selbst für einen mit dem Talent zur Selbstverbesserung, war ich keineswegs bereit. Ich öffnete ein Fenster, sie waren riesig und ließen sich von links nach rechts schieben, anstatt von oben nach unten, doch aufgrund der Kindersicherung gingen sie nur einen Spaltbreit auf. Ich lehnte mich zu der Öffnung und atmete die kalte Luft ein. Ich hätte Flieder *(Syringa vulgaris)* auf dem Balkon gepflanzt, aber andererseits wäre es dafür im sechzehnten Stock vielleicht zu windig.

Als ich in Colbys Zimmer zurückkam, lag Shadow schlafend auf dem Bett.

Clapham Common

Am nächsten Tag war ich wieder an einem Flughafen und hatte viel Zeit totzuschlagen, aber dieses Mal war es JFK. Ich hatte geplant, direkt von New York nach London zu fliegen, denn das war billiger. Vanessa hatte mich in ein Taxi zum Flughafen gesetzt.

»Ruf mich an«, sagte sie. »Irgendwann mal?«

»Das mache ich.«

»Wirklich?«

»Ich werde es versuchen.«

Sie warf mir einen Luftkuss zu, als das Taxi losfuhr.

Am Flughafen angekommen, saß ich eine Weile am Flugsteig. Es gab mehrere Fernseher, aber die meisten Menschen blickten auf ihre Handys oder Laptops. Eine Handvoll Wartender las Zeitschriften, eine Person hielt ein Buch in der Hand, zwei andere strickten. Ich bewundere Menschen, die stricken. Man kann so tun, als würde man lesen, aber man kann nicht so tun, als würde man stricken. Außerdem bedarf es einer Menge Engagement, die Strickutensilien mit sich herumzuschleppen.

Als der Flug Verspätung hatte, suchte ich eine Bar auf und bestellte etwas zu essen und eine Bloody Mary. Die Fernsehbildschirme in der Bar zeigten, wie üblich, Sport und Gewalt, aber dieses Mal war der Sport Baseball, und die Gewalt richtete sich gegen Menschen, die gegen das neueste Einreiseverbot protestierten. Ich verfolgte die abgehackten Untertitel, während aus den Flughafenlautsprechern Kaufhausmusik drang. Ein Journalist erörterte, wofür Amerika stand und wie das Land in der Welt an Bedeutung verlor. Am Ende der Bar saß ein Mann, der eine der roten Baseballkappen aufhatte, aber er trug Ohrhörer und war in sein Handy vertieft.

Am Flugsteig überprüfte ich mein Gepäck. Auf wundersame Weise passte Grendel, wieder einmal, in die Messvorrichtung, aber der Flug war voll. Die Mitarbeiterin hinter dem Schalter sah müde und traurig aus. »Sie sehen wie ein vernunftbegabter Mensch aus«, sagte sie und fragte mich, ob ich bereit wäre, mein Gepäck aufzugeben, wenn ich dafür mitfliegen könnte. Wie hätte ich nicht einwilligen können?

Und so traf ich in London ein, aber Grendel nicht. Ich gab der Fluggesellschaft alle gewünschten Informationen – Name, Adresse vor Ort, Telefonnummer, einen besonderen Gegenstand im Koffer, der ihn als meinen identifizierte –, und sie sagten mir, dass ich den Koffer »so gut wie sicher« innerhalb von vierundzwanzig Stunden bekommen würde.

»So gut wie sicher?«

»Die Gepäckstücke, die wir finden, finden wir schnell.«

»Und die Gepäckstücke, die Sie nicht finden?«

»Die werden nicht innerhalb von vierundzwanzig Stunden zurückgegeben.«

»Das scheint logisch«, sagte ich.

Ich nannte Emily Post als den Gegenstand, der mich identifizierte, das gefiel mir, aber ich musste der Angestellten der Fluggesellschaft das Wort *Etiquette* buchstabieren.

Rose wohnte in einem Haus in einer Straße, die The Pavement *(das Straßenpflaster)* hieß und entlang des östlichen Rands von Clapham Common im Süden von London führte. Ihre Wohnung befand sich über zwei konkurrierenden Immobilienmaklern rechts und links von einer Eisdiele, und sie hatte ein Erkerfenster mit Blick auf ein Planschbecken. *Rose on the Pavement,* so stand es auch auf ihrer Visitenkarte. Sie arbeitete als freiberufliche Landschaftsarchitektin. Ihre Nische waren wunderschöne und doch funktionale Gemüsegärten. Sie bedauerte, dass sie in ihrer Wohnung im vierten Stock keinen eigenen Garten haben konnte. Seit acht Jahren wartete sie auf einen Schrebergarten an der Lorn Road, die Nachfrage war so groß, dass die Warteliste geschlossen worden war. »Zumindest bin ich drauf«, sagte sie. »Nun muss ich nur noch herausfinden, wen ich umbringen muss.«

Ihre Wohnung hatte einen tollen Blick auf den Park, und durch die vielen Bäume fielen Sonnenlichttupfer herein. Es gab zwei Zimmer: ein grau gestrichenes Schlafzimmer und ein lang gestreckter, offener Wohn- und Küchenbereich. Edith Wharton hasste offene Wohnbereiche, sie fand sie achtlos gegenüber den individuellen Verwendungszwecken eines jeden Zimmers, außerdem trügen sie zu einem beklagenswerten Verlust von Privatsphäre bei. Sie bedauerte die Erweiterung von Türen in Torbögen und sprach von ihnen als »klaffender Lücke«. Aber ich fand Roses Wohnung inspirierend. Die Wohnhälfte war in einem dunklen Ockerton gestrichen; in der Küchen-/Esszimmerhälfte waren viele verschiedene Farbflecken auf den Wänden verteilt, denn Rose war immer noch dabei, sich für eine Farbe zu entscheiden, und anscheinend wurde alles zwischen Blassrosa und Dunkelgrün in Erwägung gezogen. Sofort nach meiner Ankunft fragte sie mich nach meiner Meinung, aber ich hatte keine. Mir kamen alle Farben wie ein Wunder vor. Offen gestanden hatte ich nicht einmal gewusst, dass es erlaubt war, Zimmer in solchen Farben anzustreichen. Meine Familie war stets dem Designcredo

»Weiß lässt einen Raum größer wirken« gefolgt, aber ich weiß nicht, warum das wichtig sein soll. Manchmal möchte man gar nicht, dass sich ein Zimmer größer anfühlt. Manchmal ist gemütlich die bessere Wahl.

Rose hatte nicht viele Möbel, dennoch schien es immer einen bequemen Sitzplatz zu geben, wenn es nötig war. Es gab einen langen Esstisch auf der einen Seite des Raums und ein viktorianisches Tagesbett zum Ausruhen auf der anderen. Sie hatte einen wunderschönen Schreibtisch im Missionsstil und eine Reihe verschiedenartiger Stühle, die sie bei Haushaltsauflösungen gefunden hatte und die trotzdem den Eindruck erweckten, sie gehörten zusammen. Edith Wharton wäre entzückt gewesen, dass Rose teure Möbel billigen Massenprodukten vorzog.

Rose besaß hauptsächlich Bücher. Ihre Regale waren hoch und im Industriedesign, und sie hatte sie von einer Wohnung zur nächsten mitgeschleppt, obwohl sie schwer und unpraktisch waren. Die Bücher waren mehr oder minder alphabetisch geordnet, manchmal standen drei Reihen hintereinander. Rose gehörte zu den Menschen, die mehrere Ausgaben ihrer Lieblingsbücher besaßen. Auf diese Weise, sagte sie, konnte sie immer eine verschenken.

Das viktorianische Tagesbett diente auch als Gästebett, und anfangs kamen mir Zweifel. Doch dann holte Rose einen dreiteiligen Paravent hervor, damit ich fernab der Küche etwas Privatsphäre hätte, und brachte mir einen riesigen Stapel weicher Decken und Kissen. Sie half mir, das Bett zu machen, und als sie mich allein ließ, fühlte ich mich wohler, als ich es je für möglich gehalten hätte. Sicherlich lag es auch am Jetlag, aber ich glaube nicht, dass sich mein tiefer, erholsamer Schlaf in dieser Nacht damit vollständig erklären lässt. Ich schlief in einem von Roses

T-Shirts, und am nächsten Morgen gab sie mir eine Jeans und einen weichen weißen Pullover, der einem grauen von mir zu Hause ähnelte.

Nachdem wir uns im Landschaftsarchitekturstudium kennengelernt hatten, entdeckten Rose und ich, dass wir beide eine kurze Weile zur gleichen Zeit in New York gelebt hatten, auch wenn Rose mehr wie Amber Dwight war. Die beiden wären wahrscheinlich Freundinnen geworden. Rose hatte beispielsweise in ihrem winzigen Badezimmer zwei Zitronenbäume, weil ihre Wohnung über dem Blätterdach lag und sie das gesprenkelte Sonnenlicht vermisste. Deshalb schuf sie es selbst mit den Zitronenbäumen, die wegen der höheren Feuchtigkeit im Badezimmer stehen mussten.

»Hätte es ein Ficus nicht auch getan?«, hatte ich gefragt. »Den hättest du ins Wohnzimmer stellen können.«

»Erstens«, sagte sie, »war es ein Einzimmerapartment, also gab es kein Wohnzimmer. Zweitens mussten es Zitronen sein.«

Doch Zitronenbäume sind bekanntlich wählerisch. Einer unserer Professoren an der Uni warnte uns davor, unsere Pflanzen zu sehr ins Herz zu schließen. Die sorgsame Beschäftigung mit Boden, Be- und Entwässerung und Sonneneinstrahlung gehörten zum Job, aber wenn eine Pflanze nicht gedieh, mussten wir sie aufgeben. »Es ist wichtig, den Tod einer Pflanze zu akzeptieren«, sagte er oft.

»Blödsinn«, sagte Rose und behauptete, dass unter ihrer Aufsicht noch keine Pflanze eingegangen sei.

Zum Frühstück aßen wir Toast und tranken Kaffee, dann sagte Rose, dass wir ein historisches Haus besuchen würden. Mit historischen Häusern ergeht es mir ähnlich wie mit Biografien: Ich habe ein schlechtes Gewissen, dass ich sie nicht eingehender genieße. Ich könnte auch sagen, dass ich gegen sie und andere kleine Museen allergisch bin. Wenn dem Erhalt so weniger Dinge so viel Aufmerksamkeit zuteilwird, macht mich das ausnahmslos traurig. Und wenn jemand in dem Haus gestorben ist – umso schlimmer. Rose wollte mir nicht verraten, welches Haus wir besichtigen würden.

»Ein weniger bekanntes Juwel«, sagte Rose auf dem Weg dahin. Wir bogen auf einen Platz nördlich der Fleet Street ein, und sie ließ die Zigarette, die sie geraucht hatte, auf den Boden fallen. Mit dem Rauchen hatte sie aus Rebellion gegen den exzessiv gesunden Lebensstil der Kommilitonen in unserem Studiengang begonnen und die Angewohnheit beibehalten. »Ich pflanze gesundes Gemüse«, lautete ihr Kommentar dazu. »Das gleicht sich aus.«

An der Ecke stand ein Haus mit einer blauen Tafel, doch zunächst führte mich Rose zu einer Bronzestatue im Innenhof.

»Hodge!«, rief ich aus. Der Kater von Samuel Johnson. Er saß auf einem dicken Buch, vor sich ein paar leere Austernschalen und eine Inschrift, die Johnson zitierte: »Ein wirklich schöner Kater.«

»Rose, das ist perfekt!« Ich umarmte sie, zu unser beider Überraschung.

»Die Sammlung ist klein, aber ich dachte, du würdest gern die Dachkammer sehen, wo er an seinem Wörterbuch gearbeitet hat.«

Dass die Sammlung klein war, machte für mich den besonderen Charme aus. Nach seinem Tod waren die meisten seiner Möbel weggegeben worden, und das Zimmer, das als Bibliothek präsentiert wurde, war laut Information sein Schlafzimmer gewesen, auch wenn kein Bett darin stand. Johnson benötigte beinahe neun Jahre, um das Wörterbuch zu beenden, obwohl er behauptete, es auch in drei Jahren zu schaffen. Letztlich wurde es 1755 veröffentlicht, und bis zur Fertigstellung von *The Oxford English Dictionary* hundertdreiundsiebzig Jahre später war es das bedeutendste Wörterbuch in englischer Sprache und gilt auch heute noch als eine der größten geisteswissenschaftlichen Errungenschaften, die je ein einzelner Mensch vollbracht hat. Wir blieben über eine Stunde, für mich ein Rekord, dann aßen wir in einem Pub in der Nähe zu Mittag.

Als wir zu Roses Wohnung zurückgingen, bekam ich eine Textnachricht von Vanessa. Es war ein Foto der Kreidetafel in ihrer Küche, auf die jemand geschrieben hatte: »May ist supa!« Vanessa schrieb dazu: »Das hat Colby geschrieben. Das Lego finden sie toll. Du hast jetzt den Coole-Freundin-Status.«

Ich zeigte Rose mein Handy. »Ist das deine Freundin in New York?«, fragte sie.

Ich nickte.

»Ist sie die, die immer ein perfektes Outfit trägt? Bei der alles stets zusammenpasst?«

Ich dachte, dass sie wahrscheinlich Lindy meinte. »Nein. Das ist meine Freundin in Connecticut.« Zweifellos hätte Lindys Kleidungsstil Rose nicht gefallen. Aber wenn man Menschen fragt, was ihnen das Wichtigste an einer Freundschaft ist, lauten die zwei häufigsten Antworten stets Treue und Liebenswürdigkeit. »Sie hat gute Gründe dafür, so ordentlich erscheinen zu wollen«, sagte ich und steckte mein Handy ein.

»Willst du ihr gar nicht zurückschreiben?«, fragte Rose.

Ich holte mein Handy wieder aus der Tasche, und Rose sah mir zu, während ich tippte: »Ich wurde noch nie in fehlerhafter Rechtschreibung gelobt. Fühle mich sehr cool.«

Vanessa sandte mir daraufhin den Nerd-Emoji, und Rose lachte.

In dem Moment kamen zwei Frauen unseres Alters an uns vorbei, die Arm in Arm liefen. Sie wurden auch von Rose bemerkt. Sie ließ ihre Zigarette in den Rinnstein fallen – es fällt mir immer noch schwer, dabei zuzusehen, wie sie die Umwelt verschmutzt – und nahm meinen Arm. Ich war noch nie untergehakt mit einer Freundin gegangen. Auch war ich nicht sicher, ob wir bis zur nächsten oder übernächsten Straßenecke so laufen würden, aber unsere Arme blieben für den Rest des Weges ineinander verschlungen.

Das Juniwetter war herrlich, aber Rose und ich unternahmen nicht viel in den nächsten Tagen. Ich kann mich nicht erinnern, dass ich jemals so zufrieden damit war, viel Zeit drinnen zu verbringen. Es stimmt schon, ich hatte nicht meine eigene Kleidung, aber ich liebte auch Roses Wohnung. Dieser Ort war vollkommen im Einklang mit dem Menschen, der dort lebte. Nichts richtete sich nach dem Wohl eines anderen, und doch war es leicht, sich dort wohlzufühlen. Rose fragte mich immer wieder, ob ich mich langweilte, und ich antwortete stets mit Nein. Wir tranken Tee, lasen Bücher und unterhielten uns. Stundenlang starrte ich aus dem vorderen Fenster und war glücklich, die großen schwarzen Krähen um den hellblauen Planschbeckenrand hüpfen zu sehen. Rose rauchte nie drinnen, daher hatte ich die Wohnung für mich allein, wenn sie nach unten vors Haus ging. Wahrscheinlich fand ich zu viel Gefallen an der Vorstellung, es wäre meine Wohnung. Rose arbeitete an ihren Zeichnungen und Entwürfen, und einmal am Tag machten wir einen langen Spaziergang in Clapham Common, einem tausend Jahre alten Stadtpark mit drei Teichen, einem viktorianischen Pavillon und so vielen wunderschönen hochgewachsenen Bäumen, dass ich keinen Lieblingsbaum benennen konnte.

»Bist du sicher, dass du dich nicht langweilst?«, fragte Rose wieder einmal, als wir spazieren gingen. Ich bemerkte ein Banner, das fröhlich in der Erde buddelnde Kinder zeigte. Auf den Plakaten von Gemeinschaftsgärten sind immer Kinder zu sehen, aber meiner Erfahrung nach sind es alte Menschen, die die ganze Arbeit machen.

Ich zeigte darauf. »Wenn ich mich langweile, mache ich da mit.«

»Möchtest du den Tower of London besichtigen? Die meisten Menschen möchten den einmal gesehen haben.«

Wir verlangsamten unsere Schritte, um einer alten Frau mit einem Rollator dabei zuzusehen, wie sie sich vornüberbeugte, um eine abgeknickte Lilie aufzurichten und sie vorsichtig an ihresgleichen abzustützen.

»Ich will den Tower nicht sehen«, sagte ich.

»Möchtest du ein paar meiner Freunde kennenlernen? Ich könnte sie zum Abendessen einladen.«

»Bitte tu das nicht.«

»Bist du sicher, dass wir nicht zu faul sind?«

Ich sagte ihr, dass Habgier, Neid, Hochmut, Wollust und Zorn anderen Menschen Schaden zufügten und Völlerei schlecht für die Gesundheit sei. Faulheit aber sei nur die Bereitwilligkeit, langsamer zu machen als andere, und das sei kein Verbrechen. Ich war immer der Meinung, dass stattdessen Verzweiflung die siebte Todsünde sein sollte.

»Okay, einverstanden«, sagte sie. Dennoch zog sie mich in den Musikpavillon und machte ein Foto von mir, auf dem ich mich gegen eine der rot gestrichenen Säulen lehnte. »Hier«, sagte sie und zeigte mir ihr Handy. »Jetzt kannst du sagen, du hättest etwas Touristisches unternommen.«

Als wir wieder bei ihrem Haus angekommen waren, holte

Rose ihre Post aus dem Briefkasten. »Für dich«, sagte sie und reichte mir mit hochgezogenen Augenbrauen eine Postkarte.

Dieses Mal zeigte die Karte eine Luftansicht der Campusgärten im Sommer. »Du hast hier etwas sehr Schönes erschaffen«, hatte Leo geschrieben. »Ich hoffe, du vergisst das nicht.«

Mein Gepäck kam am vierten Abend, nicht innerhalb der angegebenen vierundzwanzig Stunden, aber mir war das egal. Um zehn Uhr rief die Fluggesellschaft an und sagte, dass das Gepäckstück gefunden worden sei und binnen der nächsten zwei Stunden übergeben werde.

»Sind Sie dann noch wach?«, fragte die Frau.

»Was passiert, wenn nicht?«

»Dann treffen wir Vorkehrungen, dass das Gepäckstück morgen gebracht wird. Wir können es nicht vor der Tür stehen lassen. Sie müssen es entgegennehmen.«

Ich fragte, ob sie mir garantieren könne, dass der Koffer in zwei Stunden bei mir sei.

»Ich kann garantieren, dass er im Auto auf dem Weg zu Ihnen ist.«

Rose ging ins Bett, während ich aufblieb und las und auf das Beste hoffte. Kurz vor Mitternacht hörte ich den Türsummer. Der Fahrer sprach mit russischem Akzent.

»Sind Sie May Attaway und vermissen ein Gepäckstück?«

»Das bin ich.« Ich drückte auf den Türöffner, damit er hochkommen konnte, aber er machte die Tür nicht auf. Seine Stimme drang wieder durch die Sprechanlage.

»Ich kann nicht hochkommen. Tut mir leid, aber Sie müssen runterkommen.«

Ich schlüpfte in Schuhe und Mantel und nahm dann den Fahrstuhl nach unten. Draußen vor dem Haus stand ein Mann mit einer Chauffeursmütze und Grendel neben sich. Ich dankte ihm.

»Sie müssen sich ausweisen«, sagte er und machte ein Geräusch, das wie ein Niesen klang, dann aber in ein Kichern mündete.

»Wirklich? Aber Sie haben den Koffer zu dieser Adresse gebracht, die ich der Fluggesellschaft gegeben habe, und hier bin ich. Wer sonst würde um Mitternacht einen Koffer haben wollen?«

»Sie wären überrascht.«

»Ich habe mein Portemonnaie nicht hier. Ich muss erst wieder nach oben gehen.«

»Können Sie mir einen besonderen Gegenstand nennen, der sich in dem Koffer befindet?«

»Ja, das habe ich schon getan. Ich besitze eine Ausgabe von Emily Posts Buch *Etiquette.* Es sollte gleich obenauf liegen.«

»Schauen wir mal nach.« Er trug eine goldene Seidenkrawatte und einen guten Anzug. Die Chauffeursmütze war etwas schmuddelig, als gehörte sie zu einer anderen Uniform, und er ließ den Motor des Wagens hinter ihm auf der Straße laufen. Er kicherte-nieste noch einmal, dann legte er Grendel flach auf den Bürgersteig und öffnete behutsam den Reißverschluss. Er spähte hinein, machte den Koffer wieder zu und überreichte ihn mir.

»Sehr gut. Hier, bitte sehr.« Noch ein Niesen.

»Danke«, sagte ich noch mal. »Auch dafür, dass Sie so spätnachts noch hier herausgefahren sind. Sie haben eine Erkältung.«

»Nein, schon gut. Wir haben Ihnen einen schlechten Dienst erwiesen. Alle wollen ihr Gepäck immer sofort wiederhaben.«

»Stimmt das wirklich?«

»Mich stört das nicht. Ich bringe die Leute gern wieder auf Kurs. Gute Nacht!« Er ging eilig zu seinem Auto und verschwand. Ich ging wieder nach oben in die Wohnung und lag schon im Bett, als mir der Gedanke kam, dass das ein sehr schickes Auto für einen Kurier gewesen war. Ein Jaguar? Möglicherweise hatte ich göttlichen Beistand erhalten.

Ahornblättrige Platane (Platanus acerifolia)

Die Ahornblättrige Platane entstand als zufällige Kreuzung zweier fremdländischer Bäume, wahrscheinlich in Oxford um das Jahr 1670. Ein Elternteil ist die Orientalische Platane, *P. orientalis,* aus der Türkei, der andere ist die Westliche Platane, *P. occidentalis,* aus dem Osten der Vereinigten Staaten.

Die Rinde ist weich und graubraun und schält sich ab wie Puzzleteile, darunter befindet sich ein gelbbrauner oder hellgrüner Stamm. Der Grund für diese ungewöhnliche Anpassung liegt in der fehlenden Elastizität der Rinde; die äußere Schicht kann sich nicht so schnell ausdehnen wie der Baum in seinem Inneren. Bäume nehmen Sauerstoff sowohl durch die Rinde als auch durch die Blätter auf, und dank der abblätternden Rinde gedeiht der Baum auch in verschmutzter Luft. Daher wird er auf der ganzen Welt bevorzugt in Städten angepflanzt.

Dieses Baummerkblatt lag zusammengefaltet in einer von Grendels Außentaschen. Ich begrüßte die Entscheidung meines Vaters für solch einen anpassungsfähigen Baum, ganz zu schweigen von seiner Beharrlichkeit und Raffinesse. Das Blätterwerk der Platane allerdings ist unspektakulär, und der Laubfall findet spät im Jahr und plötzlich statt, für Landschaftsgärtner eine Qual. Ich weiß, was Blake von den Platanen hält, die wir schon auf dem Campus haben, und die Verantwortung, denen noch eine weitere hinzuzufügen, wollte ich nicht auf mich nehmen.

Pilgerfahrt

Am nächsten Abend erzählte ich Rose beim Essen von meinen Geschenkideen, die Freundschaft zum Thema haben, wie das Honigglas, und berichtete auch von meiner neuesten Idee: Kühlschrankmagneten mit dem Satz »Freundschaft ist dem Wesen nach ein Magnet« von Eudora Welty darauf. Rose stand auf, um ihre Ausgabe von *Bartlett's Familiar Quotations* zu holen, damit wir die Zitate über Freundschaft durchsehen und noch mehr davon finden konnten.

»›Ich habe Freunde irgendwo, wo ich sie finden kann‹«, las sie vor, »›benutze sie aber selten.‹ Emerson.«

»Untersetzer«, sagte ich. »Niemand benutzt je Untersetzer.«

»Ja! Perfekt. ›Ein Mann würde sich nur bei wenigen Freunden im Haus aufhalten wollen, wenn er krank ist.‹ Samuel Johnson.«

»Das ist für Kosmetiktücherboxen.«

»Ja.«

»Ich würde liebend gern hierbleiben, wenn ich krank wäre«, sagte ich.

»Du bist herzlich willkommen, in jeder Verfassung, zu jeder Zeit.«

Ich dankte ihr.

»Geht es dir gut?«, fragte sie.

Ich nickte.

»Erzählst du mir etwas über diese Postkarte?«

Ich lächelte. »Er ist ein guter Freund.«

»Hmm, ich glaube nicht, dass das die ganze Geschichte ist.« Sie warf mir einen kurzen Blick zu. »May, hast du einen Garten?«

»Ich habe die gesamte Universität.«

»Ich meine, bei dir zu Hause.«

Ich erzählte ihr, dass ich im Lauf der Jahre Verschiedenes gepflanzt hatte, aber nichts davon gediehen war.

»Genau«, sagte sie. »Und was ist mit dieser Eibe, die du gepflanzt hast? Wie macht die sich?«

»Sie wird immer größer.«

»Warte mal. Wo kam der Steckling noch mal her?«

»Fortingall.«

Sie starrte mich an.

»In Schottland«, fügte ich hinzu.

»Ich weiß, dass das in Schottland ist. May, warum fährst du nicht hin, um dir die Fortingall-Eibe anzuschauen? Das musst du unbedingt tun.«

»Ich weiß nicht. Ich bin hergekommen, um dich zu besuchen.«

»Du kannst doch nicht so nah dran sein und dann nicht hinfahren, oder?«

Ich wusste es nicht, und damit meine ich, dass ich überrascht war, dass mir diese Idee noch nicht in den Sinn gekommen war.

Rose murmelte vor sich hin, dass Pilgerfahrten wichtig seien. »Du musst hinfahren«, sagte sie noch mal.

»Würdest du mich begleiten?«

»Wirklich?«

Ich nickte.

Rose neigte den Kopf zur Seite und wartete einen Moment, um mir die Möglichkeit zu geben, einen Rückzieher zu machen. Als ich erneut nickte, sprang sie vom Stuhl auf. »Lass mich das kurz überprüfen.« Sie blickte auf ihren Terminkalender auf dem

Handy. »Ich müsste etwas Arbeit mitnehmen, aber ich könnte mitkommen.«

Ich weiß nicht, wie ich das erklären soll, aber plötzlich hatten wir Wind in den Segeln. Ich verschob meinen Rückflug, während Rose Flüge nach Schottland buchte und eine Unterkunft für uns fand. »May, das Fortingall-Hotel ist direkt neben dem Kirchhof, wo die Eibe steht!«, rief sie mir zu, als sie noch am Telefon war.

Ich organisierte uns einen Mietwagen, während Rose eine Tasche packte (darunter auch ihre Gartenhandschuhe und eine Pflanzschaufel, die sie überallhin mitnahm), und um Mitternacht waren wir reisefertig. Ein Abstecher, und doch hatte ich noch nie in meinem Leben so schnell eine Entscheidung getroffen.

Als James Boswell, Johnsons Freund und sein späterer Biograf, seine Freundschaft zu Johnson vertiefen wollte, schlug er vor, zusammen zu verreisen. Sie fuhren zu den Äußeren Hebriden, ein weit entlegenes und unwegsames Terrain, wo sie oft im Zelt und einmal auch in einer Höhle übernachten mussten. Solche Anstrengungen ließen unsere gemütliche Schottlandreise vergleichsweise unambitioniert aussehen, aber der Plan war perfekt.

Rose und ich flogen von Stansted nach Glasgow und fuhren dann gen Norden nach Perth. Ich gewöhnte mich schneller an den Linksverkehr, als ich gedacht hatte, und dankte meiner Mutter für ihren guten Fahrunterricht. Wir folgten der A9 nach Ballinluig, nahmen dann die A827 gen Westen nach Aberfeldy. Von dort fuhren wir auf der B846 bis nach Keltneyburn und stießen dann auf die einspurige Glen Lyon Road, auf der wir nach Fortingall gelangten. Die Reise war lang und anstrengend, aber wenn Menelaos auf dem Rückweg von Troja vom Kurs abkam, weil er den Göttern nicht genügend Opfer dargebracht hatte, kam ich noch einigermaßen glimpflich davon.

Ich konnte die Eibe hinter der Kirchhofmauer sehen, obwohl es dunkel war. Ich hatte so viele Fotos von ihr online angeschaut, ich erkannte sie sofort an ihrer Form.

Die Empfangschefin begrüßte uns: »Sind Sie hier, um die Eibe zu sehen? Eines der ältesten Lebewesen der Erde.« Das hatte sie offensichtlich schon zehntausend Mal gesagt.

»Genau deshalb sind wir hier«, antwortete Rose fröhlich.

»Im Moment sind wir voll belegt mit Pilgern. Wie immer im Juni.«

»Aber wie viele von denen haben einen Steckling von dem Baum?« Rose zeigte auf mich.

Die Empfangsdame blickte mit hochgezogenen Augenbrauen in meine Richtung. »Wirklich. Also, das ist mal interessant.«

Ich wandte mich an Rose. »Ich glaube, ich mache jetzt einen kleinen Spaziergang.«

»Geh nur«, sagte sie.

Der einst massive Stamm der Eibe hatte 1769 einen Umfang von knapp sechzehn Metern, heute ist sie in verschiedene Teile gespalten, sodass es aussieht, als handele es sich um mehrere Bäume. Die Spaltung ist Folge eines natürlichen Prozesses, wenn das alte Kernholz, das das wahre Alter des Baumes beweisen würde, verrottet. Nichtsdestotrotz veranschlagen moderne Schätzungen das Alter des Baums zwischen drei- und fünftausend Jahren. Die Eibe ist von einer Steinmauer umgeben, aber im Jahr 1833 notierte ein besorgter Dorfbewohner, dass Reisende Zweige abhackten und auch Stücke des Stamms entfernten, um daraus Trinkbecher und andere Kuriosa zu fertigen. Auf einem Schild an der Wand steht schlicht: DIE EIBE.

Eine Weile ging ich die Straße neben dem Friedhof entlang und war zufrieden, die Eibe aus der Entfernung zu betrachten. Trotz Roses Unterstützung hatte ich das Gefühl, dass ich einen langen Weg zurückgelegt hatte, um einen Baum zu sehen. Ich trat näher heran, aber das Tor in der Mauer war verschlossen. Entrüstet stemmte ich die Hände in die Hüften, dann lehnte ich meine Stirn gegen die Eisenstäbe, bis mir kalt wurde.

Als ich zum Hotel zurückkam, stand Rose rauchend davor. »Wie war's?«, fragte sie.

Ich zuckte die Achseln. »Das Tor war verschlossen. Ich versuche es morgen noch mal.«

Rose trat ihre Zigarette aus, zögerte einen Moment und hob dann die Kippe auf. Sie rüttelte an der Türklinke. »O nein«, sagte sie. »Wir sind ausgesperrt.«

»O mein Gott. Das läuft gar nicht gut hier.«

Rose lächelte. »War nur Spaß. Die Empfangschefin hat mir den Schlüssel gegeben. Sie ist auch Raucherin. Dem Himmel sei Dank, dass es noch Menschen mit schlechten Angewohnheiten gibt.«

Unser Zimmer war sauber und hell, auch wenn Grendel kaum zwischen Wand und die nebeneinanderstehenden Einzelbetten passte. Ich wollte gern das Bett haben, das näher am Fenster stand, doch ich zögerte. Rose warf ihren Rucksack auf das Bett nahe dem Bad.

»Na los«, sagte sie. »Das ist deine Pilgerreise.«

»Aber ohne dich wäre ich nicht hier.«

»Stimmt.«

Rose ging als Erste ins Bad, und als sie wieder herauskam, waren ihre langen blonden Haare zu einem Zopf geflochten. Sie erinnerte mich an eine Heldin aus einem viktorianischen Roman, abgesehen von ihrer schwarzen Jogginghose und dem Trägertop. Ich zog mich um und ging auch ins Bad, dann schalteten wir das Licht aus.

In der Dunkelheit fiel mir auf, dass ich zum ersten Mal mit

jemandem reiste, der nicht zu meiner Familie gehörte. Ich lächelte mit geschlossenen Augen.

»Woran denkst du?«, fragte Rose.

Ich öffnete die Augen. Wir lagen beide auf der Seite und blickten uns über den schmalen Teppichstreifen hinweg an. Rose hatte die Augen weit geöffnet.

»Schlaf jetzt«, sagte ich.

»Ich kann nicht. Es ist zu still hier. Ich bin an London gewöhnt.«

Ich holte mein Handy und scrollte durch eine Reihe von Hintergrundgeräuschen. Rose wählte »Starkregen«, und ich steckte das Handy in die Steckdose zwischen unseren Betten.

»Perfekt«, sagte Rose, und wir schliefen beide ein.

Der nächste Tag war kühl und bewölkt. Ich dachte, dass die Kirche leer wäre, aber nach dem Frühstück trafen Rose und ich auf eine Gruppe älterer Frauen, die den Raum bereits für die Sonntagsmesse schmückten. Einige andere Touristen saßen auf den Bänken und beobachteten ihr Tun, doch die Frauen schienen sich nicht daran zu stören, deshalb setzten auch wir uns in eine Bankreihe. Die Frauen verwendeten hauptsächlich weiße und gelbe Blumen: Kamelien, Tausendschön, Lilien, Goldruten und Scharfer Hahnenfuß. Sie waren sehr geschickt im Anfertigen wunderschöner Blumenarrangements, dabei arbeiteten sie langsam und leise und traten oft einen Schritt zurück, um ihr Werk zu begutachten. Die meisten von ihnen deuteten kurz einen Kniefall an, wenn sie am Kreuz vorbeikamen.

Nach einer Weile stand Rose auf und ging zu einer der Frauen. Einige Minuten lang sprachen sie leise miteinander, dann gab die Frau Rose eine weiße Kamelie, mit der sie zu mir zurückkam.

»Sie sagt, du darfst gern durch den rückwärtigen Teil der Kirche zur Eibe hinausgehen.«

»Du bist gut im Pilgern«, sagte ich.

Die anderen Kirchenbesucher mussten ebenfalls Pilger sein, denn nachdem sie beobachtet hatten, wie Rose und ich durch den Hinterausgang nach draußen traten, folgten sie uns, bis wir schließlich zu zwölft auf dem kleinen Platz um den Baum herum standen. Wir gingen langsam, setzten bedächtig einen Schritt vor den anderen, damit wir nicht aneinanderstießen, und senkten respektvoll den Kopf, wenn wir uns zu nahe kamen. Das waren Gleichgesinnte, dennoch wünschte ich mir, dass sie verschwinden würden. Es dauerte eine Weile, aber schließlich verließen alle den Kirchhof, und Rose und ich waren allein mit dem Baum.

Ich würde jeden Menschen, der den Begriff »Baumumarmer« abwertend benutzt, dazu auffordern, sich in die unmittelbare Nähe einer dreitausend Jahre alten Eibe zu begeben und nichts zu spüren. Diese Äste werden ein Zeichen geben. Unsere Vorfahren, die Primaten, haben mehr Zeit auf Bäumen gelebt als unsere vergleichsweise junge Spezies auf dem Boden, und die Bäume sind uns noch immer freundlich gesinnt: Sie erinnern sich.

Mir ist bewusst, dass nicht alle so über Bäume denken wie ich, aber ich kenne den Grund dafür nicht.

Das Gelände war kleiner, der Schatten kühler und dunkler als in meiner Vorstellung. Der älteste Teil des Baums hatte das meiste Kernholz verloren, und es war eine Art Höhle zurückgeblieben, in die ich mich gern hineingesetzt hätte, doch eine Markierung auf dem Boden wies die Besucher an, Abstand zu halten. Seit wir uns auf den Kirchhof begeben hatten, war ich langsam auf dem Gelände umhergegangen. Nun blieb ich stehen.

»Möchtest du reden?«, flüsterte Rose.

»Jetzt nicht«, sagte ich. »Wenn das in Ordnung ist.«

Rose nickte.

In der Bonsai-Gartenkunst pflanzt man den Baum im Topf bewusst nicht in die Mitte, um Platz für das Göttliche zu schaffen. Ich respektiere diese Praktik, auch ohne genau zu wissen, was sie bedeutet. Als ich neben der Eibe stand, begriff ich. Die Stille im Umkreis des Baums schien tiefer, als sie hätte sein sollen, die Farben wirkten intensiver. Wenn mir jemand erzählt hätte, dass eine Präsenz die Eibe beschütze, hätte ich ihm geglaubt. Eiben wurden über Jahrhunderte hinweg als heilig angesehen und werden es von vielen Gärtnern immer noch. Eibenhecken können auch extrem starkem Zurückschneiden standhalten und sich erholen, als wäre nichts passiert. Tief liegende Zweige können Wurzeln treiben und zu neuen Bäumen heranwachsen, wo sie den Boden berühren. Aus Eibe hergestellte Balken können neu sprießen, lange nachdem sie in Häusern verbaut wurden. Im Japanischen gibt es ein Wort für die beruhigende, erholsame Kraft, die wir in der Umgebung von Bäumen, oder im Wald, erfahren: *shinrin-yoku,* Waldbad. Ich befand mich nur in der Gegenwart eines einzigen Baums, aber es genügte.

Ich blickte zu Rose und war erleichtert, dass auch sie all das wusste. Ich musste ihr nichts erklären. Im Grunde wollte ich immer noch nicht sprechen, aber ich dachte daran, wie Rose mich nach Fortingall gebracht hatte, deshalb versuchte ich es. »Ich habe das Gefühl, dass ich etwas sagen sollte, aber mir fehlen die Worte.«

»Mir auch.«

»Ich habe die Eibe für meine Mutter gepflanzt.«

»Das hatte ich mich schon gefragt.«

»Ihre Asche ist … Ich habe den Steckling mit ihrer Asche gepflanzt.«

»Oh, May.«

»Ich habe das noch nie einem Menschen erzählt. Nur meinem Vater. Er weiß Bescheid.«

»Oh, May«, sagte Rose wieder und bedeckte ihr Gesicht mit den Händen. Nach einer Minute sah sie auf. »Ich habe das Vaterunser vor langer Zeit auswendig gelernt. Möchtest du, dass ich es aufsage?«

Ich schüttelte den Kopf.

»Wir sind auf einem Friedhof«, erinnerte sie mich.

Ich lächelte. »Das ist wahr.« Mir waren einige Zeilen eines Gedichts von Wendell Berry über eine Platane eingefallen, und ich sagte sie laut auf.

Sie ist emporgewachsen zu ungekannter Vollendung,
nach langen Jahren der Krümmungen ihrer Äste,
hat alle Unbilden aufgenommen in ihrer Bestimmung
und ist zum schillernden Ausdruck ihres dunklen Schicksals
geworden.

Anschließend, das gebe ich zu, wartete ich. Ich hoffte auf eine Brise oder Vogelgesang – etwas, das meine Anwesenheit würdigte. Ich hatte mir immer gewünscht, dass der pathetische Trugschluss – die Vorstellung, dass die Welt der Natur Anteil an unserem Dasein nahm – wahr wäre. Manchmal sind die Zeichen sehr deutlich: Es regnet am Tag des Amtsantritts des Präsidenten. In anderen Momenten ist die Gleichgültigkeit quälend: ein klarer Septembertag, vom Tod erfüllt.

Während ich auf dem Kirchhof vor der Eibe stand, bekam ich kein Zeichen. Keinen Wind, kein Blätterrascheln, nur Stille. Nach einer Weile lächelte ich, berührte einen Zweig und sagte Rose, dass ich zum Gehen bereit sei.

»Das war perfekt«, flüsterte Rose, als wir durch das Tor auf die Straße traten.

In einem Pub in Fortingall bestellten wir Bier und setzten uns draußen an einen kleinen Tisch. Allmählich kam die Sonne heraus. Gewöhnlich mag ich es nicht, wenn es mittags aufklart, damit meine ich, dass ich Beständigkeit mag. Ich ziehe es vor, dass der Tag so endet, wie er begonnen hat, egal, wie das Wetter ist.

Doch Rose war begeistert, und ihr Enthusiasmus war ansteckend. Eine Kellnerin in unserem Alter wischte die Tische ab, die bei einem Regenguss nass geworden waren. Als eine Gruppe junger Menschen auftauchte, grüßte sie alle herzlich.

»Wann seid ihr zurückgekommen?«, fragte sie.

»Gestern.«

Sie strahlte sie an. »Ihr habt die Sonne mitgebracht.«

Meine Kamelie lag zwischen mir und Rose auf dem Tisch. »Ich werde sie pressen«, sagte ich.

»Möchtest du Postkarten kaufen?«, fragte Rose geheimnisvoll.

Ich lächelte. »Ich fliege morgen nach Hause.«

»Stimmt«, sagte sie.

Ich hatte Rose noch kein Geschenk gegeben, weil ich geplant hatte, etwas in London zu besorgen. Als wir wieder beim Hotel waren, sah ich Zeichnungen der Eibe in einem Geschenkladen und kaufte eine für sie. Wenig später ging ich noch einmal zurück zu dem Geschäft und kaufte noch eine für mich.

An unserem letzten Abend in Schottland regnete es, und der Lärm der Autos auf der nassen Straße vor unserem Zimmer war stark. Ich schlief unruhig und träumte davon, dass ich über Geröll lief – ein zusammengestürztes Haus, meinte ich, aber die Stücke waren klein und überwiegend weiß, alles war mit dem Mauersteinstaub bedeckt, den man von den Bildern ausgebombter

Städte kennt. Die Stücke knirschten ein wenig unter meinen Füßen, und ich ging auf meinen Vater zu, aber er war böse mit mir und schrie mich an, ich solle aufpassen, wo ich hintrete. Ich protestierte und sagte, es sei alles in Ordnung, ich würde nicht noch mehr Schaden anrichten, oder?

Beim Frühstück erzählte ich Rose den Traum, und ihre Augen füllten sich mit Tränen.

Vielleicht ist eine Freundin jemand, der … deine Lebensgeschichte im Gedächtnis behält. Manchmal ist eine Melodie so schön, dass sich die Noten zwangsläufig anfühlen; man kann die nächste Note durch den langen Rest der anderen vorausahnen. Vielleicht ist Freundschaft auch so. Eine beste Freundin behält deine Geschichte im Gedächtnis, sodass die Noten nicht wiederholt werden müssen.

Rose trocknete ihre Augen. »Glaubst du nicht, es wäre besser, wenn du aus diesem Haus ausziehst?«

»Ich denke, ich sollte lieber lernen, dort zu leben.«

»Aber du hast es doch versucht.«

Ich nickte, putzte mir die Nase und wischte mir die Tränen aus dem Gesicht. »Warum sind wir Freundinnen?«, fragte ich. »Ich bin älter, ich war depressiv, als du mich kennengelernt hast. Ich kann dir weder bei deiner Karriere helfen noch dich jemandem vorstellen.«

»May.«

»Was?«

»Willst du das wirklich? Gut.« Sie rieb sich die Hände auf den Oberschenkeln. »Ich mag deine Arbeitsweise. Du bist freundlicher, als du denkst. Du bist traurig und ein bisschen mürrisch, aber das bin ich auch. Ich weiß nicht. Das ist zu schwer, mir raucht der Kopf.«

»Tut mir leid.«

»Das fühlt sich an wie eine Grabrede.«

Ich lachte. »Genau. Das scheint der einzige Moment zu sein, in dem wir unsere Freunde zusammenfassend beschreiben.«

»Weil es der beste Zeitpunkt dafür ist.«

»Warum?«

»Weil bestimmte Dinge erst in den Fokus rücken, wenn ein Mensch gestorben ist. Das ist traurig, aber wahr. Man benötigt Erinnerungsvermögen und Verlust, um auf glänzende Gedanken zu kommen. Sonst schreibt man nur eine Rede, eine Einführung oder etwas in der Art.«

Ich wusste nicht, was ich sagen sollte.

»Bist du nicht meiner Meinung? Was sagt Johnson dazu? Wie definiert er die Grabrede?«

»Nein, ich bin deiner Meinung. Aber wenn du mich einer anderen Freundin von dir beschreiben würdest und ihr schnell einen Eindruck vermitteln wolltest, was würdest du sagen?«

Rose neigte den Kopf zur Seite und sah mich an. Dann blickte sie zu Boden. Ich dachte, ihr fiele keine Antwort ein, als sie die Augen hob und sagte: »Stachelig, aber mit langen, weichen Nadeln.«

»Das gefällt mir.«

»Gut«, sagte Rose. »Und was ist mit mir?«

Ich wusste die Antwort sofort. »Groß und entschlossen und immergrün, wie der Lebensbaum.«

»Das lasse ich gelten.«

Bevor wir Fortingall verließen, machten wir noch ein Selfie. Ich denke über das Wort *Selfie* wie Johnson früher über *Finesse,* »ein unnötiges Wort, das sich in unsere Sprache schleicht«. Trotzdem warteten wir das Ende der Prozession der Kirchgänger ab und stellten uns dann, Wange an Wange, an die Mauer, die rund um die Eibe verlief. Kurz vor der Aufnahme blies der

Wind eine Strähne von Roses langem blonden Haar auf, sodass sie sich um meine Schulter legte, und ich dachte, dass das vielleicht das Zeichen war, auf das ich gewartet hatte. Zwei Menschen, Seite an Seite, die geradeaus blickten. Ich denke, C. S. Lewis war etwas Wichtigem auf der Spur. Natürlich ist Musik nicht dazu da, uns die Richtung unseres Lebens zu weisen, aber wenn dem so wäre, dann hätte ich in diesem Moment einen Tusch gehört.

Wir flogen zurück nach Stansted, und dort musste ich sofort ins Taxi nach Heathrow steigen, von wo aus ich nach Hause flog. Wir umarmten uns und versprachen uns, besser Kontakt zu halten. Ich stieg ins Taxi und winkte bei der Abfahrt. Einige Minuten später bekam ich eine Nachricht.

»Du fehlst mir jetzt schon«, stand da, gefolgt von einem Baum- und einem Herz-Emoji.

Ich trauere dem echten Briefeschreiben hinterher, und ich bin kein Fan von Textnachrichten. Aber auch wenn ein gewisses Maß an Poesie verloren geht, wird doch ein Gefühl der Unmittelbarkeit und der Gegenwärtigkeit gewonnen. In diesem Moment machten mich diese Worte, und auch diese Bilder, glücklich.

»Du fehlst mir auch«, schrieb ich zurück. Und nach einer Minute fügte ich einen Baum- und einen Herz-Emoji hinzu, dann noch eine Sonne und drückte auf Senden.

Kurz darauf schrieb Rose: »May Attaway benutzt Emojis? Ach, du liebe Zeit.«

Es war beinahe neun Monate her, dass ich meinen Sonderurlaub bekommen hatte. Ich hatte vier Freundinnen besucht und einen Baum, und mir blieben noch fünf Tage. Ich war mir nicht sicher, was ich damit anfangen sollte, aber es war erst Juni, und ich hatte noch bis Oktober Zeit, das herauszufinden. Ich hatte einige von Roses Stiften und ihre Farbtonkarte für meine

Fensterbank. Und ich hatte die Radierung von der Eibe, die ich in die Eingangsdiele hängen wollte, wenn ich nach Hause kam. Ich befürchtete, dass das Bild klein wirken würde in dem kahlen Raum, aber es war ein Anfang.

Amerikanische Weißeiche *(Quercus alba)*

Fünfter Teil

Einwurzeln

Gartenlichter erhellten von unten das Blätterdach einer Weide. Blauregen rankte an der Vorderseite eines Hauses in die Höhe. Wanderdrosseln suchten im schwachen Abendlicht nach Nahrung. Mein Spiel, die Suche nach dem einlösbaren Element, lief gut. Vor einem schön restaurierten, in Brauntönen angestrichenen Bungalow im Stil der Arts-and-Crafts-Bewegung sah ich einen Mann, der seine Zeitung ins Haus holte. Wir hatten uns schon oft auf meinen Spaziergängen durch Duck Woods angelächelt, aber noch nie miteinander gesprochen.

»Guten Abend«, sagte ich.

»N'Abend«, erwiderte er.

»Dieses Haus war in meiner Kindheit verfallen«, redete ich zu seiner Überraschung weiter. »Damals glaubte ich, dass es hier spukt.«

»Wirklich?«, fragte er.

»Sie haben hier viel Arbeit reingesteckt.«

»Das stimmt, das haben wir.«

Als ich nichts weiter sagte, drehte er sich zu seinem Haus um, als wollte er seine Worte überprüfen. »Genau genommen sind die Anstreicher erst gestern fertig geworden.«

Eine Straßenlaterne ging flackernd an, und eine Wanderdrossel begann zu singen.

»Es sieht sehr schön aus«, sagte ich.

»Danke.« Er schien aufrichtig erfreut, das zu hören.

»Also dann, gute Nacht«, sagte ich.

»Gute Nacht.«

Rose hat auf ihrem Schreibtisch ein Foto von französischen Soldaten aus dem Ersten Weltkrieg, die vor einem kleinen Gemüsegarten direkt neben ihrem Schützengraben stehen. Sie hätten den Garten nicht anlegen müssen. Sie hatten nicht den Befehl, Gemüse anzubauen. Ich glaubte, dass es für Rose ein Bild von Hoffnung oder Optimismus angesichts düsterer Zukunftsaussichten war, aber als ich sie danach fragte, schüttelte sie den Kopf. »Es erinnert mich daran, dass Schönheit sich im Kontrast zeigt.«

Während ich mich von dem Mann in dem braunen Bungalow mit dem perfekten Garten entfernte, dachte ich, dass ihm diese Auffassung nicht einleuchten würde.

Aber wer weiß? Ich bin es leid, über andere zu urteilen.

Warum arbeite ich gern im Garten? Weil ich mir Sorgen mache, ich könnte eine gewisse Hoffnungslosigkeit geerbt haben, eine unter Umständen fatale Interesselosigkeit, dass ich an krankhafter Zurückhaltung leide. Gartenarbeit läuft all dem zuwider. Man kann nicht gärtnern, ohne an die Zukunft zu denken.

Es ist seltsam, dass Penelope nicht im Garten arbeitete, auch wenn ich ihr mangelndes Interesse an Inneneinrichtung schätze. Sie verändert nichts im Haus, solange Odysseus fort ist, aber als er zurückkehrt, ordnet sie an, dass sein Bett aus dem gemeinsamen Schlafgemach entfernt wird. Odysseus weiß, dass das Bett nicht aus dem Zimmer getragen werden kann, weil er es selbst gebaut hat und ein Pfosten ein lebender Baum ist. Auf diese Weise überprüft sie seine Identität. Der Baum verwurzelt die beiden in ihrem Haus, wo sie sich erneut niederlassen.

Settle (sich niederlassen, einwurzeln). Das Wort gibt mir zu denken. Man verwendet es im Englischen, wenn man einen

Streit schlichten oder sich in ein Leben eingewöhnen will. Die transitive Form kann auch »Menschen ansässig machen« bedeuten.

Ich vermute, das Schreiben dieses Buchs ist mein Versuch, ansässig zu werden. Ich versuche, eine Geschichte zu erzählen, über Freundschaft und Freunde und welchen Platz sie im Leben haben, und ich versuche nicht, die Geschichte meiner Familie zu erzählen. Macht mich das zu einer unzuverlässigen Erzählerin? Sind wir das bis zu einem gewissen Grad nicht alle? Niemand erhält die Möglichkeit, die ganze Geschichte seines Lebens vom ersten Entwurf an zu schreiben. Wir bekommen bestimmte Wendepunkte, die eingearbeitet werden müssen. Vielleicht lassen wir uns nieder, wenn wir unser Möglichstes getan haben.

Ist es real?, fragte ich Amber einmal. Was?, wollte sie wissen. Dein Leben! Die Dinge, die dir passieren. Ist es real, oder bist du nur gut darin, eine Geschichte daraus zu machen? Sie sagte: Ich verstehe den Unterschied nicht. – Alice

Verwandlung

Wir nehmen Metamorphose in unserer heutigen Welt nicht mehr so wahr, wie Ovid darüber geschrieben hat, aber als meine Mutter sich in ihr Bett zurückzog, war sie weder krank noch gesund, weder starb sie, noch führte sie das Leben weiter, das sie bis dahin gehabt hatte. Was noch definiert die Metamorphose?

Meiner Familie fehlt eine Geschichte.

Ich glaube, meine Mutter versuchte, ihre Traurigkeit zu bändigen, indem sie sich zurückzog und allmählich Wurzeln schlug. Wenn eine Pflanze größer wird als ihr Behälter und nicht umgetopft wird, wachsen ihre Wurzeln immer ringsherum, und das Wachstum der Pflanze kommt zum Stillstand. Genauso hat meine Mutter ihre Kinder an die Grenze zum Erwachsensein gebracht, dann begannen ihre Wurzeln ringsherum zu wachsen, immer enger und dichter. Doch Sterbliche können nicht entscheiden, wie viel Schmerz genug ist. Also wurde sie von Atlas, dem Gott der Erduldung, bestraft. Ihre Schmerzen wuchsen, bis sie sich aus ihrem Körper vorwölbten. Die erste Operation missglückte. Ebenso die zweite. Die Geschwulst wuchs weiter, bis die linke Seite meiner Mutter aussah, als hätte sie ein Kissen unter der Bluse. Oder ein Neugeborenes wäre dort festgebunden.

Dann wuchs die Hernie noch weiter, bis die Wölbung so groß war, dass ihr Arm nicht mehr gerade herunterhing, sondern einen Bogen beschrieb, als hätte sie ihn einem Kind um die Schultern gelegt. Die Chirurgen sagten: Geben Sie der Wissenschaft zehn

Jahre. Also wartete sie, und aus der Umsorgenden wurde die Umsorgte. Sie wandelte sich von jemandem, der andere umarmte, in jemanden, der nicht gern berührte oder berührt wurde. Die Hernie, die mit ihren eigenen Eingeweiden gefüllt war, sperrte sie in eine grausame Umarmung mit sich selbst ein, eine diabolische Strafe für einen Menschen, dem es immer schwergefallen war zu glauben, er sei liebenswert.

»Ich liebe dich«, sagte sie oft, schon vor ihrer Krankheit.

»Ich liebe dich auch.«

»Wirklich?« Sie brauchte die Wiederholung wie eine Droge.

»Ja! Ich liebe dich sehr.«

Selbst wenn der Wortwechsel ihren Erwartungen entsprach, sah sie traurig aus.

Wo war Eleos, die Göttin des Mitleids? Oder Artemis, die die Frauen von Krankheiten befreit? Oder auch der geflügelte Hermes, der Gott der Schwellen und Grenzen, der ihren Sturz hätte abfedern können?

Was dann folgte, ist nicht kompliziert. Es dauert nicht lange, es zu erzählen. Als ich nach dem College nach Hause zurückkehrte, zog ich wieder in mein altes Zimmer, das war das größte. Unser Haus hatte kein großes Schlafzimmer mit eigenem Bad, nur drei Zimmer und ein großes Bad im ersten Stock. Mein großes Zimmer hatten mein Bruder und ich uns geteilt, als wir Kinder waren, meine Eltern hatten immer das mittlere Zimmer gehabt, und in das kleinste war später mein Bruder gezogen. Als es meiner Mutter gesundheitlich schlechter ging, schlief mein Vater meist unten auf dem Sofa. Wir dachten, dass es für beide bequemer wäre, wenn meine Mutter in mein Zimmer zöge und ich ins Gästezimmer im Erdgeschoss, bis ich mir eine eigene Wohnung suchte.

Ich räumte meinen Schrank und meine Schubladen aus. Ich verstaute Bücher, Steifftiere und Glastiere in Kisten. Ich ging in ein Kaufhaus und besorgte meiner Mutter neue lavendelfarbene Bettwäsche, ich dachte, die würde ihr gefallen. Mein Vater und ich stellten das Bett um, sodass sie sich von beiden Seiten hineinlegen und wieder aufstehen konnte. Er baute einen kleinen Holztritt für sie, in der Hoffnung, dass auch das ihr helfen würde. Mein Bruder kaufte einen schönen alten Spiegel, den wir über die Frisierkommode hängten. Er reflektierte das gegenüberliegende Fenster und machte den Raum lichter und luftiger.

Als alles fertig war, stellten wir überall im Zimmer Blumen hin. Es war August. Meiner Mutter gefiel der Raum ganz gut, in dem Maße, wie ihr alles damals gefiel. Elend liebt Gesellschaft, heißt es. An den meisten Tagen ließ meine Mutter die Rollläden gegen das Sonnenlicht herunter. Mit Hingabe sah sie die Fernsehnachrichten, alles Beweise dafür, dass die Welt verkommen war und sie nicht viel verpasste. Schmerz und Depression veränderten ihre Persönlichkeit.

Es ist keine komplizierte Geschichte. An einem warmen Septemberabend aßen wir zu Abend, an das Gericht erinnere ich mich nicht mehr, und nach dem Essen ging meine Mutter direkt in ihr Zimmer, wie immer. Ich räumte die Küche auf, während mein Bruder nach oben ging, um seine Hausaufgaben zu erledigen. Mein Vater spielte Beethovens *Pastorale*, sehr laut, damit meine Mutter die Musik im oberen Stockwerk hören konnte. Es war ihrer beider Lieblingssinfonie. Ich trank noch ein Glas Wein. Meine Mutter war seit nicht einmal einer Woche in ihrem neuen Zimmer.

Es dauert nicht lange, das zu erzählen. In ihrem alten Zimmer, das sie zwanzig Jahre lang mit meinem Vater geteilt hatte, führte der Weg nachts zum Bad links aus der Schlafzimmertür, dann drei Schritte und rechts ins Bad. In dieser Nacht kam sie aus ihrem neuen Zimmer, nachdem wir alle schon schlafen gegangen waren. Sie machte drei Schritte, wandte sich nach rechts und stürzte von der obersten Treppenstufe. Die Nacht war mondlos und dunkel. Aufgrund der Hernie war sie unförmig, aus dem Gleichgewicht und wackelig auf den Beinen. Sie muss auf dem Weg ins Bad gewesen sein. Ich bin die Strecke tausendmal abgelaufen.

Jeder Mensch stolpert irgendwann einmal auf der Treppe. Tatsächlich wurde berechnet, dass man wahrscheinlich von 2222 Gelegenheiten, bei denen man eine Treppe benutzt, ein Mal strauchelt. Die zwei Momente, auf die man besonders achten sollte, sind zu Beginn und am Ende des Treppensteigens, denn die meisten Unfälle ereignen sich auf der ersten und der letzten Stufe. Wenig überraschend ist es gefährlicher, eine Treppe hinunterzugehen, als sie hinaufzusteigen. Mehr als neunzig Prozent der Verletzungen ereignen sich beim Hinuntersteigen. Wann haben die Menschen entschieden, dass sie Treppen in ihren Häusern benötigen? Wann und wo reichte ein Stockwerk nicht mehr aus?

Meine Mutter fiel neun Stufen bis zum Absatz, und ihr Kopf stieß durch die Balustrade, die zur Eingangsdiele zeigt. Ihre Nase war gebrochen, einige Zähne waren ausgeschlagen, und überall war Blut. Bei dem Aufprall brach sie sich den Hals, sagten die Ärzte, aber ich weiß, dass ich sie gehört habe. Es klang nicht wie sie, aber da war ein Geräusch.

Der Rettungswagen war nicht leise, als er zu uns kam.

Ich habe mich gefragt: Hat die *Pastorale* meine Mutter an jenem Abend traurig gestimmt? Hat die Sinfonie sie daran erinnert, dass sie vielleicht nie wieder durch solche Landschaften spazieren würde? Wer von uns hatte entschieden, dass sie in dieses neue Zimmer ziehen sollte? Wir können uns nicht erinnern. Wir werden uns nicht daran erinnern.

Es gab keine Beerdigung und keinen Gedenkgottesdienst, und jeder von uns heilte um diese Tragödie herum, wie ein Baum um einen Stein herumwächst. Mein Bruder beendete sein letztes Schuljahr, bekam einen Platz an einem College in Kalifornien und flüchtete einmal quer durchs ganze Land. Ich machte ihm keinen Vorwurf. Er hatte seine Aufgabe erfüllt. Der Elternteil, auf den er seine Augen damals im Auto gerichtet hatte, ist noch am Leben.

Mein Vater zog in das Apartment im Souterrain, und ich nahm das Zimmer von meinem Bruder. Und ich säuberte und übermalte die Blutflecken in der Diele. Niemand kam zu Besuch oder uns zu Hilfe. Aber ich bat auch nicht darum. Ich fing an, im Garten zu arbeiten. Im ersten Frühling fand ich eine erstaunliche Anzahl von glänzenden Pennymünzen auf dem Boden, was nur heißt, dass ich ständig nach unten gesehen haben muss. Sue neigt dazu, vierblättrige Kleeblätter zu finden, aber in meiner Familie hatte keiner je so viel Glück.

Ist der Schaden, den unsere Familie erlitten hat, irreparabel? Ich weiß es nicht. Ich glaube an die Kraft von Worten und Geschichten, die dem Erlebten einen Sinn geben.

Ich kann immer noch die Stimme meiner Mutter hören: »Euch wird es gut gehen ohne mich.«

Nun, das stimmt, und es stimmt nicht.

Ginkgo (Ginkgo biloba)

Der *Ginkgo biloba* wird manchmal als lebendiges Fossil beschrieben, weil er der einzige Überlebende einer uralten Baumgruppe, älter als die Dinosaurier, ist. Er ist das einzige Mitglied seiner Gattung, die die einzige Gattung ihrer Familie ist, die die einzige Familie in ihrer Ordnung ist, die wiederum die einzige Ordnung in ihrer Unterklasse ist. Das ist ganz schön einsam, deshalb sollte man dem Ginkgo nachsehen, dass seine zu Boden gefallenen Samen nach Erbrochenem riechen.

Der Baum schien eine mutige Wahl von meinem Vater zu sein.

Vor Kurzem haben chinesische Forscher ein Genom-Konzept des *Ginkgo biloba* veröffentlicht und gezeigt, dass der Baum ein außergewöhnlich großes Genom von 10,6 Milliarden DNA-Basen hat (das menschliche Genom hat drei Milliarden), das ihn zu einer enormen Anzahl antibakterieller und chemischer Abwehrmechanismen befähigt.

Die eindrücklichsten Beispiele von der Zähigkeit des Ginkgo finden sich in Hiroshima, Japan, wo sechs Bäume im Abstand von einem bis zwei Kilometer zu der Stelle, wo 1945 die Atombombe explodierte, zu dem wenigen Lebendigen gehörte, das überlebte. Die Japaner haben ein Wort für sie, *hibakujumoku*, Bäume, die die Explosion überlebten. Die sechs Bäume, obgleich verkohlt, waren bald wieder gesund und sind heute immer noch am Leben.

Hester

An einem Abend der letzten Woche kam ich spät von der Arbeit nach Hause, weil ich auf dem Heimweg noch Besorgungen in der Barracks Mall machte. Anschließend, in einem seltenen Moment mangelnder Konzentration, konnte ich mein Auto nicht mehr finden. Bonnie war in Leos Werkstatt, deshalb fuhr ich den Taurus meines Vaters, und er hasst diese Schlüsselanhänger, die das Auto hupen und aufleuchten lassen, wenn man es sucht. Ich vergleiche den Mechanismus gern mit einem Pferd, das für seinen Reiter schnaubt und aufstampft, aber mein Vater kann dem nichts abgewinnen.

»Wie oft kann man sich in einem einzigen Leben daran erinnern, wo man sein Auto geparkt hat?«, habe ich ihn gefragt.

»Das versuche ich herauszufinden«, sagt er.

Gewöhnlich parke ich, wenn möglich, immer an derselben Stelle, nahe der landschaftlich gestalteten Insel, die Barnes & Nobles am nächsten liegt, aber wenn der Parkplatz nicht frei ist, habe ich ein paar Regeln. Ich tendiere nach rechts, ich tendiere zum Schatten, und ich parke neben keinem Auto, das größer ist als ein Jeep. Zu Fuß zu gehen stört mich nicht, deshalb mache ich mir keine Gedanken über die Nähe zu den Geschäften, und mir tun die Menschen leid, die deswegen immerzu im Kreis kurven.

Als ich das Auto meines Vaters endlich wiederfand, war es eingequetscht zwischen zwei Riesen: dem einzigen Hummer-Geländewagen unserer Stadt und einem großen SUV Chevrolet

Suburban. Ich war versucht, an den Seiten beider Autos mit dem Schlüssel entlangzufahren, aber ich ließ es bleiben. Ich habe noch nie etwas mutwillig beschädigt, und ich wollte nicht jetzt damit anfangen.

Als ich nach Hause kam, legte ich Chopins *Nocturnes* auf, um meine Nerven zu beruhigen, und begann, das Abendessen zuzubereiten. Nach einer Weile fiel mir auf, dass ich Hester nicht gesehen hatte. Normalerweise kommt sie in die Küche und wartet auf ihre Abendmahlzeit. Ich stellte ihr das Katzenfutter hin und rief nach ihr, aber sie erschien nicht. Ich sah an den Plätzen im Haus nach, wo sie sich üblicherweise aufhielt, aber sie war nirgends. Die einzigen offenen Fenster waren die mit Fliegengittern. Dennoch begann ich, mir Sorgen zu machen.

Das Haus in der Todd Lane hat altmodische Fenster mit Schieberahmen und separaten Doppelfenstern zur Sturmsicherung, die im Sommer gegen die Fliegengitter getauscht werden sollen. Im Herbst werden dann die Gitter entfernt und die Sturmfenster angebracht. Das ist viel Arbeit, und ich habe das schon seit Jahren nicht mehr gemacht. Die Fliegengitter lagern aufeinandergestapelt in der Garage, die meisten sind inzwischen verrostet. Ich habe davon nur eins für die Küche und eins fürs Schlafzimmer behalten, um frische Luft hereinzulassen.

Ich begann, eilig durchs Haus zu laufen, und seltsamerweise drang mir die Entkoppelung zwischen den wundervollen *Nocturnes* und meiner Suche ins Bewusstsein. Ich sah überall nach, in den Schränken, unter den Betten, auf den Handtuchstapeln, hinter dem Sofa, ich untersuchte jeden einzelnen von Hesters geheimen Lieblingsplätzen. Ich öffnete Küchenschränke und fragte mich, ob sie da drinnen festsaß. Ich machte sogar den Kühlschrank auf. Immer wieder rief ich ihren Namen. Ich dachte, dass sie das Wort »Leckerli« kannte – die hatte ich immer für sie im

Haus –, nun nahm ich die Tüte, lief diese heftig schüttelnd durch die Zimmer und rief »Hester, Hestia, Leckerli, Leckerli«, bis ich zu weinen anfing. Ich rief Sue an, die sich um Hester gekümmert hatte, während ich verreist gewesen war. Ich dachte, sie würde vielleicht wissen, ob Hester einen neuen geheimen Lieblingsplatz hatte, aber sie sagte, dass sie Hester meist schlafend auf dem Sofa vorgefunden habe.

»Ich kann sie nicht finden«, sagte ich unter Tränen.

»Ich bin gleich bei dir«, sagte Sue und legte auf.

Es klingelte an der Tür, und ich wunderte mich, dass Sue so schnell hergekommen war, aber als ich öffnete, stand dort Janine mit einer leicht desorientierten Hester auf dem Arm.

»Ich habe sie im Garten gefunden, als ich deinem Vater etwas vorbeigebracht habe. Mir war klar, dass du sie nicht hinauslässt, deshalb habe ich sie aufgehoben und mit nach Hause genommen. Sie ist total süß.«

Ich streckte die Arme nach Hester aus, die sich erfreulicherweise ein wenig hin und her wand, um Janines Griff zu entkommen.

»Geht es dir gut?«, fragte Janine.

Ich konnte nicht sprechen.

Sue bog in die Einfahrt ein. Als sie mich mit Hester auf dem Arm sah, ließ sie die Stirn einen Moment lang auf das Lenkrad sinken, bevor sie ausstieg. »Gott sei Dank«, sagte sie, als sie zu uns kam. Sie strich Hester über die Wange, dann klopfte sie mir auf die Schulter.

Janine und Sue stellten sich vor, und in der kurzen Zeit, während wir auf den Stufen vor dem Haus standen, fanden sie heraus, dass sie einen gemeinsamen Freund hatten. Er hieß Ned und verrichtete Gelegenheitsarbeiten.

»Wie ist sie nach draußen gekommen?«, fragte ich.

Janine meinte, vielleicht sei das Fliegengitter in der Küche lose. Wir gingen ums Haus herum, und sie hatte recht gehabt. Das Gitter hatte sich aus dem Rahmen gelöst.

»Wahrscheinlich hat sie auf dem Fensterbrett geschlafen und ist einfach hinausgerollt«, sagte Janine und streichelte Hester, die ich immer noch auf dem Arm hatte. Hester musste ein wenig durcheinander sein, denn normalerweise ließ sie sich nicht so lange im Arm halten.

»Ein Glück, dass es im Erdgeschoss passiert ist«, sagte Janine.

»May nimmt ihre Sturmfenster nicht runter«, sagte Sue, und Janine und Sue blickten einander an, als würden sie beide das Gleiche über mich denken.

»Okay, Hester«, sagte Sue. »Sag deiner Mama, dass du heute Abend viele Leckerli verdient hast. Geht's dir gut?«, fragte sie.

Ich nickte. »Danke, dass du gekommen bist.«

»Natürlich, jederzeit«, sagte sie und drückte meinen Arm.

Sue fuhr weg, und Janine bot mir an, mir im Frühjahr beim Abnehmen der Sturmfenster zu helfen. Ich sagte, das sei sehr nett von ihr. Dann bot sie mir auch an, mir beim Putzen der Fenster zu helfen.

»Wenn du möchtest, können wir die Außenseite auch jetzt schon sauber machen«, sagte sie.

Ich sagte ihr, dass ich darüber nachdenken würde.

Nachtgärtnern

In letzter Zeit ist es Mode geworden zu sagen, dass Emily Dickinson im mittleren Alter einige Jahre lang nachts im Garten arbeitete, weil die Sonne ihr in den Augen brannte. Ich bin sicher, dass diese Antwort zu einfach ist. Die Frau war eine Einsiedlerin. Ihr Garten war essenziell für ihr Denken, und wenn sie sich dort nachts aufhielt, hatte sie die Gelegenheit, zu denken, während sie unsichtbar war, nicht nur für die Welt, sondern auch für ihre Familie. Sie hielt sich von Menschen fern, damit sie sie selbst sein konnte, und wenn sie nachts in ihrem Garten war, konnte sie ein anderes Selbst sein, was interessanterweise Aristoteles' Definition eines Freundes ist. Die Nachtarbeit sagte ihr zu.

Der Eishügel vor dem Außenbereich des *El Puerto* war schon lange geschmolzen, inzwischen war es Juli, aber Leo hatte seine Kübel noch nicht bepflanzt. Ich wusste nicht, ob er den Mut oder das Interesse verloren hatte, aber mir war bewusst, dass ich ihn nicht ermutigt hatte, und das wollte ich ändern.

Ich fuhr zu meiner Lieblingsgärtnerei, *The Garden Keeper*, die am Fuße eines Hügels liegt, der mit neuen, enorm großen Häusern bebaut ist. Manchmal fahre ich dort hinauf und sehe mir meine Lieblingshäuser an, eines sieht aus wie ein Schloss mit Veranda. Es ist das erste Haus in der Straße, die *Ski Club Drive* heißt, obwohl es in Anneville keinen Skiklub gibt.

Heute hingegen fuhr ich direkt auf den Parkplatz der Gärtnerei. Von meinem Vater wusste ich, dass sich Beth Gould in der

Rehaklinik auf der gegenüberliegenden Straßenseite von ihrem Schlaganfall erholte. Ich ließ den Motor laufen, während ich überlegte, ob ich sie besuchen sollte. Wenn ich die Pflanzen erst gekauft hätte, würde ich nicht mehr zu ihr gehen können, denn sie würden im Kofferraum verwelken. Mehrere Minuten lang saß ich da, letztlich entschied ich, dass ich nicht eng genug mit ihr befreundet war. Ich stellte mir Beth im Kreise ihrer echten Freunde vor, die, von denen sie damals das Silbertablett bekommen hatte, dann schaltete ich den Motor aus. Ich beschloss, ihr Blumen zu schicken, wenn sie wieder zu Hause wäre.

Die Universität erhält die meisten Pflanzen von verschiedenen großen Gärtnereien, deshalb fuhren wir nie zu denen in unserer Umgebung, und mein letzter Besuch im *The Garden Keeper* lag schon einige Zeit zurück. Es war ein heißer Tag, und die Zikaden, der Klang der Brandung für die vom Land Eingeschlossenen, trommelten. Nicht nur, dass ich Petunien verabscheue, darüber hinaus ist es mir nie gelungen, sie zu voller Pracht heranzuziehen. Bei mir werden sie lang und spiddelig. Trotzdem stand mein Entschluss fest. Ich grüßte die Jungpflanzen respektvoll und bat darum, dass wir einander noch eine Chance gaben. Eine leichte Brise plusterte ihre dünnen Blütenblätter auf.

Edith Whartons Ansichten über Inneneinrichtung passen zu meinen über Topfgärten: »Was die schwierige Farbwahl angeht, so kann man mit Sicherheit sagen: Je weniger Farben verwendet werden, desto angenehmer und erfreulicher wird das Ergebnis sein. Eine Vielzahl an Farben erzeugt die gleiche Wirkung wie eine Vielzahl an Stimmen, die gleichzeitig sprechen.« Ich kaufte drei Paletten hellrosa Petunien der Sorte Easy Wave sowie kleine englische Buchsbäume *(Buxus sempervirens »Suffruticosa«)* für die Mitte eines jeden Topfs, damit jeder in der Höhe als auch rund ums Jahr einen Blickfang hatte. Zur Unterfütterung kaufte ich noch Münzkraut *(Lysimachia nummularia)*, das sehr schön an den Topfwänden hinabfällt und dessen goldene, münzgroße Blätter den gelben Kern der Petunienblüte betonen. Es war ein schlichtes Design, dachte ich, genau wie Leos *Promenade*.

In der Wayside-Ladenzeile waren alle Geschäfte geschlossen, als ich an diesem Abend auf den Parkplatz fuhr. Um Mitternacht herrschte nur wenig Verkehr, die Sommeruni hatte noch nicht begonnen, also waren noch keine jungen Leute beim Feiern. Straßenlaternen streuten Lichtkegel durch die feuchte Luft, und ich konnte Grillen und Frösche im bewaldeten Tal hören. Zu Beginn des Sommers hatte Leo einige Lichterketten über dem Außenbereich angebracht, die waren jetzt ausgeschaltet.

Alles, was ich benötigte, hatte ich im Kofferraum, deshalb fuhr ich rückwärts zu den Blumentöpfen und begann mit der Arbeit. Hin und wieder kam ein Auto auf den Parkplatz, wahrscheinlich hofften die Leute, im *El Puerto* noch einen Burrito zu bekommen, aber sobald sie sahen, dass das Restaurant geschlossen war, fuhren sie schnell wieder weg. Ein Auto blieb länger stehen, und ich dachte, dass ich beim Gärtnern beobachtet würde. Als der Motor ausgeschaltet wurde, blickte ich auf und sah ein knutschendes Pärchen auf dem Vordersitz.

Ich stand mit dem Rücken zum Parkplatz und setzte gerade die letzte hellrosa Petunie in den zweiten Blumenkübel, als Leo Hallo sagte. Ich machte regelrecht einen Satz.

»Entschuldige!«, sagte er. »Ich wollte dich nicht erschrecken.«

»Was machst du hier?« Ich musste verärgert geklungen haben.

»Ich habe noch spät in der Werkstatt gearbeitet«, sagte er abwehrend.

Ich spähte in die Dunkelheit in dieser Richtung.

»Im Büro. Papierkram.«

Ich nickte.

»Als ich hier drüben eine Gestalt sah, hab ich mir die Taschenlampe geschnappt und kam her.« Er richtete das Licht auf die Blumenkübel.

»Du hast erzählt, dass deine Großmutter Petunien hatte.«

»Hatte sie. Sie waren rosa.«

»Das dachte ich mir.«

»Guter Gedanke«, sagte er.

»Ich mag Rosa. Rot mag ich nicht, aber Rosa mag ich.« Ich blickte mich um. »Nun, ich bin mit allem fertig. Ich wollte gerade aufräumen. Die Pflanzen sind noch klein, aber wenn es ihnen hier gefällt, werden sie am Ende des Sommers über die Kübelränder reichen. Das sieht bestimmt nett aus.«

»Sie sind perfekt. Vielen Dank.« Mit seiner Taschenlampe leuchtete er auf die roten Sonnenschirme bei den Tischen. »Du magst kein Rot?«, fragte er.

»Keine roten Blumen. Bei anderen Dingen habe ich nichts gegen Rot.«

»Oh, gut.«

Leo richtete die Taschenlampe wieder auf die Petunien, und wir blickten auf sie hinunter.

»Eine rote Blume mochte ich gern«, begann ich. »Einmal brachte mein Vater von einem Besuch bei meiner Großmutter eine Kardinalslobelie – *Lobelia cardinalis* – mit nach Hause und pflanzte sie hinter unserem Haus ein. Mit einem Milchkarton voll Wasser und einem winzigen Loch im Boden versuchte er, das Flussbett oder Tiefland nachzustellen, das die Pflanze braucht. Eine Zeit lang schien es zu funktionieren.« Ich machte eine Pause, ganz außer Atem nach so vielen Worten.

»Was passierte dann?« Leo schaltete die Taschenlampe aus, und wir standen im Dunkeln.

»Er malte den Karton grün an, damit er im Garten nicht auffiel. Es war ein ganz schöner Kraftakt, diese Pflanze in unserem Garten am Leben zu erhalten. Jahrelang hat er dafür gesorgt. Irgendwann hat er den Mut verloren oder das Interesse, ich weiß es nicht. Meine Mutter benötigte mehr Pflege, ich war dabei, mein Elternhaus zu verlassen. Es tat mir weh, zuzusehen, wie er etwas aufgab, das ihm so viel Freude bereitet hatte. Eine Zeit lang füllte ich den Milchkarton nach, aber als ich in den ersten Sommerferien vom College nach Hause kam, war die Pflanze tot.«

Leo war still.

»Deshalb mag ich keine roten Blumen.«

»Wann ist deine Mutter gestorben?«

»In dem Jahr nach meinem Uni-Abschluss. Im Frühjahr kehrte ich nach Hause zurück, sie starb im September. Sie fiel die Treppe hinunter, aber sie war schon eine Zeit lang krank gewesen.«

Leo schüttelte den Kopf. »Das tut mir leid.«

Er half mir, meine Gartengeräte im Kofferraum zu verstauen. Dann standen wir neben meinem Auto und blickten uns an.

»Bevor ich aufs College ging, sind meine Mutter und ich viel herumgefahren, in der Stadt und manchmal auch über Land. Sie blieb den ganzen Tag drinnen, aber abends kam sie raus, um mit mir Auto zu fahren. Manchmal fuhr ich, manchmal sie. Es war schön mit ihr zusammen im Auto. Uns beiden fiel es leichter, miteinander zu sprechen, wenn wir den Blick geradeaus gerichtet hatten.«

»Vielleicht ist das der Grund, warum sie dir das Autofahren beigebracht hat.«

Jede Kraftausübung geht immer mit einer gleich großen, aber entgegengerichteten Kraft einher, drittes newtonsches Gesetz, das bedeutet, Kräfte treten immer paarweise auf. Mit meinen geschenkten Urlaubstagen hatte ich versucht, Kontakte wiederzubeleben, wie man so sagt, versucht, mir eine Familie aus Freunden zu schaffen. Genau in dem Moment begriff ich, was die entgegengesetzte Kraft war, der Anker in meinem Jahr der Besuche.

Leo hob seine Hand und legte sie sanft an meine Wange, eine Geste, die ich im Kino liebe, und ich küsste ihn.

Meadowbrook

Die Proteste zur Rettung von Wayside zogen sich den ganzen Sommer lang hin, obwohl sie ohne die Margarita trinkenden Studierenden nicht sehr zahlreich waren. Leitartikel in der Tageszeitung, die das Bauvorhaben unterstützten, führten die wachsende Schullandschaft und die steigende Anzahl der Wohnhäuser an. Leitartikel, die dagegen waren, stellten die Bedeutung von Grünflächen und gesunden Ökosystemen heraus. Niemand wusste, wann oder warum es dazu kam, aber der Bauträger nahm eine Planänderung vor. Er entschied, Wayside in Meadowbrook umzubenennen und die Ladenschilder beige und einheitlich zu gestalten. Die Eigentumswohnungen sollten im kleinen Tal gebaut werden, und nur eine schmale Baumreihe würde als Barriere stehen bleiben.

So begannen die Proteste zur Rettung des Tals. Es stellte sich heraus, dass das Tal ein Schutzgebiet für eine bestimmte Finkenart war und auch eine alte Grabstätte der Monacan, die in dieser Gegend beheimatet sind. Die Architekturkritikerin Jane Jacobs wurde herangezogen, doch sie hatte meist über Städte geschrieben, und das sorgte für Verwirrung. Jemand erbrachte den Nachweis, dass das Tal einer der wenigen verbliebenen Lebensräume eines vom Aussterben bedrohten Laubfroschs war. Jemand anderes fand heraus, dass die Erde, mit der das Tal aufgefüllt werden sollte, aus einem anderen Staat stammte, wo die Bäume von dem Asiatischen Eschenprachtkäfer befallen waren, der auf diesem Wege voraussichtlich über die Staatsgrenze transportiert würde.

An einem Freitag Anfang August protestierten die Kindertagesstätten und Sommerferiencamps. Sie kamen zu Fuß oder mit dem Schulbus und blieben den ganzen Tag. Ein Foto in der Zeitung zeigte einen kleinen Jungen, der mit düsterer Miene ein handgemaltes Plakat hochhielt, auf dem »BITTE RETTET UNSER TAL« stand, während alle anderen Kinder umherhüpften und am Abhang Purzelbäume schlugen.

Leo wollte das Tal nicht verlieren, aber alles andere war genau so, wie er es sich immer erhofft hatte: ein schöner Name und ein enormer Zuwachs an Fußgängern. Er erzählte, dass der Bauunternehmer vorhatte, auf dem Parkplatz einen Brunnen zu bauen, und dass die Eigentumswohnungen *The Aspires* heißen sollten, was die Werbebroschüren als eine neue Lebensart für eine alte Seinsweise erklärten, *aspiration* (Streben) kombiniert mit *spire* (Dachspitze).

»Ist das eine Seniorensiedlung?«, fragte ich.

»Das glaube ich nicht«, sagte Leo. »Aber sie arbeiten mit sehr viel Stein und Schmiedeeisen, und es gibt eine Dachspitze.«

»Eine einzige Dachspitze.«

»So steht es in den Plänen. Der Architekt hat gesagt, es sei eine Anspielung auf alte Bauweisen.«

Shear Elegance machte zu, das war besser so, und eine Edelschuhboutique zog in die Räume. Für den leer stehenden Laden war ein Mietvertrag unterschrieben worden, Leo hatte gehört, dass dort vielleicht eine Buchhandlung eröffnen würde. *Kim's – Nichts für den täglichen Bedarf* hatte sich neu erfunden, anscheinend über Nacht, und war jetzt ein Hofladen im oberen Marktsegment mit regionalen Produkten, handgemachtem Käse, einer Kaffeebar und einem Lächeln auf dem Gesicht von Mrs. Kim.

Niemand wusste, wie sie das geschafft hatte – wenngleich sie in einem roten VW-Käfer-Cabrio gesehen worden war –, aber alle waren froh über die Veränderung.

Auch die allerletzten Anstrengungen schlugen fehl, und das Bauunternehmen machte Nägel mit Köpfen, genauer gesagt wurde begonnen, das Tal aufzufüllen, und das geschah Ende August, nur wenige Tage vor der Rückkehr der Studierenden an die Uni. In der darauffolgenden Woche bekam Leo sein neues Schild. Wir kauften noch mehr Blumenkübel für die *Promenade* und auch einige für die Werkstatt, obwohl ich Leo gesagt habe, dass Blumenampeln über den Maueröffnungen hübsch aussehen würden. Er sagt, es sei ganz allein meine Entscheidung. Die Petunien, die ich gepflanzt habe, blühen wunderschön.

Die erste Nachtblühende-Cereus-Party

Man kann wohl ohne Übertreibung sagen, dass der *Selenicereus grandiflorus* extrem schlaksig und merkwürdig aussieht, wenn er nicht blüht. Eine ausladende Pflanze mit vielen Trieben und einem dicken, knorrigen Stamm, die sich an hohen Bäumen oder Felsen in Trockengebieten emporhangelt. Im Topf muss der Kaktus am Spalier gezogen werden und wächst dennoch immer weiter um die Stangen herum und schlängelt sich um sich selbst. Die Knospe, wenn der Cereus eine treibt, ist über zwanzig Zentimeter lang.

Doch wenn er blüht … Der Duft wurde als Ambrosia beschrieben, teils Orangenblüte, teils Vanille. Er ist betörend, aber nicht übermächtig, nicht wie der Duft der Lilien, den viele Menschen aus gutem Grund nicht mögen. Der Duft des *Selenicereus grandiflorus* ist subtil. Er zieht nicht in die Nase, er füllt die Luft der Umgebung, das macht einen großen Unterschied. Die Knospe wächst über Wochen heran, aber wenn sie sich zu öffnen beginnt, blüht und verwelkt sie innerhalb von zwölf Stunden. Die äußeren Blütenblätter sind länglich und blassgelb. Zuerst öffnen sie sich und rollen sich anschließend wieder fast vollständig ein. Die nächste Blütenblattschicht ist etwas breiter, lachsrosa bis gelbbräunlich, sie öffnet sich vollständig. Die inneren Blütenblätter sind weiß, die Staubblätter sind dünn, und der Staubbeutel ist gelb. Voll entfaltet kann die Blüte einen Durchmesser von bis zu vierzig Zentimeter erreichen.

Ich weiß nicht mehr, wann die Knospe auf dem Cereus der

Goulds zuerst zu sehen war. Mein Vater hatte die Pflanze ständig zwischen seinem Küchenfenster und einem sonnigen Platz im Garten hin- und hergetragen. Wahrscheinlich hätte sie die sommerlichen Nachttemperaturen überstanden, aber er gab sich besonders viel Mühe. Anfang September zeigte er mir die Knospe, die kurz vor dem Aufblühen war.

Ich organisierte eine Party. Schnell und mit viel Unterstützung – genau genommen steuerte jeder Gast etwas bei – lud ich Menschen in mein Haus ein. Die Blüte begann sich um sechs Uhr zu öffnen, und als die Gäste gegen acht eintrafen, hatte sich ihr Duft schon überall verbreitet. Leo kam mit Chips und Guacamole aus dem Restaurant. Blakes Ehefrau hatte einen Kuchen dabei, den sie mit Blumen verziert hatte, einige aus Zuckerguss, andere echt, alle essbar. Sue und Maria brachten Leuchtstäbe und Bonbons mit Wintergrünaroma für die Kinder, wenn es dunkel würde. Wenn man eines dieser Bonbons in der Dunkelheit lutscht, sieht es anscheinend so aus, als würde es im Mund blitzen. »Vielleicht wird's ein bisschen chaotisch«, sagte Sue achselzuckend. »Sie müssen den Mund offen lassen.«

Janine steuerte mehrere Weinflaschen bei. Vor Kurzem hatte ich erfahren, dass sie in ihrem Garten ein Baumhaus baute. Zunächst hatte ich mir Sorgen gemacht, denn bei vielen Entwürfen ist das Haus im Zentrum des Baums platziert, und etliche große Äste müssen abgesägt werden. Janine hatte aber, um den Baum zu schützen, einen Entwurf auf Pfählen gewählt, bei dem die Rückseite des Häuschens am Stamm befestigt war, der als Leiter zu einer kleinen Tür hinauf diente. Das und der Wein ließen sie in meinem Ansehen steigen.

Und Philip Gould brachte einen Topf mit blauen Astern mit, Beths Lieblingsblume des Spätsommers. »Sie schnitt nicht gern Blumen ab«, sagte er.

»Ich habe das auch noch nie gemocht«, sagte ich zu ihm.

Zwei Tage später saß ich auf dem Parkplatz von *The Garden Keeper* und beschloss, Beth nicht zu besuchen, sie hatte noch eine Reihe von Schlaganfällen erlitten. Nach einer Woche in einem Hospiz holte Philip sie nach Hause, wo sie wenige Tage später in ihrem eigenen Bett starb, umgeben von Familie und Freunden. Im Frühjahr soll es einen Gedenkgottesdienst geben, und Philip hat meinen Vater gebeten, eine Rede zu halten. Wenn ich die Augen schließe, kann ich die Rehaklinik vor mir sehen. Beth an dem Tag nicht besucht zu haben, ist ein Fehler, der mir hoffentlich nie wieder unterläuft.

Ich stellte die Astern auf den Boden neben den nachtblühenden Cereus, damit wir beide bewundern konnten.

»Das ist nett«, sagte Philip mit einem Blick auf die Astern. »Vielen Dank.« Mein Vater brachte ihm ein Stück Kuchen, und die beiden unterhielten sich eine Weile leise miteinander in einer Ecke des Zimmers.

Natürlich wusste ich, dass mein Vater und Philip Freunde waren. Aber war es selbstverständlich, dass auch Sue und Janine sich herzlich begrüßten? Dass Leo Blake respektvoll die Hand schüttelte und ihn nach dürreresistenten mehrjährigen Pflanzen fragte? Später sah ich Leo im Gespräch mit Janine, und mein Vater lachte mit Sue und Maria. Blake kam zu mir und sagte: »Wusstest du, dass Giraffen nachts summen? Das hat Janine mir erzählt.« Er sah begeistert aus.

Mir war warm, deshalb ging ich in die Eingangsdiele, um etwas Luft zu schnappen. Vor dem Haus spielten Kinder. Ich wusste nicht, ob sie zu meinen Gästen gehörten, doch ich öffnete die Haustür und sagte ihnen, dass es Kuchen für sie gebe. Alle kamen ins Haus gerannt.

Als ich wieder die Küche betrat, standen Sue und Leo zusammen und lachten.

»Was ist so lustig?«, fragte ich.

»Du«, sagte Sue und schlang ihre Arme um mich. »Wir sind der Meinung, du solltest zusammen mit Kindern aus dem Ort den neuen Parkplatz von Meadowbrook gestalten, mit nichts anderem als Petunien. Was meinst du?«

»Sehr witzig.«

Wenn es mir gut geht, so wie jetzt, wenn alles glattläuft und im Gleichgewicht ist, wünschte ich, dass meine Mutter mich sehen könnte. Ich wünschte, sie würde ruhig in einer Ecke sitzen und alles beobachten. Sie soll gar nicht beeindruckt sein; sie soll nur sehen, dass man ein geordnetes Leben haben kann, dass es möglich ist, »alle Unbilden in unserer Bestimmung aufzunehmen«. Ich würde ihr gern das rosafarbene Messband zeigen, den steinernen Vogel, den kleinen weißen Topf, die getrocknete Kamelie. Auch das hinkende Rehkitz, Leos Postkarten und Roses Farbtonkarte – all die Geschenke, oder Schmuggelware, aus meinem Jahr der Besuche. Ich wünschte, meine Mutter hätte ihre eigenen Freunde gehabt, dann hätte sie gewusst, was es bedeutet, wenn eine Freundin sich daran erinnert, wie man seinen Kaffee trinkt, oder dass man keine Gruselfilme mag oder wie man seine Großeltern nannte. Ich bin immer noch nicht der Mittelpunkt einer Gruppe, aber wenn ich morgen sterben würde, würde Vanessa innerhalb einer Woche eine Gedenkfeier planen, Lindy würde sie ausschmücken, und Rose würde wissen, was gesagt oder vorgelesen werden sollte. Was Neera angeht, bin ich mir nicht so sicher, aber das ist in Ordnung. Ich habe mehr, als ich brauche.

Vor Kurzem träumte ich, dass ich nur wenige Minuten hätte, um etwas über meine Freundinnen und Freunde zu schreiben. Da ich weder Stift noch Papier finden konnte, begann ich, mit den Fingern in den Sand zu schreiben, und alle versammelten sich um mich, um meine Worte zu lesen. Wir verbrachten ein paar

Tage zusammen in einem Haus am Meer. Der Traum machte mich glücklich, weil – das gebe ich zu – ich schon immer diese Bücher geliebt habe, in denen Freunde für ein Wochenende zusammenkommen und ihr Leben sich grundlegend ändert.

Gegen halb zehn war die Knospe fast vollständig aufgeblüht, und da es draußen dunkel war, teilte Sue die Leuchtstäbe und die Wintergrünbonbons aus. Einige Kinder rannten vergnügt nach draußen, aber andere blieben drinnen und setzten sich im Schneidersitz auf den Fußboden, unter ihnen auch Henry und Bella. Sie waren voller Ehrfurcht vor der Blüte, und ich schaute ihnen lächelnd zu. Dann setzte ich mich neben Henry, und er wandte sich zu mir.

»Danke, dass du mich eingeladen hast«, flüsterte er.

»Danke, dass du gekommen bist«, flüsterte ich zurück.

Es kamen noch einige andere Nachbarn aus der Todd Lane, nicht sehr viele. Vielleicht werden es nächstes Jahr mehr sein.

In *Beowulf* wird Grendel, während er allein draußen vor der Halle steht, von dem Lärm des Banketts gequält *(harrowed)*, ein schreckliches Wort, das »jemandem körperliche oder seelische Schmerzen zufügen« bedeutet. Amber Dwight hätte das niemals zugelassen. Ich bin sicher, sie hätte die Türen von Heorot weit aufgemacht.

Der Baum, der sich selbst gehört

Das letzte Baummerkblatt. Dieses habe ich meinem Vater gegeben.

Die Amerikanische Weißeiche *(Quercus alba)* ist eine der meistverbreiteten Laubhölzer im östlichen und mittleren Teil von Nordamerika. Im Wald kann sie eine stattliche Höhe erreichen, und frei stehend kann sie eine wuchtige Rundkrone bilden, da sich die unteren Äste weit zur Seite ausbreiten, parallel zum Boden. Das Holz besitzt hohe Festigkeit und Haltbarkeit, deshalb wird die Weißeiche seit Jahrhunderten im Schiffbau verwendet. Alle paar Jahre trägt der Baum reichlich Eicheln, das sind die »Mast«-Jahre, abgeleitet vom schwedischen oder norwegischen *mat*, das »Nahrung« bedeutet.

In Athens, Georgia, an der Ecke von Dearing und Finley Street, steht oben auf einem steilen Hügel eine große Weißeiche und davor eine Steintafel, auf der zu lesen steht:

> Wegen und eingedenk der großen Zuneigung, die ich
> dieser Eiche entgegenbringe, sowie meines großen Wunsches,
> sie unter Schutz zu stellen, übertrage ich dem Baum
> das gesamte Eigentum seiner selbst und des Grundstücks
> innerhalb von acht Fuß ringsum.
>
> *William H. Jackson*

Jackson war Professor an der Universität von Georgia, und die Worte stammen aus seiner Schenkung an den Baum um 1840.

Der Baum, der von den Einheimischen heute »der Baum, der sich selbst gehört« genannt wird, stürzte fast hundert Jahre später während eines Sturms, in dem Jahr, als mein Vater geboren wurde. An seiner Stelle wurde ein Steckling gepflanzt, der aus einer Eichel des Baums gezogen worden war.

Mein Vater sagte, dass er sich seinen Baum auf dem Universitätsgelände wünsche, weil er annahm, dass ich nach seinem Tod das Haus verkaufen würde. Doch das werde ich nicht tun. Mag sein, dass das Haus in der Todd Lane das geografische Zentrum unserer Tragödie ist, aber es hat nichts Falsches getan.

Nächsten Monat fahren mein Vater und ich nach Georgia. Es ist ein »Mast«-Jahr, das habe ich überprüft. Wir werden eine Eichel der Weißeiche in Athens suchen und sie mit nach Hause nehmen, wo ich in der Universität einen Sämling ziehen werde, bis er groß genug ist, um in unseren Garten gepflanzt zu werden.

Grendel war kein besonders teurer Koffer, und die langen Reisen haben Spuren hinterlassen. Eine Ecke ist beschädigt, und ein Rädchen quietscht beim Rollen. Er sieht aus, als hätte er den ein oder anderen Kampf mitgemacht, aber ich habe ihn mit Klebeband geflickt, und nun ist er bereit zu neuen Abenteuern. Mein Vater sagt, er hat einen Freund, bei dem wir wohnen können, was mir neu ist. Ich bin begeistert.

Leo denkt, dass wir das Auto nehmen sollen, was schön sein könnte. Mein Vater und ich sind schon lange nicht mehr zusammen irgendwohin gefahren, und wir hätten auch neue Sitzplätze im Auto. Wenn Wehmut bedeutet, etwas Verlorenes zurückzugewinnen, allerdings verändert, dann werde ich darin versinken. Mein Vater auch. Aber wir planen einen Abstecher nach Savannah auf dem Rückweg, wir möchten beide gern das Louisianamoos sehen. Vielleicht kommt mein Bruder nicht mit uns nach Georgia, aber vielleicht kommt er nach unserer Reise für einen Besuch nach Hause. Ein seltsamer Ausdruck, *für einen Besuch nach Hause kommen.* Noch steht es nicht fest, aber ich richte schon das Gästezimmer für ihn her, nur für den Fall.

Sein Name ist Ben.

Und der Name unserer Mutter war Miranda, erfunden von Shakespeare, abgeleitet vom lateinischen *mirandus,* was »bewundernswert, wunderbar« bedeutet.

Besuchsregeln

1. Erzählen Sie bei der Ankunft nichts über die Unannehmlichkeiten Ihrer Reise.
2. Bringen Sie ein Gastgeschenk mit.
3. Machen Sie Ihr Bett, öffnen Sie die Vorhänge. Ein Gästezimmer ist keine Höhle, nur weil man dort nur kurze Zeit wohnt.
4. Helfen Sie in der Küche, wenn das gewünscht wird.
5. Warten Sie morgens mit dem Aufstehen, bis Sie mindestens einen Erwachsenen den Tag beginnen hören – es sei denn, Sie sind unglaublich gut im Umgang mit Kindern.
6. Füttern Sie keine Haustiere.
7. Setzen Sie sich nicht auf den Platz Ihrer Gastgeber.
8. Wenn Sie etwas kaputt machen, geben Sie es zu.
9. Wünschen Sie eine gute Nacht, bevor Sie zu Bett gehen.
10. Schicken Sie immer ein Dankschreiben.

Es gibt noch mehr Regeln, aber das sind die maßgeblichen. Sie sollten für jedes Haus und jede Lebenssituation geeignet sein, ganz gleich, ob groß oder klein, reich oder arm, gemütlich oder elegant, verheiratet oder Single, mit oder ohne Kinder, und für jede Art von Besuch, bei der Familie oder bei Freunden, vor Ort oder im Ausland, lang oder kurz. Ich habe nur sehr wenige Freunde, aber keiner von ihnen ist ersetzbar. Mögen Sie Wurzeln schlagen und gute Freunde finden.

Danksagung

Die Schriftstellerin Amber Dwight, die 2003 starb, wurde von vielen Menschen sehr geliebt. Ich hatte nicht das Glück, sie zu kennen, aber ihre Geschichte hat mich tief berührt und ebenso ihre Einstellung zur Freundschaft, wie sie sich in zahlreichen wunderschönen Beiträgen, geschrieben nach ihrem Tod für *McSweeney's*, darstellte. Sie war meine erste Inspiration für Mays Reise.

Michael Downing, Janice P. Nimura, Clare Aronow und John und Jackie O'Farrell sind Freunde, Gastgeber, und sie sind die ersten und erstklassige Leser. Ich danke euch.

Als Edward Carey einwilligte, Bäume für dieses Buch zu zeichnen, war ich überglücklich. Vielen Dank. Die Zeichnungen sind perfekt.

Ich danke Sharone Ornstein für all unsere Gespräche, Fiona McCrae und PJ Mark dafür, dass sie an diese Buchidee geglaubt haben, und Ginny Smith und Laura Barber für ihr gründliches, einfühlsames Lektorat.

Mitchell, einer meiner besten Freunde seit achtundzwanzig Jahren – und es werden noch mehr werden –, ich danke dir für alles. Olivia, die eine frühe Fassung gelesen hat, und Simon, der mir bei der Namenssuche half – ich liebe euch und hoffe, dass ihr viele Vierzehn-Tage-Freunde findet.